KOKON

Thriller

Noah Fitz

Prolog

Das junge, verliebte Pärchen küsste sich, zärtlich und lange. Der schlaksige Mann schob seine Hand unter ihr Kleid, sie biss ihn auf die Lippe, seine Augen glänzten.

Bei dem hübschen Ding sah der Schatten genauer hin, ihr Höschen war weiß. Zum Glück war sein Versteck gut, sie konnten ihn nicht sehen. Er stand hinter einem dichten Strauch, die rechte Hand war in der Hose, der Mund zu einem Lächeln verzerrt. Das warme Glas in seiner Hand fühlte sich hart und fremd an – und lebendig. Das leise Poltern der Flügel dort drin machte ihn nervös. Seine Finger strichen hastig über die glatte Oberfläche, so als wolle er die verängstigten Insekten beruhigen.

Erneut schaute er auf das glücklich aussehende Paar. Der Schatten hörte, wie sie ihm etwas ins Ohr flüsterte. Es klang wie eine Liebeserklärung. Ihr Kleid war wirklich kurz, zu kurz für ein braves Mädchen. Es war eine Sünde. Sein Herz schlug heftiger. Erneut sah er ihr Höschen im fahlen Schein der Außenbeleuchtung. Die feine Spitze und das unschuldige Weiß machten ihn wahnsinnig. Leichter Schwindel hatte ihn erfasst. Er musste sich beherrschen. *Noch nicht, du musst abwarten*, sagte der Schatten zu sich selbst.

Die Zeit kroch dahin, in einem der Fenster erlosch das Licht. Irgendwo erklang leise Musik, er begann auf den Fersen zu wippen. Ein Aufflattern ließ ihn zusammenfahren, es war ein Vogel. Nur mit Mühe konnte er einen Aufschrei unterdrücken. „Da ist jemand", hörte er die Stimme der Frau. Sie klang ängstlich und aufgeregt zugleich. So wie nur die Lust auf Sex diese Gefühlsregung gebären kann.

„Nur ein dummer Vogel", begann sie ihr Lover zu beruhigen.

„Du musst gehen", entgegnete sie zaghaft. Ihr Atem ging immer noch stoßweise.

„Darf ich mit zu dir nach oben?"

„Nicht heute, meine Eltern ...", log sie.

Bald wäre sie allein. Ihre Eltern waren auf einer Weltreise, dass wusste er. Er musste sich nur ein wenig in Geduld üben.

Er strich erneut über das kleine Marmeladenglas, da bewegte sich was, sie lebten, sie schlugen mit ihren zarten Flügeln, doch nicht mehr lange. Eine wohltuende Wärme ließ ihn erschauern, er konnte warten.

Er stellte sich vor, wie die hübsche Frau später ihr Kleid abstreifen würde. Ihre Haut makellos und weiß wie das Bettlaken. Er stellte sich vor, wie seine Hände sie berührten, trat einen weiteren Schritt in den Schatten und hielt vor Erregung den Atem an.

Nachdem er vollends von der Dunkelheit verschluckt worden war, zwang er sich zur Ruhe. Endlich schien der Mann zu begreifen, dass es Zeit war zu gehen. Irgendwo flackerte ein Licht auf, jemand schaute Fernsehen. Endlich drehte sich der Mann um und verschwand. Sie winkte ihm kurz hinterher, doch schien ihr Lover sie nicht weiter zu beachten. Er hatte nicht das bekommen, was er sich erhofft hatte.

Ich werde mich aber nicht so einfach abfertigen lassen, flüsterte der Unsichtbare sich selbst zu.

Noch bevor die Tür ins Schloss fallen konnte, drückte er sie mit dem rechten Fuß auf. Er wartete. Das Treppenhaus wurde in gelbes Licht getaucht. Er hörte ihre Absätze auf den Stufen klappern. Dritter Stock, linke Tür. Ein Schlüssel zwängte sich durch eine schmale Ritze. Dann das helle Kratzen des Schlosses. Ein dumpfes Schlagen der Tür.

Sie war allein, endlich. Er wartete noch einen Augenblick, bis es im Treppenhaus erneut dunkel wurde. Als kein Laut mehr zu hören war, schlich er wie ein Dieb die Treppe hinauf. Zuerst der erste, dann der zweite Stock, endlich stand er vor ihrer Tür.

Sein Herz machte einen Sprung. Sein Atem ging schwer. Er ballte seine Hand zu einer Faust. Für einen Augenblick hielt er inne. Er genoss den Moment der absoluten Ruhe. Nur das leise Schlagen der Flügel konnte er hören.

„Gleich, nur noch ein Wimpernschlag, dann dürft ihr raus, meine Lieben“, flüsterte er nur mit den Lippen.

Seine Fingerknöchel schlugen dreimal gegen die Tür. Es klang hell und aufregend. Sein Herz raste. Erneut hörte er Schritte. Dumpfe Schritte. Sie war barfuß.

„Andreas, ich sagte doch, dass ich nicht kann, nicht heute“, erklang ihre Stimme gedämpft. Der Spion leuchtete auf, dann wurde er für eine lange

Sekunde von ihrem Auge verdeckt. Sie schaute hindurch.

Wer das wohl sein kann?, freute er sich. *Mit so einem späten Besucher hast du nicht mehr gerechnet,* lachte er innerlich und freute sich über seine Überlegenheit. In seiner Brust blühte eine wohltuende Wärme auf und umschloss sanft sein Herz. Er freute sich wie ein Kind, nur war sein Geschenk kein Spielzeug, sondern ein Leben, das er sich bald nehmen würde.

„Ich bin's nur", sagte er zaghaft, als die Tür verschlossen blieb. Er sprach leise, um sich nicht zu verraten.

Langsam ging die Tür endlich auf, nur einen Spalt breit. Seine Hand drückte gegen den Lichtschalter, jetzt durfte sie ihn sehen.

„Oh Gott, was machst du denn hier?"

Er starrte sie an.

„Wohnst du etwa auch hier?" Sie gab sich Mühe, keine Angst zu zeigen, die sie von innen zu zerreißen begann.

Er sagte nichts, blieb stumm. Sie kannte ihn aus dem Krankenhaus, nur wusste sie nicht, wer er tatsächlich war. Auch wusste sie nicht, warum er hier war.

Ihre grünen Augen verengten sich zu schmalen Schlitzen. Das Runzeln ihrer Stirn und ihr irritierter Gesichtsausdruck verrieten ihre Besorgnis. Sie sah leicht verängstig und verwirrt drein.

„Bist du nicht … wie heißt du nochmal?"

Mit ihm hatte sie am wenigsten gerechnet, nicht zu dieser späten Stunde, vor allem jedoch nicht jetzt, wo sie ganz allein war. Nur wenige kannten ihn bei seinem Namen.

Seine Finger strichen über das glatte Gefängnis in seiner Hosentasche. Ihr Blick fuhr nach unten. Die Beule in seiner Hose und die Handbewegung hatte sie falsch gedeutet. Ihre Augen weiteten sich. Sie vergaß zu atmen.

Langsam holte er das Glas aus seiner Hose und streckte ihr das mitgebrachte Geschenk hin: „Ich habe eine Überraschung für dich."

Ihr Unterkiefer klappte nach unten. Was für eine Überraschung? Bitte geh, verschwinde, hau endlich ab, schien sie sagen zu wollen. In ihren Augen nisteten sich Furcht und Machtlosigkeit ein. Der Blick wurde auf einmal durchdringend. Sie nahm all ihren Mut und die Kraft zusammen, atmete tief ein und setzte zu einem Schrei an.

Schon drückte seine freie Hand fest gegen ihren Mund. Sie schmeckte Blut, ihr eigenes Blut, das salzig und warm war.

„Bitte, tu mir nichts", stammelte sie vor sich hin, vor Angst zitternd.

Er spürte ihre weichen Lippen auf seiner Hand. Sie waren heiß und feucht vom Blut.

„Nein, mache ich nicht, Katrin", entgegnete er. Seine Lippen bebten vor Erregung.

„Bitte, geh, ich werde niemandem etwas verraten. Du verwechselst da was, ich heiße nicht Katrin, du hast die Falsche ausgesucht. Ich werde niemandem etwas sagen, wirklich ..."

„Nein, wirst du nicht", flüsterte er. Er schob sie grob ins Innere der Wohnung, sie widersetzte sich nicht, folgte seinen Bewegungen. Die Tür fiel leise ins Schloss, kaum hörbar, nur ein leises Klicken verriet, wie sie einrastete. Den Deckel öffnete er nur mit einem Daumen. Dann ließ er sie endlich frei. Die Schmetterlinge folgten ihrem Instinkt und flogen zum Licht, um zu sterben. Die so wunderbaren Geschöpfe Gottes, die bunt und zart waren, fielen als schwarze, abgebrannte Körper verunstaltet zu Boden. Manche zuckten noch, so wie das hübsche Mädchen, auch sie zuckte zusammen. Sie winselte kaum hörbar.

Er saugte ihr Leben in sich ein.

„Bitte, lass mich am Leben, ich habe doch nichts getan", flehte sie ihn mit glänzenden Augen an.

„Du bist eine Mörderin. Dafür wirst du heute Nacht sterben müssen."

Einige Tage später

Kapitel 1

Die Tür war nicht abgeschlossen, stand sogar einen Spalt breit offen. Mike Wedekind entsicherte seine Waffe, mit der Fußspitze drückte er die Tür vollends auf. Ein unangenehmer Geruch kroch aus der Wohnung heraus. Es war ein beißender Geruch nach Erbrochenem, verfaultem Fleisch und etwas, das nicht hierher gehörte.

Hier roch es nach Tod, blitze der unangenehme Gedanke in seinem Kopf auf. Nur die Ruhe bewahren, versuchte er sich einzureden, dass es nur seine Einbildung war, die ihm einen leichten Schauer über den Rücken jagte.

Er tat einen Schritt nach dem anderen, nur keine Hektik. Langsam tastete er sich an der Wand entlang, immer tiefer in die Wohnung hinein. Der unangenehme Geruch wurde intensiver. Er umklammerte jetzt seine Waffe noch fester und hielt sie im Anschlag. Das alte Haus schien ihn zu verschlingen, die Schwärze fühlte sich an wie eine zähflüssige Masse, die ihn von allen Seiten zusammendrückte. Wie ein Ertrinkender schnappte er nach Luft. Sein Herz hatte zu wenig Platz in der Brust, drückte bei jedem Schlag fest gegen die Rippen. Der Gaumen wurde trocken, seine Augen schmerzten vor Anstrengung.

Ein leises Klicken hinter seinem Kopf ließ ihn zusammenfahren. Etwas Hartes drückte jetzt gegen seinen Schädel.

„Keinen Schritt weiter, Bulle."

Mike hob seine Hände. Nur nichts falsch machen, dachte er.

„So ist brav, Bulle. Lass deine Knarre fallen. Nur zu, lass sie los."

Langsam glitten seine Finger auseinander. Im Augenwinkel sah er einen Schatten. Ein blind gewordener Spiegel hing an der kahlen Wand, an der die Tapete wie große Hautfetzen nach unten hing. Der Spiegel hatte feine Risse, wie Spinnweben. Mike sah darin die Fratze eines Ungeheuers. Leere, tote Augen, der Mund zu einem Schrei verzerrt.

„Gleich ist es vorbei", sagte der Maskierte.

Er hörte, wie der Schlagbolzen gespannt wurde. Der Lauf der Pistole drückte jetzt noch stärker gegen seinen Hinterkopf. Ein höhnisches Lachen ertönte, dann fiel der Schuss.

Mike schrie und schreckte hoch. Sein Hals war trocken und rau. Alles war nur ein Traum gewesen. Ein Albtraum, der immer wieder in der Nacht in seinen Kopf schlich - wie ein Parasit, der sich immer tiefer in ihn hineinfraß, sich von seiner Lebensenergie ernährte und immer stärker wurde.

Der Wecker schrillte laut. Mit der linken Hand schlug Mike auf den Knopf. Der Wecker verstummte endlich. Er holte tief Luft, mehrmals hob und senkte sich sein Brustkorb. Das Herz hämmerte immer noch fest gegen die Rippen. Mike keuchte. Die Digitalanzeige zeigte 5:30, Zeit zum Aufstehen.

Er pellte sich aus dem Bett, schlug die Decke beiseite und torkelte barfüßig in die Küche. Er beugte sich über den Wasserhahn, trank gierig, ihm war, als müsse er verdursten. Als sein Durst gestillt war, ließ er das kalte, leicht nach Metall schmeckende Wasser über seinen Kopf laufen. Alles, was er jetzt brauchte, waren Ruhe und eine Tasse Kaffee. Als sein Kopf abgekühlt war, rieb er sich das Haar mit einem Geschirrtuch trocken. Danach massierte er mit gleichmäßigen Kreisbewegungen die Schläfen, als das nicht half, legte er sich auf den Boden und machte zwanzig Liegestütze. Danach noch weitere dreißig. Leicht außer Atem ging er ans Fenster und warf einen Blick über die Stadt. Hier und da waren die Fenster in schwaches Gelb getaucht.

Energisch strich er über sein noch nasses Haar. Wie gerne würde er jetzt wieder bei seiner Frau sein. Gedankenverloren ging er aus der Küche, vorbei an dem kleinen Kinderzimmer. Das Zimmer war leer. Wie auch seine Wohnung. Er knipste auch hier das Licht an. Er hasste die Dunkelheit, er fürchtete sich davor, seit er ein kleiner Junge war. *In der Dunkelheit versteckte sich die Angst.* Er sah sich in dem kleinen Zimmer um. Alles schien unverändert, obwohl sein Sohn Christoph mittlerweile sechzehn und zu einem jungen Mann herangewachsen war. Er wohnte wieder bei seiner Mutter.

Mike und Katrin gingen im Guten auseinander. Sie wollten ihrem pubertierenden Sohn einen Scheidungskrieg ersparen. Er vermisste seine Frau und sein Kind. Das Bett war gemacht, der Schrank aufgeräumt, alles war an seinem Platz, an den

Wänden hingen Plakate von Rockstars und Frauen in knappen Bikinis.

Bei dem Gedanken an die vergangenen Jahre seiner Ehe schlug ihm das Herz bis zum Hals. Er ging ans Fenster, zog den Rollladen hoch und kippte es. Frische Luft kroch wie ein Dieb hinein und hinterließ eine Spur von Kälte.

Ob Anita schon wach war?, überlegte er. Es gab Nächte, in denen sie sich das Bett teilten. Wie ein lästiges Insekt schob er den Gedanken beiseite. Außer einer schnellen Nummer ab und zu war da nicht viel mehr draus geworden. Die Beziehung glich einer nur flüchtigen Affäre, mehr aber auch nicht. Manchmal schämte er sich deswegen, denn er wusste nicht, ob Anita genauso darüber dachte wie er. Sie war jung und wild, dennoch war sie ein Mensch, den er nicht verletzen wollte. Schließlich konnte sie nichts dafür, dass er sich nicht für etwas Festes entscheiden wollte. Ich muss sie mal hinsichtlich der Beziehung fragen, ob sie zufrieden ist, dachte er. Er starrte ohne etwas zu sehen nach draußen. Der kalte Luftzug reinigte seine Gedanken und scheuchte die Melancholie aus seinem Kopf. Er verließ das Zimmer, beim Vorbeigehen strich er mit den Fingerspitzen über die Bettdecke. Ein schiefes Grinsen huschte über seine Lippen, als er den schlafenden Stoff-Hund am Fußende liegen sah. Ohne ihn konnte Christoph früher nicht einschlafen.

„Guten Morgen, Bello, Zeit zum Aufstehen“, sagte er laut und wunderte sich über seine Begrüßung. Es war das erste Mal, dass er mit einem Plüschtier sprach. War er so weit gesunken, oder verlor er einfach den Verstand?

Kopfschüttelnd lief er ins Wohnzimmer, auch hier zog er die Rollos hoch. Durch das große Fenster sah er auch hier kleine gelbe Punkte, die wie Leuchtkäfer im Morgengrau zu flackern begannen. Die Stadt schlief nicht mehr. Zärtlich strichen die Sonnenstrahlen über die Dächer. Hier riss er die Balkontür komplett auf. Die Luft roch noch frisch.

Wer war der Maskierte aus seinem Traum?

Erneut hörte er seinen Wecker. Anscheinend hatte er die Taste nicht richtig erwischt. Der schrille, durchdringende Ton jagte die Erinnerung an den Albtraum endgültig aus seinem Kopf. Mike stampfte ins Schlafzimmer, nahm den Wecker in die Hand und war im Begriff, ihn gegen die Wand zu schmettern. Dann besann er sich, es nicht zu tun. Er drückte erneut auf den Knopf und warf sich mit dem Gesicht nach unten auf das zerwühlte Bett. Er lag nur da. Reglos. Er hielt den Atem an und schloss die Augen, nach einer gefühlten Ewigkeit atmete er die verbrauchte Luft durch die Nase wieder aus. Nach zwei langen Atemzügen entschied er sich dazu aufzustehen. Er hatte noch so einiges vor heute.

Zeit für Kaffee, Zähneputzen, sich frisch machen, Verbrecher jagen. Ein Windstoß aus dem offenen Fenster strich über seinen nackten Rücken und verpasste ihm eine Gänsehaut.

*****

Jana Kraus stand auf dem kleinen Balkon und genoss ihre erste Zigarette. Nach dem letzten Eingriff, der zum Glück ohne Komplikationen verlief, schlief sie wieder gut. Keine Sorge plagte sie mehr, alles war wieder gut. Hoffentlich würde Jens davon nichts mitbekommen, dachte sie besorgt, gedankenverloren drückte sie den Zigarettenstummel in den überfüllten Aschenbecher. Die Lippen zu einem O gespitzt, blies sie eine blaue Rauchwolke in die morgendliche Luft. Dann nippte sie an ihrem Kaffee, der nicht mehr heiß war. Die Straßenbäume trugen ihre bunten Kleider, der Herbst war wieder angebrochen. Es war nicht die schönste Jahreszeit, wie sie fand. Sie liebte den Sommer und den Frühling, vor allem in Berlin. Den Morgenmantel fester um ihren schmalen Körper geschlungen, ging sie zurück in ihre unaufgeräumte Wohnung. Ich bin keine gute Hausfrau, dachte sie mit einem enttäuschten Lächeln auf dem Mund und griff nach ihrem Smartphone. Wieder keine Nachricht von ihrem Jens, der in Afghanistan stationiert war.

Sie zählte die Tage auf ihrem Kalender, es waren nur noch drei Wochen und vier Tage, bis ihr Freund wieder zurück nach Deutschland kommen würde. Ich liebe ihn immer noch, dachte sie, wischte mit dem Zeigefinger über das Display, die Fotos flogen in gewohnter Reihenfolge an ihren Augen vorbei. Sie zeigten sie und ihren Freund. Lauter lustige Selfies. Jens war der richtige, da war sie sich sicher. Bis auf einen einzigen Ausrutscher war sie ihrem

Jens stets treu gewesen. Es war nichts Besonderes, nur ein One-Night-Stand, sie kannte nicht einmal den Namen von dem Kerl, der sie in einer Bar abgeschleppt hatte. Der Sex blieb fast ohne Folgen, jetzt gehörte alles der Vergangenheit an. Unbewusst fuhr sie sich über den flachen Bauch, in dem vor kurzem noch ein kleines Lebewesen ... Nein, unterbrach sie sich. Sie durfte nicht mehr daran denken.

Bald ist Jens ja wieder da, rief sie die schöne Erinnerung in sich auf und nahm eine heiße Dusche. Die Wassertropfen perlten von ihrer noch jungen Haut ab, hinterließen dabei eine wohltuende Wärme. Mit dem weichen Schwamm rieb sie sich überall ab. Sie vermisste ihren Freund sehr. Seine Nähe, seinen Geruch, das gemeinsame Essen, vor dem Fernseher sitzen, zusammen einschlafen. Ihr Atem ging schwerer, sie legte den Schwamm wieder weg, unterdrückte das Verlangen nach Sex, indem sie das Wasser auf kalt drehte.

Sie würde ihren Jens heiraten, mit ihm zusammen Kinder bekommen, die alle von ihm waren. Sie würde ihn nie wieder betrügen, darum ging sie nicht mehr aus, trank keinen Schluck Alkohol mehr. Sie musste brav sein.

Als Jana sich das Höschen überstreifte, kräuselte sich ihre Stirn wie von Geisterhand, sie erinnerte sich an wenige Bildern aus der einen Nacht, die sie am liebsten aus ihrem Leben gelöscht hätte. Es waren nur wenige Fetzen, an die sie sich noch zu erinnern glaubte. Sie hörte seine Stimme, seine Worte, die er ihr beim Geschlechtsakt zugeraunt hatte, waren angenehm und irgendwie vertraut.

„Jeder Tag kann dein letzter sein, lebe das Leben.“ So oder so ähnlich waren die Worte, die ihr der Fremde ins Ohr geflüstert hatte. Ein eisiger Schauer kroch über ihren Rücken. Sie zog ihre blaue Jeans und ein weißes T-Shirt über ihre noch feuchte Haut und wickelte ihr blondes Haar in ein Handtuch.

Sie putzte sich ein weiteres Mal die Zähne. Die Zahnpasta betäubte ihre Zunge und den Gaumen, endlich war der bittere Geschmack aus ihrem Mund verschwunden, als sie den Schaum in das Waschbecken gespuckt hatte. Sie rieb sich so fest über die Zähne, dass das Zahnfleisch zu bluten begann. Ein roter Klecks landete auf dem weißen Untergrund. Sie spülte den Schaum und das Blut mit dem dicken Wasserstrahl den Abfluss hinunter. Endlich fühlte sie sich so weit, dass sie den Tag beginnen konnte.

Als das Badezimmer durchlüftet war und Jana sich erneut eine Tasse Kaffee gegönnt hatte, konnte sie wieder lächeln. Jeder macht in seinem Leben Fehler, sie war ja noch jung, erst zweiundzwanzig.

Jeder hatte so seine Geheimnisse, dachte sie und begann ihr dichtes Haar zu trocken.

„Deine Haare sind wie von einem Engel“, hallten die Worte ihres Liebsten in ihrem Kopf nach. Sie schwelgte wieder in Erinnerungen, nach dem Eingriff vermisste sie ihren Jens mehr denn je. Noch nie waren sie für so eine lange Zeit voneinander getrennt gewesen.

Jetzt musste sie sich aber beeilen, um nicht zu spät zur Arbeit zu kommen. Sie bürstete ihr Haar nochmal glatt, vergewisserte sich danach, dass alle Fenster zu und die Stecker gezogen waren, dann war sie schon im Treppenhaus. Die Wohnungstür fiel dumpf ins Schloss, Jana ging zum Aufzug, der Arbeitstag konnte beginnen.

*****

Mike rümpfte die Nase, denn heute war der Tag für die Müllabfuhr. Überall standen Tonnen, die Säcke stapelten sich zu Bergen, zum Vergnügen der Schmeißfliegen und anderem Ungeziefer. Hier und da huschte eine Ratte vorbei. Mike überquerte die enge Straße, lief zu seinem Wagen, denn wie so oft verspätete er sich, trotz des frühen Weckrufs.

Oft legte er die Strecke zu seinem Arbeitsplatz auch mit seinem neuen Fahrrad zurück, doch heute wäre es entschieden zu anstrengend gewesen, er war ja auch noch knapp bei Zeit, was nicht hieß, dass er mit seinem alten Fiat schneller am Tiergarten eintreffen würde als mit dem Rad. Sein Schädel brummte immer noch. Als er endlich in die Kurfürstenstrasse einbog, waren es keine fünfhundert Meter mehr bis zum Landeskriminalamt. Die Digitalanzeige auf seiner Armbanduhr sagte ihm, dass er noch zehn Minuten hatte. Also nahm er die nächstbeste Parklücke, stellte den Wagen ab, drehte den Schlüssel in der Tür nach links, zog kurz am Griff, bis er überzeugt war, dass die Verriegelung eingeschnappt war, und schritt gemächlich auf das graue Haus zu. Einer alten Burg gleich ruhte das Gebäude da und warnte mit der Aufschrift: „Delikte am Menschen“ die Fußgänger davor, etwas Dummes anzustellen.

Die schwere Eingangstür gab krächzend nach, als Mike sich mit der Schulter dagegenstemmte. Ein dicklicher Wachpolizist nickte ihm zur Begrüßung nur knapp zu. Mike erwiderte seine Geste mit einem knappen Lächeln und nahm die breite Treppe, die bis in das Obergeschoss führte.

„Pass doch auf, Mensch“, fuhr Jürgen Welsch auf, als Mike ihn mit der Tür beinahe von den Füßen fegte.

„Auch dir einen guten Morgen, lieber Jürgen“, entgegnete Mike leicht außer Atem.

„Fast hättest du es wieder geschafft, Mike“, sagte Jürgen, der sein Kollege und Freund war, dann etwas ruhiger. Seine Lippen verzogen sich zu einem Grinsen.

„Was?“

„Zu spät zu kommen“, nuschelte sein Partner über den Rand seines Kaffeebechers.

„Ich habe meine Arbeit im Gegensatz zu dir ja auch nicht geheiratet“, konterte Mike knapp. Er griff in die Hosentasche, holte zwei Münzen heraus und schob sie in den Schlitz des Kaffeeautomaten. Im Inneren der Maschine begann es zu poltern und zu rattern. Klappernd flog ein Plastikbecher heraus, blieb schief in der Halterung hängen, sodass Mike ihn mit einem Stups wieder richten musste. Der betörende Geruch nach frischem Kaffee erfüllte den Raum und machte das Leben erträglicher.

Mike nahm seinen Becher, nippte daran, der Kaffee war frisch und heiß. Gemächlich schritt er zu seinem Büro, stieß die Tür mit dem Ellenbogen auf und ging mit dem frischen Kaffee zu seinem Schreibtisch, um die liegen gelassenen Akten durchzusehen. Eigentlich liebte er seinen Job, nur der Papierkram machte ihn wahnsinnig. Ab und zu würde er am liebsten alles hinschmeißen, doch was dann? Er konnte ja nichts mehr als Verbrecher zu jagen, alles, was er in seinem Leben gelernt hatte, war, ein guter Bulle zu sein. Ein guter Ehemann und Vater zu sein, hatte bei ihm nicht so gut geklappt, mehr noch, er hatte versagt, war kläglich daran gescheitert. Seine Frau gab ihm mehr als nur eine letzte Chance, er gab sich auch Mühe, alles richtig zu machen. Nur musste er aufs Neue feststellen, dass er nur ein Bulle war, mehr nicht. Als er eine Mappe auf die andere stapelte, um so zumindest seinem Tisch einen passablen Eindruck zu verschaffen, entdeckte er einen Schmierzettel, darauf stand: „Am Montag hast du eine Verabredung mit deiner Frau." Als er erneut nach seinem Becher griff, klingelte sein Handy.

„Verdammt", stieß er einen Fluch aus. Wie so oft lief ihm der heiße Kaffee aus dem Plastikbecher aus, einige braune Flecken besprenkelten dabei seine Akten. Sein Boss würde wieder schimpfen, dachte er über seine eigene Tollpatschigkeit, griff in die Hosentasche und holte das Telefon raus. Es war Katrin, seine Frau. War seine Verabredung für diesen Montag geplant oder schon für den letzten? Er durfte keinen Fehler mehr machen, sonst wäre seine so schon zerstörte Beziehung endgültig im Eimer. Jürgen kräuselte fragend die Stirn.

Mike ging auf ihn zu, drückte ihm den halbleeren Becher in die Hand und verließ den Raum.

Sein Partner musste ja nicht unbedingt mithören. Außerdem ging sein Privatleben niemanden etwas an. Auch seinen besten, wenn auch einzigen Freund nicht!

„Hallo, Katrin.“

„Hallo, Mike.“

Beide schwiegen. Würde sie ihn jetzt wieder einen unzuverlässigen Idioten schimpfen? Er atmete, wartete einfach ab.

„Mike, wegen unserer Verabredung heute …“, begann sie schließlich. Wie immer.

Gott sei Dank, stieß er ein Gebet gen Himmel, er hatte seine Chance noch nicht vermasselt. Was noch nicht ist, kann ja noch werden, dachte er mit einem dicken Kloß im Hals. Er fürchtete sich davor, überhaupt etwas zu sagen.

„Ja?“, war alles, zu was er im Moment fähig war. Er liebte Katrin, nach dem sie ihn verlassen hatte, noch mehr als zuvor.

„Ich weiß nicht, wie ich dir das sagen soll ...“

„So, wie du es möchtest“, schoss es aus ihm heraus. Er biss sich sofort auf die Zunge.

„Ich glaube, wir sollten es lassen, Mike.“ Ihre Stimme brach wie ein trockener Zweig.

Mike fuhr sich mit der Zunge über die Lippen. Die Gedanken rasten wie Lichtblitze durch seinen Kopf.

„Warum?“, stammelte er wie ein Schuljunge vor seiner ersten Verabredung. Er schloss die Augen, dabei drückte er mit Daumen und Zeigefinger die Nasenwurzel zusammen und massierte sie einige Sekunden lang. Wartete einfach ab. Katrin schwieg, er betete zu Gott, auch wenn er nicht an ihn glaubte. Nicht an den aus der Kirche. Mike hatte seine eigenen Götter, die oft für seine missliche Lage die Verantwortung trugen. Jemand musste ja schließlich an dem ganzen Schlammassel, das den Namen Leben trug, schuld sein.

„Ich denke, dass es vorbei ist“, nuschelte sie kaum hörbar.

Trotzdem schnitten die Worte wie ein Skalpell und hinterließen tiefe Wunden auf seiner Seele, die so schon voller Narben war.

„Gibt es einen neuen Mann in deinem Leben?“

„Nein“, beeilte sie sich zu sagen. Vielleicht ein wenig zu schnell, konstatierte Mike mit trockener Kehle. Lass dir was einfallen, Mike, sei kein Schlappschwanz, trieb er sich in Gedanken an. Deine Frau hat vielleicht einen anderen. Der Gedanke fuhr wie ein heißer Nagel durch seinen Kopf. Alles, nur nicht ein fremder Mann in ihrem Bett. Sofort schämte er sich dafür. Er hatte mehr als nur einmal das Bett mit einer anderen, viel jüngeren Frau geteilt. Katrin wusste nichts davon, zum Glück.

„Wie wäre es morgen oder übermorgen, vielleicht am Samstag?“, sprach er schnell, nur damit sie nicht zu Wort kam. „Ich werde alles liegen lassen. Es muss nichts Intimes daraus werden.“ Sofort bereute er seine Worte und riss die Augen auf.

Er hörte sie auflachen, dann legte sie auf.

„Du bist doch ein strohdummer Idiot“, presste er laut durch die Zähne.

„Geht es überhaupt anders?“, erklang eine Stimme hinter ihm. Es war Jürgen. Er lugte durch die Tür.

„Was?“, brauste Mike auf.

„Gibt es denn auch schlaue Idioten?“

„Ach, lass mich in Ruhe, Welsch", blaffte Mike entrüstet. Sein Blick war auf das Display seines Smartphones geheftet.

Jürgen wusste, wenn er von Mike mit Nachnamen gerufen wurde, dann ging es seinem Partner wirklich dreckig. „Deine Ex?", versuchte er seinen Fauxpas wieder wett zu machen.

In Mikes Augen blitzte es erneut auf.

Jürgen schluckte. Er hatte schon des Öfteren darüber nachgedacht, ob er mit seinem Kumpel nicht ein ernstes Wörtchen reden sollte bezüglich seiner Ex. Auch er war seit langem geschieden - und war glücklich.

Aber führten Männer überhaupt solche Gespräche miteinander? Sie waren schließlich keine Weicheier.

Mike lief an ihm vorbei zurück zu seinem Tisch. Beim Vorbeigehen schubste er seinen Freund mit der Schulter. „Wir sind noch nicht geschieden", knurrte er beleidigt und stampfte weiter. Die Akten lagen schon wieder unordentlich da, als hätte sie jemand mit Absicht verschoben. Er nahm jede einzelne Mappe in die Hand und legte sie dieses Mal auf die andere Seite seines Tisches. Jetzt neigte sich der schiefe Turm in die entgegengesetzte Richtung. Scheiß drauf, dachte er grimmig.

„Ist es was Ernstes?" Sein Kollege und gleichzeitig bester Freund trat näher. Jegliche Freude war aus seinem Gesicht gewichen. Sein Antlitz glich einer Wachsfigur. Nur das leichte Zucken der linken Augenbraue verriet, dass er aus Fleisch und Blut war.

Jürgen ging an seinen Tisch, dabei stemmte er sich mit seinen gepflegten Händen auf die Tischkante. Er wusste, dass es noch nicht das Ende war. Katrin hatte Mike schließlich nicht betrogen, es war etwas anderes, sie hatten sich irgendwie auseinander gelebt. Jürgen warf einen Blick auf den unordentlichen Tisch seines Partners. Dort stand immer noch das Familienfoto.

Plötzlich begann der Papierstapel sich selbstständig zu machen. Jürgen griff danach, im letzten Moment konnte er die Lawine aus Blättern und Fotos anhalten.

„Willst du darüber reden, Mike?“, sagte er nur. Die Akten legte er zu kleinen Bündeln auf der rechten Kante ab.

„Nein, es ist nichts, was von Bedeutung sein könnte.“

„Wie du meinst.“

Mike räusperte sich und verließ wortlos den Raum. Als er sich von seinem Büro weit genug entfernt glaubte, wählte er die Nummer seines Sohnes. Wie immer würde sein Sohn nicht rangehen. Er musste sich unbedingt dieses WhatsApp, oder wie immer das auch hieß, auf sein Telefon installieren. Doch zu seiner Verwunderung vernahm er die Stimme seines Sohnes.

„Hi, Paps, was geht?“ Er klang immer noch schlaftrunken.

„Christoph, müsstest du nicht längst in der Schule sein?“

„Nö, bin krank geschrieben“, entgegnete sein Sohn salopp.

„Na schön, ich möchte dich etwas fragen ...“

„Nein, da muss ich dich leider enttäuschen, Mutter hat immer noch keinen Neuen.“ Woher hatte er nur diese Ader zum Sarkasmus?, dachte Mike etwas zornig. „Und nein, sie trifft sich auch mit niemandem."

„Bist du dir da ganz sicher?"

„Jupp."

„Warum hat sie dann die Verabredung von heute Abend abgesagt?"

„Vielleicht hat sie von deinen Affären Wind bekommen ..." Eine nicht gespielte Hustenattacke unterbrach seinen frechen Sohn.

„Hast du es ihr erzählt?"

„Quatsch, ich habe nur geraten", verteidigte sich sein Sohnemann keuchend. „Du darfst einfach nicht klein beigeben. Du bist doch schließlich Polizist", sprach er mit gespielt tiefer Stimme.

Danach hörte er Christoph lachen.

„Du meinst, ich ..."

„Sie möchte wie alle Frauen, dass du um eure Liebe kämpfst. Ich muss dir doch nichts von Frauen erzählen." Erneutes Husten ließ ihn verstummen. „Lass dir was einfallen. Jetzt muss ich aber auflegen, sonst ist meine Stimme endgültig im Arsch." Mit diesen Worten verabschiedete sich Christoph und legte auf.

Mikes Finger huschten über das Display. Katrin. Er strich darüber.

„Ja?"

„Katrin, ich bin's nochmal." Mit der linken Hand drückte er sein Ohr zu. Irgendjemand versuchte genau in diesem Moment, ein Loch in die Wand zu bohren. Ausgerechnet jetzt, fluchte er innerlich. Das laute Brummen wurde zu einem ohrenbetäubenden Getöse. Der Schlagbohrer leistete ganze Arbeit, um

Mike zu vertreiben. Er beeilte sich, zurück in sein Büro zu kommen. Jürgen tat so, als habe er seinen Freund nicht bemerkt, er schien komplett in seine Arbeit vertieft zu sein. Für eine lange Schrecksekunde hörte Mike, wie Katrin atmete.

„Habe ich mich etwa nicht deutlich genug ausgedrückt?“, fragte sie leise. Ihre Worte klangen eher müde als zornig.

„Ich dachte nur, dass die Leitung unterbrochen wurde.“

„Darum hast du es bei unserem Sohn versucht?“

Scheiße, war sie etwa zu Hause?

„Katrin, ich möchte, ich würde gern, ach Scheiße, ich will nur eine Chance, mehr nicht. Ein Abendessen zu zweit. Egal wo.“

„Meinst du es wirklich ernst, Wede?“ So hatte sie ihn schon lange nicht mehr genannt. Seit ihrer Schulzeit nicht.

„Ja, ja, und wie“, stotterte er vor Aufregung.

„Ich weiß nicht, Mike“, murmelte sie in den Hörer.

Du darfst nicht klein beigeben, hallten erneut die Worte von Christoph in seinem Kopf nach.

„Wir gehen zum Italiener, bei dir an der Ecke. So musst du dich nicht ...“

„Chic machen?“, fiel sie ihm lachend ins Wort. Sie schien amüsiert zu sein, was ein gutes Zeichen war. Es war wieder ihr ehrliches, perlendes Lachen, wie er es so an ihr liebte.

„Nein ..., du, ich wollte sagen ...“

„Wäre um acht Uhr okay?“, unterbrach sie ihn aufs Neue.

„Ich wollte nur sagen, dass … was sagst du? War das etwa ein Ja?“ Er war so überrumpelt, dass er noch gar nicht begriffen hatte, wie seine Frau seinem Vorschlag zugestimmt hatte. Er schnappte vor Aufregung nach Luft.

„Wäre das passend für dich?“

„Ja klar, ich warte, also ich werde da sein, versprochen. Grüße unseren Sohn von mir.“

Sie lachte immer noch.

„Ich liebe dich“, flüsterte er, doch da hatte sie schon aufgelegt. Wäre es möglich, nein, er verwarf den Gedanken und widmete sich endlich seinen Aufgaben.

Jürgen verzog seinen Mund zu einem verschmitzten Lächeln, sagte jedoch nichts.

Mike fühlte sich erschöpft, gleichzeitig ergriff ihn ein Zustand der völligen Zufriedenheit. Er schloss seine Augen und sah Katrin, er weidete sich an der Vorstellung, sie wieder in den Armen halten zu können.

Ein leises Räuspern holte ihn aus der Träumerei wieder zurück in sein Büro. Er beäugte den Störenfried mit müden Augen.

„Ich werde gegen dich eine Dienstaufsichtsbeschwerde einleiten müssen, Herr Wedekind. Sie verschweigen Ihrem besten Freund wichtige Details bezüglich ihres Privatlebens“, rügte ihn Jürgen mit einem frechen Grinsen.

Mike schüttelte nur mit dem Kopf. Er warf einen Blick nach draußen, der Morgen war klar und von frischer Kühle angehaucht. Emsig machte er sich dann an den Papierkram.

*****

Nachdem sie vier Frauen und drei Männern die Füße massiert und einige Fußnägel in Form gebracht hatte, ging sie in den kleinen Raum, wo sie sich ihren zweiten Kaffee gönnte. Ihre Hände rochen immer noch nach Balsam und diversen Kräutern, trotz zweimaligem Waschen und viel Lotion. Ihr Handy vibrierte. Sie ließ den Becher stehen, griff in die Hosentasche, es war Jens. Sein Gesicht lächelte sie verliebt an. Ihre Hände waren immer noch etwas taub, doch der Anblick ihres Liebsten tat ihr gut.

Ungeduldig drückte sie auf die Hometaste.

„Hallo, Schatz."

„Hallo, mein Engel. Störe ich dich auch nicht? Soll ich vielleicht später anrufen, doch wie du weißt ..."

„Nein, du störst nicht, keine Sorge. Ich wünsche mir nur, dass du bald nach Hause kommst. Ich vermisse dich so sehr." Eine kleine Träne löste sich aus ihrem Auge und kullerte zu Boden, wo sie lautlos auf den weißen Fliesen zerschellte.

Ihre Telefongespräche waren alles, was den beiden von ihrer Beziehung noch geblieben war. Selbst diese kurzen Momente ihrer Zweisamkeit wurden seltener. Wie gerne würde sie ihren Jens in die Arme schließen, seinen männlichen Körpergeruch in sich aufnehmen, ihn berühren, ihn küssen, mit ihm schlafen.

„Ich vermisse dich auch. Wie ist bei euch so das Wetter? Hier haben wir nur Sand, überall.“

„Der Herbst ist nicht meine Lieblingsjahreszeit“, sagte sie und verzog die Lippen zu einem Flunsch.

„Der Regen wäre uns jetzt reinste Freude“, schrie Jens in den Hörer.

Jana hörte ein lautes Motorengeräusch. Ein Hubschrauber oder ein Panzer, dachte sie, dabei verzog sie ihr hübsches Gesicht und nahm den Hörer von ihrem Ohr weg.

Als das laute Poltern verklungen war, hörte sie wieder die angenehme Stimme von Jens.

„Schatz, wann kommst du nach Hause?!“, schrie sie, da in ihrem Salon niemand war, der sie störte. Zuckte jedoch selbst von der Lautstärke ihrer Stimme leicht zusammen.

„Mit dem nächsten Flieger!“, schrie Jens zurück. Die Verbindung wurde schlechter.

„Was heißt das jetzt genau?“

„In etwa vier Wochen bin ich bei dir. Dann bleibe ich für immer in Deutschland. Ich hab diesen Krieg endgültig satt.“

„Das ist schön.“ Ein einziger Gedanke beunruhigte sie dabei, hoffentlich würde er bis dahin nicht sterben. Ein leises Bimmeln der Türglocke ließ sie den Kopf heben. Ein alter Mann stand leicht verlegen in der Tür.

„Bin ich hier richtig?“, krächzte er mit brüchiger Stimme.

„Zu wem wollen Sie denn?“, fragte sie ihn ihrerseits immer noch viel zu laut. Der alte Mann machte große Augen und sah sie leicht irritiert an. Mit der rechten Hand begann er an seinem Ohr zu nesteln. Er stellte sein Hörgerät leiser, stellte Jana mit belustigter Miene fest. „Ich habe Kundschaft, Schatz", hauchte Jana die wenigen Worte in den Hörer.

„Ich muss auch los, wir haben jetzt eine Manöverübung."

„Ich liebe dich!"

„Ich dich noch mehr, mein Engel", sagte Jens und legte auf.

„Zur Frau Kraus bin ich geschickt worden. Sind sie Fräulein Kraus?", schrie der Alte fast. Jana lächelte leicht, sie war über den Fauxpas leicht amüsiert. Trotzdem spürte sie ein leichtes Ziehen in ihrer Brust. Am liebsten hätte sie für heute Schluss gemacht und wäre nach Hause gefahren. Auf die schrumpeligen Füße des alten Mannes, die bestimmt voller Warzen waren, hatte sie irgendwie überhaupt keine Lust. Selbst hier konnte sie den ranzigen Schweiß, den dieser Mann verströmte, riechen. Etwas Gutes hätte die Behandlung dennoch, danach würde sie bestimmt nicht mehr an Sex denken.

„Ja, Sie sind genau richtig. Darf Ich Ihren Namen erfahren?" Ihre Stimme klang nicht mehr so laut wie kurz davor.

„Ja, ich habe einen Termin bei Frau Kraus." Erneut fummelte der Mann an seinem Ohr, dabei verzog er sein Gesicht zu einer unverständlichen Grimasse. „Muss mal das Ding reparieren lassen", nuschelte er leise, wie es nur alte Leute tun.

Jana nickte nur.

*****

Mike starrte auf den Bildschirm. Der blöde Abschlussbericht musste noch heute fertig geschrieben werden. Die Bürokratie war sein ärgster Feind, doch auch der musste besiegt werden.

„Wollen wir heute was zusammen unternehmen? Ein Feierabendbier? Was hältst du davon, Mike?“ Jürgen schaute ihn von seinem Arbeitsplatz aus an. Seine Füße lagen auf dem aufgeräumten Tisch.

Mike hasste seinen Freund für seinen peniblen Lebensstil. Sein Tisch war immer ordentlich, die Akten waren stets sortiert und in alphabetischer Reihenfolge geordnet. Ein süffisantes Lächeln kroch über Jürgens Mund, seine Augen glänzten schelmisch. Er wusste, dass Mike mit seiner Noch-Frau telefoniert hatte, auch von dem Stelldichein schien er mehr als nur eine vage Ahnung zu haben. Er zog ihn wie so oft damit auf. Mike warf einen Bleistift nach ihm. Jürgen duckte sich weg und lachte auf, dabei ließ er eine makellose Zahnreihe aufblitzen.

„Willst du mich jetzt verarschen?“, fuhr Mike ihn in gespielt brüskem Ton an.

Jürgen grinste über beide Ohren. „Ich habe jetzt Feierabend.“ Er nahm seine Füße vom Tisch, klopfte sich auf die Schenkel und sah Mike immer noch mit frechem Blick an. „Ich bin Single und genieße mein Leben in vollen Zügen. Ich habe heute eine Verabredung, ein Rendezvous mit einer Frau, die nicht nur mit mir essen möchte, um über vergangene Tage zu reden ..." Er zwinkerte Mike vielsagend zu.

„Lassen wir die Einzelheiten. Ich habe heute noch so einiges zu erledigen. Danke der Nachfrage, auf deine Unterstützung kann ich sehr gut verzichten. Bin eh gleich fertig."

Welsch verzog seinen Mund zu einem noch breiteren Grinsen. „Na, dann will ich dich nicht weiter stören." Mit einer Akribie, die bei Mike zu einem Brechreiz führen könnte, legte Jürgen seine restlichen Utensilien parallel zueinander neben den Monitor, schob den Bürostuhl unter den Tisch, und schon war er zur Tür hinaus. „Wir sehen uns morgen. Grüße Katrin von mir", sagte er noch, bevor er ganz verschwand.

Der zweite Bleistift, den Mike seinem Freund hinterher warf, prallte leise vom Türblatt ab.

Mike verschränkte die Hände hinter dem Kopf, ließ ihn tief in den Nacken sinken, seufzte, dann schloss er für einen Augenblick die Augen. *Ich muss den bescheuerten Bericht noch heute fertig kriegen,* sprach er in Gedanken zu sich selbst. Also setzte er sich erneut aufrecht, tippte den Text endlich fertig, drückte wie ein Specht auf LSD auf die Tasten. Der Drucker erwachte brummend zum Leben und spuckte die heutige Arbeit nach wenigen Augenblicken - die heute extrem lang zu dauern schienen - aus, damit Mike endlich nach Hause gehen konnte. Mike nahm einen Kugelschreiber, setzte seine krakelige Unterschrift darunter, ging zum Fach seines Kommissionsleiters, legte seinen Bericht zu dem seiner Kollegen, die alle schon längst gegangen waren, und verließ das Dienstgebäude. Endlich. Er warf einen Blick auf seine Uhr. Viertel vor sechs. Er hatte noch zwei Stunden Zeit, die er totschlagen musste. Er entschied sich dafür, nach Hause zu fahren, sich zu duschen, frisch zu machen, schöne Klamotten anzuziehen, vielleicht auch noch einen Blumenstrauß zu besorgen.

*****

Jana war endlich wieder zu Hause. Nach dem alten Mann gab es noch zwei weitere weniger angenehme Kunden, die ihre Füße massiert bekommen wollten. Manchmal hasste sie ihren Job. Sie ging ins Bad und wusch sich gründlichst die Hände mit Seife und Desinfektionsmittel. Ihre Haut schimmerte rot vom heißen Wasser. Erst jetzt fiel ihr ein, dass sie ihre Freundin anrufen sollte. Sie nahm eine kleine Dose Handcreme und massierte die angenehm kühle Masse in die strapazierte Haut ein. Als sie ihr Telefon nach einer halben Ewigkeit in ihrer Handtasche nicht finden konnte, ging sie in die Küche. Das Handy war bestimmt immer noch in ihrem Salon, das blöde Ding hing am Ladekabel. Auch egal, dachte sie, dann rufe ich Anja eben morgen an. Jetzt hatte sie Hunger, aber keinen

Appetit auf etwas Bestimmtes, wie so oft, wenn sie zu viel gearbeitet hatte. Also ging sie zum Kühlschrank, nahm die angebrochene Milchtüte, drehte den Verschluss ab und setzte die kleine, runde Öffnung an die Lippen - plötzlich hielt sie inne.

War da was, oder hatte sie sich nur etwas eingebildet? Sie lauschte, nichts, nur das leise Brummen vom Kühlschrank summte in ihren Ohren. Die kühle Milch rann durch ihre Speiseröhre, es tat gut, dachte sie, nahm zwei kleine Tomaten, ließ auch diese kurzerhand in ihrem Mund verschwinden. Ein Becher Joghurt wurde geöffnet. Sie ging zum Tisch, griff nach der Schublade, nahm sich einen Löffel, schwer ließ sie sich auf einen der Stühle sinken. Erneut schien sie ein Rascheln zu vernehmen. Langsam fühlte sie sich unbehaglich. War da jemand in ihrer Wohnung? Mit dem Löffel im Mund stand sie auf. Da ist nichts, oder doch? Die Uhr in Form eines riesigen Tellers, deren Zeiger ein Löffel und eine Gabel waren, tickte auf einmal sehr laut, in ihren Ohren toste das Blut wie ein Wasserfall, das Herz machte Riesensprünge, unter den Rippen hämmerte es laut. Sie schluckte.

Nein, sie hatte sich nur getäuscht. Es waren bestimmt ihre Nachbarn, sie stritten die letzte Zeit des Öfteren miteinander. Jana löffelte, ohne dabei etwas zu schmecken, immer noch lauschte sie angestrengt. Als der Löffel nur noch am Plastik kratzte, verklangen die Geräusche. Endlich, dachte sie und atmete erleichtert aus. Sie ging erneut zum Kühlschrank. Der Joghurtbecher war leer gelöffelt und lag samt dem kleinen silbernen Löffel in der

Spüle. Nach der Aufregung brummte ihr Magen um so lauter, jetzt wollte sie etwas Deftiges.

Mit einer Scheibe Wurst, einer weiteren Tomate und einer leicht verschrumpelten Karotte ging sie ins Wohnzimmer, als sie es wieder hörte - das leise Schaben an der Tür. Der heutige Tag war wirklich anstrengend. Irgendwie hatte sie das Gefühl, dass ihr Freund ihr etwas verschwieg. Er rief sie immer zu derselben Zeit an, was keinen Grund zur Besorgnis gab. Was ihr jedoch Kopfschmerzen bereitete, waren die Unstimmigkeiten in seinen Aussagen. Ständig war es im Hintergrund laut, er sagte Dinge wie „ich liebe dich", nur hörten sich die Worte für sie nicht mehr ehrlich an. Jetzt auch noch das nervige Kratzen an der Tür, das sie an Rand des Wahnsinns trieb. Sie entschied sich, der Sache auf den Grund zu gehen. Sie sammelte all ihren Mut, knipste das Licht an, um es sofort wieder auszuschalten. Was, wenn es ein Einbrecher war? Mit einem dicken Kloß im Hals lief sie zurück in die Küche. Draußen war es schon dunkel, sie hasste diese Jahreszeit. Sie nahm ihre Handtasche und stülpte den ganzen Inhalt auf den Küchentisch. Das Schaben verschwand endlich. Jana suchte verzweifelt nach ihrem Smartphone. Tatsächlich, sie hatte das verdammte Ding heute zum allerersten Mal nicht dabei. Sie hatte es aufladen müssen, weil sie mit Jens telefoniert hatte, danach hatte sie im Internet gesurft, was sie sehr selten tat. Anschließend musste das blöde Ding aufgeladen werden. Und jetzt? Ein Telefon hatte sie nicht. Warum auch, wenn sie es nie benutzte? Ein Ersatzhandy hatte sie vor einem Jahr weggeschmissen, weil dort die SIM-Karte gesperrt worden war. Der Grund dafür war derselbe wie mit dem Telefon, sie benutzte es nie. Krampfhaft dachte sie nach, was sie jetzt tun könnte. Sie horchte auf, das Rascheln vor der Tür wurde lauter. E-Mail, sie könnte ja eine E-Mail verschicken. Doch an wen? Sie kannte keine Email-Adresse auswendig. Alles war auf ihrem Smartphone gespeichert, auch WhatsApp und SMS kamen nicht in Frage. Das verdammte Ding - ihr Smartphone, das sie auf der Arbeit vergessen hatte, machte ihr einen dicken Strich durch die Rechnung. Und bei Facebook würde ihr niemand glauben. Messenger, genau, das ist es. Sie würde ihre beste Freundin Ann kontaktieren, sie war ständig online. Jana lief auf Zehenspitzen ins Wohnzimmer, beim Vorbeigehen schaltete sie die Anlage an und drehte sie auf volle Lautstärke. Vielleicht würde sich ja doch einer der Nachbarn belästigt fühlen und die Polizei rufen. Oder wer immer es auch sein mochte, endlich von ihrer Tür verschwinden. Sie klappte das Notebook auf und verfluchte das alte Teil für seine Langsamkeit. Ihre Finger drückten fest und schnell auf die Tasten. Ihr Hals fühlte sich auf einmal staubtrocken an. Irritiert blickte sie auf den Bildschirm. Hatte sie sich vertippt? Passwort neu eingeben - was war das denn? Versuchen Sie es neu, stand über dem kleinen Fenster. Sie tippte die Buchstaben- und Zahlenkombination neu ein. Sie haben noch einen Versuch.

„Verfluchte Technik. Nur nicht ausflippen“, zwang sie sich zur Ruhe.

Sie eilte in ihr Schlafzimmer, neben ihrem Bett stand eine kleine Kommode, darin verbarg sich ein kleines Buch mit all ihren Geheimnissen, die sie seit ihrer fünften Klasse genau in diesem Buch niederschrieb. Auch ihre sämtlichen Passwörter. Sie zog an der obersten Schublade, die wie immer klemmte. Zwischen all ihren Socken und frischen Höschen musste sich das kleine schwarze Ding versteckt haben. Als die blöde Schublade endlich aufging, taumelte Jana nach hinten. Ihre Wäsche war zerwühlt. Die Socken und Slips lagen in einem bunten Haufen durcheinander. Als sie einen zweiten Blick wagte, sah sie ein ihr vertrautes Gesicht. Eine kleine Nuance machte das schöne Foto zu einem grässlichen Bild. Sie sah ihren Jens und sich, wie sie lachend an einem Mauervorsprung sitzend in die Kamera lächelten. Hinter ihnen erstreckte sich die blaue Lagune von Mallorca. Es war letztes Jahr, nur war auf diesem Foto ihr Gesicht mit einem scharfen Gegenstand ausgekratzt worden. Jana vergrub ihr Gesicht in den Händen, sie konnte nichts mehr tun als weinen. Wer war hier, wer hatte in ihren Sachen herumgestöbert?

„Liebe Zuhörer, wenn ihr allein seid, dann ruft mich einfach an, ich werde euch die Zeit des Alleinseins ein wenig versüßen“, erklang eine männliche Stimme aus dem Radio.

Jana wappnete sich innerlich, sammelte all ihren Mut aufs Neue, nahm die schwere Vase von der Kommode. Sie lag schwer in der Hand, Jana wusste nicht, wie das blöde Ding auf ihren Nachttisch kam, sie verlor keinen weiteren Gedanken mehr daran. Immer noch schwer atmend stand sie jetzt im Flur. Zu allem entschlossen holte sie mit der rechten Hand weit aus, dann schleuderte sie das hässliche Teil gegen die Tür. Die Vase prallte dumpf von der Tür ab, landete auf dem langen Teppich, danach kullerte sie zu ihren Füßen zurück. Das dicke Glas hatte nicht mal einen Riss bekommen, dafür hatte die Tür eine tiefe Delle. Sie bibberte vor Angst. Alles schien auf einmal surreal, sie fühlte sich wie in einem falschen Film.

„Verschwindet von meiner Tür“, kreischte Jana aus vollem Hals. Ihr Atem ging stoßweise, sie horchte auf, tatsächlich hörte das nervige Kratzen auf. Vielleicht lag es auch an der Lautstärke der Anlage. Die männliche Stimme säuselte etwas von Liebe. Sie ging ins Wohnzimmer. Um den blöden Kommentator nicht mehr hören zu müssen, drückte sie auf den Powerknopf.

Vor Angst fast gelähmt lief sie zurück in die Küche, die Vase stellte sie geräuschlos auf der Anrichte ab, genauso leise zog sie das größte Messer, das sie im Haus hatte, aus dem Messerblock heraus. Jana versuchte nicht zu atmen, es war erst still, dann war das Kratzen wieder da. Verdammt, fluchte sie innerlich. Wer zum Teufel kratzte an ihrer Tür? Mäuse? Oder gar Ratten? Jana schob eine der Schubladen auf, wenn es eine Ratte oder eine Maus war, dann war ein Schnitzelhammer auch nicht verkehrt. Er wog schwer in ihrer linken Hand. Bewaffnet bis an die Zähne schlich sie zur Tür, sie ließ das Licht im Korridor dennoch aus. Als sie fast schon an der Tür war, rutschte sie aus, es war wieder der blöde Teppich, mit einem Mal flog sie der Länge nach hin, der Hammer rutschte ihr dabei aus der Hand, mit einem lauten Knall donnerte er gegen die Tür. „Verdammt“, fluchte sie. Ihr Knie tat höllisch weh, sie hatte jetzt auch das große Brotmesser nicht mehr in der Hand. Zum Glück habe ich mich dabei nicht selbst verletzt, dachte sie und rappelte sich wieder auf die Füße.

*****

Mike parkte seinen alten Fiat an der Bordsteinkante, schloss die Tür, zog wie gewöhnlich zweimal an dem Griff, um sich zu vergewissern, dass der Karren tatsächlich abgeschlossen war, zu seiner Überraschung ging die Tür mit einem leisen Klicken auf. „Verdammt“, fluchte er. Mit Schwung donnerte er die Tür erneut zu, sodass sein roter Flitzer zu schaukeln begann. Er holte den Schlüsselbund erneut aus seiner Hosentasche und rammte den Schlüssel in den schmalen Schlitz hinein. Als der Schlüssel tief im Schloss steckte, drehte er ihn einmal ganz nach links, bis zum Anschlag. Jetzt blieb der Karren endlich zu. Bevor er die Straße überquerte, warf er einen Blick nach rechts. Tatsächlich hatte der Blumenladen noch auf. Er sprintete los. Er hatte sehr wenig Zeit und musste sich also beeilen.

„Guten Abend“, begrüßte er eine junge Dame, die im Begriff war, die vielen Eimer und Vasen wieder in den kleinen Laden zu tragen.

„Hallo“, ihre Stimme klang müde, „eigentlich haben wir schon zu“, fügte sie noch schnell hinzu, als sie sah, wie Mike sich nach einem Blumenstrauß umschaute.

„Es ist ein Notfall, ein menschliches Leben hängt daran."

Sie kräuselte die Stirn.

„Wenn ich die Blumen nicht bekomme, dann war's das mit mir, bitte." Er versuchte es mit einem Lächeln.

Die Frau drückte ihm einen der Eimer in die Hand und deutete mit ihrem spitzen Kinn zur Tür, die weit offen stand.

Mike warf einen hastigen Blick auf seine Uhr.

Die hübsche Verkäuferin zuckte die Achseln, zauberte ein süßes Lächeln auf ihren Mund, dabei bekam sie zwei kleine Grübchen auf ihren zartrosa Wangen.

„Wie Sie möchten", sagte sie immer noch lächelnd. „Ohne Fleiß kein Preis, dieses Sprichwort ist Ihnen bekannt hoffe ich." Ihre Augenbrauen wurden zu zwei gleichmäßigen Bögen. Sie wollte schon den Eimer, der mit roten Rosen vollgespickt war, aus seiner Umklammerung nehmen, da entschied sich Mike, der frechen jungen Dame doch zu helfen.

„Aber dann will ich einen schönen und großen, versprochen?"

„Der Kunde ist König, wenn Sie genug Moneten bei sich haben, können Sie gern den ganzen Eimer mitnehmen, den Eimer auch noch mit dazu." Erneut erklang ihr schönes Lachen. Mike konnte nicht anders als mitzulachen.

Sie gefiel ihm. Ein neuer Gedanke keimte in ihm auf. Wenn es mit Katrin nicht klappen sollte, nein, darüber durfte er nicht nachdenken.

Nach guten zehn Minuten waren die Blumen im Laden verstaut, nach weiteren zehn war der Blumenstrauß fertig, es gab eine rote Rose gratis. „Weil Sie so gut geholfen haben“, sagte sie kokett und schenkte ihm zum Abschied noch ein süßes Lächeln.

Als Mike erschöpft, aber glücklich die Treppe nach oben ging, kam Anita ihm entgegen.

„Sind die etwa für mich? Danke, dass du an meinen Geburtstag gedacht hast.“ Sie hielt eine Mülltüte in der Hand.

Auch ungeschminkt sah sie umwerfend aus, dachte Mike, versuchte dabei nicht auf ihren tollen Busen zu starren, der durch das lange T-Shirt noch gut sichtbar war. Sie trug auch heute keinen BH.

„Leider nicht“, stammelte er leicht beschämt.

„Macht nichts, vielleicht ein anderes Mal. Mein Geburtstag ist übrigens im Dezember“, entgegnete sie mit einem schiefen Grinsen und zwinkerte ihm mit einem Auge zu. Ohne ein weiteres Wort ging sie weiter nach unten. Dabei wackelte sie mit ihrem wohlgeformten Hintern, als liefe sie nicht nach unten zu den Mülltonnen, sondern über einen Laufsteg vor prominentem Publikum.

„Ach, übrigens“, hörte Mike erneut ihre Stimme. „Da hat jemand was von dir gewollt. Der Brief liegt unter deiner Tür.“

„Von wem?“

„Keine Ahnung, du Casanova.“ Dieser Satz klang nicht lustig. Sie schien verärgert.

„Ist es unbillig zu fragen warum du so gereizt bist?“, trieb Mike ihre Auseinandersetzung bis an die Spitze der Gefühle.

„Leck mich doch“, zischte sie nur und warf die Tür hinter sich zu.

Vielleicht wegen der Blumen, überlegte Mike, dann nahm er je zwei Stufen auf einmal, er musste sich beeilen, also rannte er die Treppen hoch. Er war jetzt schon fast zu spät dran. Wie so oft in seinem Leben schien die Uhr bei ihm schneller zu laufen als bei all den anderen. Nach so einem Streit war der Sex mit Anita erste Klasse, doch daran vergeudete er keinen Gedanken mehr, alles, was zählte, war, in seinem Privatleben wieder aufzuräumen. Die Affäre mit der hübschen Nachbarin gehörte dazu.

Oben angekommen sah er den Briefumschlag. Komisch, wo er doch einen Briefkasten hatte. Er klemmte das längliche Kuvert unter die Achsel, dafür hatte er später noch Zeit. Schon kratzte der Schlüssel im Schloss.

Schnell befreite er sich aus den Klamotten, die allesamt im Wäschekorb landeten.

Er wartete nicht, bis das Wasser in der Dusche warm war. Heute musste er mit kaltem Wasser vorlieb nehmen - er war ja schließlich ein Mann -, und eine Abkühlung täte ihm auch gut. Als er sich rasiert und eine frische Unterhose angezogen hatte, betrachtete er sich im großen Schrankspiegel.

„Naja“, sprach er zu sich selbst. „So wäre es schon um einiges besser“, sagte er erneut laut, als er den Bauch ein wenig eingezogen hatte.

Wie oft hatte sich seine Katrin in diesem Spiegel betrachtet, als sie eines ihrer Kleider anprobiert hatte. Wie oft hatte er sich darüber geärgert, dass sie immer so lange dafür brauchte, um sich chic zu machen. Vielleicht werde ich sie wieder zurückholen können, dachte er. Nach dreißig Liegestützen sah seine Brust ein wenig besser aus, beim Bauch konnte er keine Veränderung erkennen. Ein dicker Pulli wäre jetzt die beste Lösung, alles, was dagegen sprach, waren das Wetter und der Anlass. Er entschied sich für ein blaues Hemd mit Längsstreifen, die seine unvorteilhaften Stellen gut kaschierten.

*****

„Ist bei Ihnen alles in Ordnung?“, erklang eine männliche Stimme von draußen.

Jana schlug sich die Hände vor den Mund. Ein kalter Schauer jagte ihr über den Rücken. Die kleinen Härchen auf ihren Unterarmen standen zu Berge, sie fröstelte. War das einer ihrer Nachbarn?

„Haben Sie sich verletzt?“ Erneut erklang die Stimme. Der Fremde klang besorgt und aufrichtig.

Ihre rechte Hand umfasste fest den Knauf, die Knöchel traten dabei weiß durch ihre fast durchsichtige Haut hervor. Meine Hände sind sehr wichtig für meine Arbeit, dachte sie, als sie einen roten Strich auf ihrem Handrücken bemerkte. Die Wunde war nicht tief, nur ein Kratzer, trotzdem brannte die Haut an dieser Stelle wie Feuer. Sie musste sich bei dem Sturz in die Handfläche geschnitten haben. Vor Schmerz verzog sie das Gesicht zu einer Grimasse. Ein schmaler Lichtstrahl vom Treppenhaus aus drang unter der Tür bis zu ihrer Wohnung hindurch. Für einen kurzen Augenblick verschwand der gelbe Streifen, um dann wieder aufzuleuchten. Jana tat einen Schritt nach vorne, ohne die Tür zu berühren, schaute sie durch den Spion. Alles, was sie sah, war Schwärze, obwohl das Licht im Treppenhaus an war. Sie blieb zu einer Salzsäule erstarrt stehen, wartete die Situation einfach ab.

„Ich möchte ja nicht aufdringlich sein, aber wenn Sie sich verletzt haben, kann ich Hilfe holen."

Sie blieb dem Unbekannten die Antwort schuldig.

Der helle Spalt unter der Tür verschwand erneut. Drei Atemzüge lang blieb alles still. Jana hörte nur ihren Atem. Ganz leise konnte sie dumpfe Schritte ausmachen. Jemand ging die Treppe hinunter. Ein neuer Gedanke hatte sich ihrer bemächtigt. Wollte sie der Typ womöglich überfallen? Oder stand dort tatsächlich einer der Hausbewohner und bot ihr Hilfe an?

„Hallo, sind Sie von der Polizei?", jammerte Jana kaum hörbar.

Draußen blieb alles ruhig. Der Mann schien wieder weg zu sein. Die Stille suggerierte eine Art von besonderer Verbindung zwischen der Sicherheit und der Erleichterung, die sie jetzt empfand. War er tatsächlich weg? Sie lehnte sich leicht gegen die Tür. Sie lauschte, hielt den Atem an.

„Nein, aber ich wohne in diesem Haus", erklang jetzt die Stimme erneut. Jana schrie vor Schreck auf und zuckte richtiggehend zusammen. Wieso wohnte sie nur im letzten Stockwerk? Die Nachbarin unter ihr war verreist, so ein Mist auch, fluchte sie in sich hinein.

Der Unbekannte hinter der Tür spielte nur mit ihr. Er schien sich bei der Sache köstlich zu amüsieren. So, als wäre sie eine kleine dumme Göre. Seine Stimme vibrierte von der Überlegenheit die er ihr gegenüber empfand. Der Fremde tat so, als würde er weggehen, und stampfe mit Absicht einige Stufen nach unten, um sich dann ganz leise der Tür wieder zu nähern, um Jana noch mehr Schrecken einzujagen, so etwas hatte sie früher auch oft getan, aber es war immer nur ein Spiel gewesen. Sie und ihre Freundin lachten oft darüber, wenn sie sich gegenseitig einen Streich spielten. Dies hier war aber gar nicht lustig. Sie fand das Ganze überhaupt nicht komisch. Kalter Schweiß bildete sich zu kleinen Tropfen auf ihrer Stirn.

„Wie ist Ihr Name? In welchem Stockwerk wohnen Sie denn? Warum haben Sie den Spion zugeklebt?"

Schweigen.

Sie hörte nur das laute Pochen ihres Herzens.

Janas Hände zitterten, die Beine wurden auf einmal butterweich. Als ihre Hand den Lichtschalter ertastete, explodierte die Stille von einem lauten Knall gegen die Tür. Jana konnte nicht mehr an sich halten, sie schrie sich die Seele aus dem Leib.

„Was wollen Sie von mir?!", kreischte sie den Fremden durch die Tür an. Ihre Stimme brach mehrmals, ihr Hals kratzte, so laut schrie sie ihren Peiniger an. Sie hielt das Messer dicht vor sich, mit beiden Händen fest umklammert. Sie musste sich für einen Augenblick an die Garderobe lehnen. Haltsuchend schritt sie rückwärts. Die beunruhigende Ahnung schnürte ihr die Kehle ab. „Bitte, gehen Sie“, weinte Jana.

„Ich lasse dich jetzt mit deinem Gewissen allein, denk darüber nach, was du verbrochen hast.“ Die Stimme des Mannes klang gedämpft.

Ging er jetzt tatsächlich, oder tat er wieder nur so? Jana schloss kurz die Augen und stieß ein leises „Lieber Gott steh mir bei“ in die Dunkelheit aus. Sie hörte ein leises, kaum wahrnehmbares Kratzen. Ihr Herz blieb für einen Moment stehen. Ihre rechte Hand umklammerte ganz fest das Messer, mit der linken hielt sich an dem Garderobenständer fest. Ihre Finger schmerzten, die Hand begann zu verkrampfen, alle Kraft wich aus ihren Gelenken. Sogar ihre Kiefer taten höllisch weh. Jana presste die Zähne fest zusammen. Sie hatte unbändige Angst. Warum kam niemand, um sie aus dieser schrecklichen Lage herauszuholen? Ihr Freund kämpfte für fremde Menschen, für ihre Sicherheit, in einem fremden Land, anstatt bei ihr zu sein - für eine Sekunde verfluchte sie ihn.

Erneut tauchte der gelbe Lichtstrahl unter der Tür auf, er schien sie höhnisch auszulachen.

Zu ihrem Entsetzen ging die Tür mit einer Langsamkeit, die einer Zeitlupe gleichkam, nach innen auf.

Das grelle Licht zerschnitt die Dunkelheit - in der sich Jana zu verstecken versuchte - wie ein Skalpell, sie war ihm ausgeliefert. Völlig schutzlos stand sie Angesicht zu Angesicht ihrem Feind gegenüber.

Alles, was sie voneinander trennte, war ein Spalt in der Tür, der mit jeder Sekunde größer wurde.

Jana sah die dunkle Gestalt, die im hellen Schein noch grotesker wirkte, als sie sich den Mann vorgestellt hatte. Ihre Augen weiteten sich. Sie konnte den Blick nicht abwenden, wie paralysiert stand sie da. Keiner Regung mächtig, verfolgte sie das Geschehen. Alles ist vorbei, kreischte eine Stimme in ihrem Kopf auf. Wie ein Nebelschleier benetzten Tränen ihre Sicht. Zu keinem Laut fähig, schnappte sie nach Luft wie ein Fisch auf dem Trockenen. Ihr kleines Kinn zitterte. Die Gestalt verschwamm zu einem verzerrten Bild. Jana blinzelte mehrmals. Der Mann in Schwarz stand jetzt dicht vor ihr. Sie konnte seinen schweren Atem hören. Sie spürte die heiße, verbrauchte Luft auf ihrem Gesicht. Das Messer nutzte ihr gar nichts, wie einen Stock streckte sie die scharfe Klinge nach vorne. Sie hörte, wie er sie auslachte. Sie begriff mit jähem Entsetzen, dass ihr Leben sich mit jeder Sekunde dem Ende nahte. Klimpernd fiel das Messer zu Boden. Die nichts nutzende Waffe wieder aufzuheben traute sich Jana nicht. Ein leises, zufriedenes Lachen übertünchte ihre flehenden Worte. Er stand immer noch draußen, wartete ab.

„Bitte, tun Sie mir nicht weh ...“, flehte sie erneut. Ihre Stimme war kaum mehr als ein leises Winseln.

Das Lachen wich einem Schnauben, wie das von einem wilden Tier. „Oh doch“, entgegnete die Stimme. Jana schloss die Lider. Sie wartete auf den Tod, der auf sich warten ließ.

Kapitel 2

Mike drehte eine zweite Runde, bis er sich dazu entschieden hatte, seinen alten Luigi, den Namen hatte sein Wagen noch von der früheren Besitzerin, einer hübschen Italienerin, bekommen, zwischen zwei dicken Bäumen abzustellen. Es war einer der Gründe warum er sich von seinem alten Freund nicht trennen wollte. Mike machte sich nichts draus, wenn eine der Türen, heute war es wieder die rechte, am dicken Baum vorbeischrammte, auch dass die Stoßstange über einer der abstehenden Wurzeln hängen blieb, juckte ihn nicht im Geringsten. Hauptsache, er kam pünktlich an. Tatsächlich hatte er noch zehn Minuten Zeit.

Er atmete laut ein, stopfte das Hemd ordentlich in seine dunkle Jeans, schon war er unterwegs zum Italiener. Kurz vor der Tür fiel ihm ein, dass er die Blumen vergessen hatte. Also rannte er zurück zu seinem alten Fiat. Irgendwie schaffte er es, sich erneut durch die schmale Lücke zu quetschen, blieb jedoch im Wagen stecken, denn der Blumenstrauß war zu groß. Er bugsierte seinen Körper erneut nach draußen, ging zu der Heckklappe, krabbelte über den Fond nach vorne, schnappte sich die Rosen, dann war er endlich wieder draußen. Kurz vor dem Eingang richtete er erneut seine Klamotten, plötzlich sah er im Augenwinkel seine Frau. Sie stand schon im Lokal, neben ihr ein junger Mann. Ein Nerd. Sie war also nicht allein, stellte er mit einem unangenehmen Kribbeln in der Bauchhöhle fest. Seine rechte Hand begann zu jucken. Katrin stand an einem der Tische und unterhielt sich mit einem jungen Mann, ohne sein Kommen bemerkt zu haben. Mike wartete ab. Schaute zu. Wie ein Voyeur verfolgte er die beiden. Sein Augenmerk galt besonders dem Typen mit kariertem Hemd mit Fliege. Angewidert rümpfte er die Nase, stand sie jetzt auf Milchbubis? Er war viel jünger als sie, ansonsten hatte er nichts zu bieten, konstatierte Mike. Seine Brust blähte sich wie ein Blasebalg auf, als er sich zu beherrschen versuchte. Instinktiv tastete er nach seiner Waffe, die er nicht bei sich hatte. Katrin hasste jegliche Art von Gewalt, besonders seine Pistole. Sein Auftreten musste heute einem zivilisierten Mann gleichkommen. Er wollte nicht schon wieder von Katrin als ungehobelter Macho und eifersüchtiger Neandertaler abgestempelt werden. Also wartete er noch einen Augenblick lang draußen, bis sich sein Gemüt abgekühlt hatte, und die rechte Faust zu jucken aufhörte. Vorsichtshalber boxte er gegen den Mülleimer, das half. Das Jucken war endlich weg, sein Atem ging wieder gleichmäßig.

Unentschlossen schritt er einige Meter auf und ab. Du musst um sie kämpfen. „Jaja“, sagte er laut zu sich selbst. „Die Blumen hat sie sich heute aber nicht verdient“, brummte Mike, stopfte den schönen Strauß in den leicht ramponierten Mülleimer, dann trat er hinein in die Höhle des Löwen. Katrin bemerkte ihn sofort. Sie kannte ihn zu gut, daher wusste sie, woher der Wind wehte, als sie ihn erblickte, ihr war auch sofort klar, weswegen Mike so missgelaunt dreinschaute. Ihr kokettes Lachen wirkte provozierend. Sie schaute ihren Gesprächspartner entschuldigend an. Dieser nickte gentlemanlike. Mit einer lasziven Bewegung strich sie dem Kerl über den rechten Arm.

Mike scannte sie von oben bis zu den Schuhspitzen, dabei gab er sich alle Mühe, den Nebenbuhler völlig zu ignorieren.

Katrin ging einen Schritt auf ihn zu, was er als ein gutes Zeichen deutete. Ihr Haar trug sie heute zu einem Zopf gebunden. Ihr rundes Gesicht sah dadurch viel jünger aus als sonst. War das tatsächlich ihr neuer Lover, dieser Milchbubi mit der Nerdbrille?

„Hallo, Katrin“, sagte er nonchalant und drückte ihr einen Kuss auf die Wange. Den Kerl beachtete er immer noch nicht. Er war wie Luft, die stank.

„Hallo Wede, darf ich dich mit jemandem bekannt machen?“

„Später vielleicht, wir waren ja heute verabredet, nicht wahr, nur wir beide.“ Seine Worte klangen unsicher. Mit seinem Zeigefinger, der hin und her zuckte, verdeutlichte er, was er mit dem ich-und-du gemeint hatte. Der Mann blickte leicht irritiert zu Boden. Der rechte Mundwinkel zuckte leicht nach oben, Mike schien es so, als habe er ihn auslachen wollen. Ein passiver Angriff, so nannte Mike diese Technik.

„Ich wollte Sie ja nicht stören, hier geht es mehr um Ihren Sohn“, erklang eine sonore, angenehm klingende Stimme. Danach verstummte der Milchbubi, nestelte verlegen an seiner Brille, drückte sie mit dem Zeigefinger leicht nach oben, dann begann er aufs Neue. „Ich bin sein Klassenlehrer“, stammelte er. Jetzt schaute er Mike direkt in die Augen. Mike hatte Mühe, seinem Blick stand zu halten. Ein Lehrer also. Die Wogen des Zorns glätteten sich, das Einzige, das ihn plagte, waren die Blumen im Mülleimer.

Er hörte dem Kerl, der auf einmal nicht mehr so unsympathisch war, nicht mehr wirklich zu, nickte bei jedem Wort nur zustimmend mit dem Kopf, seine Augen schielten jedoch zum Ausgang. Dann geschah das, wovor sich Mike gefürchtet hatte. Ein junger Mann, allem Anschein nach ein Student mit dicken Dreadlocks, betastete vorsichtig die roten Blüten. Hob schließlich die Blumen an die Nase, schnupperte daran, nickte knapp, und verschwand in der Nacht. Jedem Deppen wäre klar gewesen, wie teuer und frisch die Blumen waren, fluchte Mike.

„Verfluchte Scheiße, auch das noch“, entfuhr es Mike, jetzt laut.

„So könnte man es auch sagen“, hörte er die angenehme Stimme vom Herrn Lehrer, dessen Namen er sich nicht merken konnte. Irgendetwas mit 'tsch', das wusste Mike noch.

„Es wäre mir sehr recht, wenn Sie mit Ihrem Sohn ein ernstes Wörtchen reden würden.“

„Mache ich, mir fällt ein, dass ich mein Auto nicht abgeschlossen habe“, sagte Mike knapp, nickte den beiden kaum merklich zu und stürzte nach draußen. Zu spät, der Typ war schon fort.

„Oh, Mike, kannst du einmal in deinem Leben irgendetwas richtig machen, nur ein einziges Mal“, schimpfte er mit sich selbst, als er auf dem Trottoir stand und in die Richtung blickte, in die der Mann mit seinen Rosen verschwunden war.

„Wolle Lose kaufe?“

„Was?“ Plötzlich stand wie aus dem Nichts ein dunkelhäutiger Mann vor ihm. In seinen Händen hielt er vier kleine Rosen.

„Wie viel?“

„Fünf Eulo.“ Dabei verzog er seinen Mund zu einem zaghaften Lächeln.

„Ich nehme alle.“

Die Lippen des Mannes fuhren vor Freude auseinander und entblößten eine Reihe gelber Zähne.

„Ich bin von der Polizei. Die Ware ist beschlagnahmt, wenn ich Sie noch mal erwische ...“

Weiter kam er nicht, der Mann verschwand in der Dunkelheit, samt der welken Rosen.

Bittere Galle stieg in ihm auf. Er war so sauer auf sich wie selten. Als er mit gesenktem Kopf zurück zur Tür ging, lugte er beim Vorbeigehen in den Mülleimer, tatsächlich steckte darin eine abgeknickte Rose. Klammheimlich streckte er seine Hand danach aus, erwischte die zarte Blume am stacheligen Stiel, verbiss sich den Schrei nur mit Mühe, als einer der Stacheln sich tief in seinen Daumen grub. Um nicht noch mehr aufzufallen, schob er die Tür mit dem Rücken nach innen auf und brach die spitzen Stacheln einen nach dem anderen ab. Zum Glück war der Stiel noch lang genug, sodass die Rose nicht ganz so schäbig wirkte. Kurz bevor er sich herumdrehte, lutschte er schnell das Blut von seinem Daumen, dann zauberte er ein Lächeln auf die Lippen.

Dieses Mal gab er sich nicht die Blöße, seine Abneigung dem jungen Mann gegenüber zu zeigen, dafür gab es ja auch schließlich keinen Grund mehr. Zu seiner Überraschung, stand Katrin allein da.

„Du kommst zu spät, Wede“, ermahnte sie ihn.

„Ich habe für uns einen Tisch reservieren lassen“, entschuldigte er sich, dabei streckte er seinen Arm aus. Darin lag die schöne Rose.

Katrins Augen glänzten, ihre ernste Miene wich einem zarten Lächeln.

„Die ist aber schön, hast du sie dem Inder abgenommen?“ Sie klang nicht böse, vielleicht ein wenig enttäuscht.

Mike zuckte leicht zusammen, ihm war die Situation ein bisschen unangenehm, er schämte sich sogar ein wenig dafür, dass er immer noch so eifersüchtig war. Sie waren zwar nicht geschieden, lebten jedoch seit mehr als einem halben Jahr getrennt, in dieser Zeit war er ihr nicht treu geblieben. Und sie? Der Gedanke, dass ein anderer an ihrer Seite ..., nein daran wollte er nicht mal denken.

„Wenn dieser Typ nicht gewesen wäre, dann hättest du auch den Rest von dem Rosenbouquet gekriegt.“

Sie lachte laut und schallend, erschrak über sich selbst, hielt sich die flache Hand vor den Mund, ihr war das helle Auflachen zwar peinlich, doch der Lachanfall hielt noch einige Sekunden lang an.

„Ich und der?“, keuchte sie schließlich. Immer noch zuckten ihre Mundwinkel, auch um die Augen bildeten sich kleine Lachfalten, die er so an ihr liebte. Katrin fächelte sich mit der freien Hand etwas

Luft ins Gesicht, danach hakte sie sich unter seinen Arm, langsam hob sie den Blick. Als sie zu ihm aufschaute, glänzten ihre Augen noch mehr. „Wo ist unser Tisch?“, fragte sie ihn immer noch grinsend.

„Müsste einer an den Fenstern sein.“ Er ließ den Blick durch das kleine Lokal schweifen. Schließlich winkte er einen der Männer in Uniform herbei. Schwarze Hose, weißes Hemd mit roter Fliege. Typisch italienisch, dachte Mike, wäre da nur nicht dieser Akzent eines Kaukasiers. Der Mann war nett. Mit einer ausladenden Geste wollte er verdeutlichen, dass Mike und seine hübsche Begleitung freie Auswahl zwischen drei Tischen hätten. Dabei führte er drei seiner Fingerspitzen an die Lippen und vollführte die nicht nur bei den Italienern so beliebte Hand-Mund-Bewegung, die einem zu verstehen gab, wenn derjenige etwas sehr toll oder besonders lecker fand. Leichte Gesichtsröte färbte Katrins Haut, als der Mann ihr dieses plumpe Kompliment entgegenbrachte.

„Ihre Freundin ist sehr hübsch“, erklang seine helle Stimme.

Mike entschied sich für einen Tisch, der in einer Ecke stand. Stumm schaute er zu Katrin, sie nickte nur knapp.

*****

Wie vom Donner gerührt erwachte Jana aus der Starre, nun war alles zu spät. Sie stürzte sich mit aller Kraft gegen die Tür. Das blöde Ding ließ sich nicht bewegen, mit angstgeweiteten Augen sah sie seine Hand auf dem Türblatt.

„Das wird dir gefallen“, raunte er in die Stille hinein. Nur wenige Zentimeter trennten die beiden. Ein fauler Geruch kroch durch ihre Nase, tief in ihr Hirn hinein. Ein Feuerwerk von Bildern explodierte vor ihrem inneren Auge. Ich muss mich wehren, schrie eine Stimme in ihr und spornte sie an. Jana startete einen letzten Versuch. Obwohl Jana mit aller Kraft dagegen hielt, schaffte sie es nicht, ihn aufzuhalten. Die Gestalt zwängte sich durch den Spalt hinein in ihre Wohnung. „Verpiss dich endlich“, fluchte sie durch ihre zusammengepressten Zähne. Ihr Schrei wurde mit einem durchtränkten Lappen, der streng nach Brackwasser roch, erstickt. Er schwelgte in ihrer Angst, Jana rutschte zu Boden, eine feste Hand packte sie am Arm und zerrte sie zurück auf die Beine. Sie spürte, wie seine Finger sich tief in ihr Fleisch gruben. Wie ein Schraubstock schlossen sie sich um ihren Arm.

„Schscht, sei leise. Ich tu dir nichts“, flüsterte er ihr ins Ohr.

Sie hörte ein leises, metallisches Klicken. Die Tür fiel ins Schloss. Sie wusste, dass keiner der Nachbarn nach dem Rechten schauen würde. Sie lebten zwar alle in einem Haus, waren sich jedoch alle fremd geblieben. Sie konnte ihre Mitbewohner nur vom Aussehen her den Etagen zuordnen -wenn überhaupt. Keinen außer Frau Moor kannte sie beim Namen. Die nette alte Dame war jedoch zur Kur. Oft randalierten hier die Jugendlichen und verprügelte jeden, der ihnen in die Quere kam. Zivilcourage wurde oft mit Prügeln bestraft.

Jana hielt sich an die Wand gepresst. Eine unangenehme Schwerelosigkeit nahm von ihr Besitz. Der Druck um ihren Mund löste sich sacht. Er hielt sie, ohne den Druck zu lösen, immer noch eisern mit seiner Hand fest. Sie haspelte schnell eine Entschuldigung, sie bat um Verzeihung, etwas falsch gemacht zu haben, auch bat sie ihn, sie loszulassen. Ich werde morgen blaue Flecken haben, ganz bestimmt, flogen die Worte durch ihren Kopf. Wie lächerlich, lachte sie eine Stimme in ihrem Kopf aus, morgen wirst du tot sein. Ihre Haut kribbelte, so als ob sie fröre. Wer ist dieser Mann? Sie suchte nach einer Möglichkeit, ihn zu besänftigen. Will er mich, oh nein, ist das der Kerl, mit dem ich das eine Mal geschlafen habe? Seine Hand tastete nach dem Schalter. Das grelle Licht raubte Jana für einen Wimpernschlag das Augenlicht. „Tut mir wirklich leid“, der Rest blieb ihr bei seinem Anblick in der Kehle stecken.

„Schscht, wenn du nicht schreist, passiert dir auch nichts“, zischte der Einbrecher. „Ich habe sogar ein Geschenk für dich, schau her.“ Er ließ sie endlich los, griff mit seiner Rechten in die Hosentasche.

Jana stockte der Atem.

Wie unter Hypnose starrte sie auf das leere Glas. Nein, das Glas war gar nicht leer, darin befanden sich bunte Schmetterlinge. Sie flatterten mit ihren

Flügeln. Das kaum hörbare Schlagen der Flügel gegen die Glaswand jagte ihr noch mehr Angst ein.

„Bitte, ich habe nichts, kein Geld und keinen Schmuck. Nur den Fernseher und mein Smartphone, aber es hat einen Riss auf dem Display“, stammelte sie.

„Ich will kein Geld.“ Er drehte an dem Verschluss. Schabend ließ sich der Deckel vom Glas lösen. Als der Weg nach draußen frei war, stoben die kleinen Tiere nach oben. In die Freiheit. Wie in einem wilden Tanz umkreisten sie die nackte Halogenlampe. Ihre Schatten huschten über den Boden und die weißen Wände, im wilden Durcheinander, so wie sich auch Jana im Moment fühlte. Ihre Brust hob und senkte sich in heftigen Stößen.

Der Fremde nahm seine Maske nicht ab. Sie wusste, dass sie diese Maske von irgendwoher kannte. Gedanken rasten mit Lichtgeschwindigkeit durch ihren Kopf. Irgendwo in ihrem Hinterstübchen saß die Erinnerung fest, traute sich nicht heraus. Woher kenn ich diese gottverdammte Maske bloß?, hallten die Worte in ihrem Kopf. Vergebens, die Angst vor dem Tod war wie eine unüberwindbare Barriere, die jedem vernünftigen Gedanken im Wege stand.

„Erkennst du mich nicht?“, zischte er sie an.

Sie schüttelte irritiert den Kopf. Der Mann roch nach altem Keller. Jana rümpfte die Nase.

Ein leises Zischen, gefolgt von dem unangenehmen Geruch nach Verbranntem, brachte den Fremden kurz aus der Fassung.

„Ah, die dummen Geschöpfe fangen an, sich zu zerstören“, flüsterte er. Seine Stimme klang heiser. „Unisono.“ Er hielt inne, ließ das Wort auf sie einwirken. Sie schaute ihn fragend an. Seine Augen waren alles, was sie von seinem Gesicht zu sehen bekam. Sie waren kalt und voller Hass.

Jana runzelte die Stirn.

Die Maske war zu grotesk, Jana konnte sie nicht länger anschauen, sie wandte den Blick ab, schaute stattdessen einfach auf die weiße Wand. Seine Stimme klang leicht gedämpft: „Bedeutung: einstimmig, sie haben sich alle für den Tod entschieden, auch wenn ihre Entscheidung unbewusst ist. Sie folgen nur ihrem Instinkt. Manche sagen, es liegt in ihrer Natur, dem Licht zu folgen.“ Wie zu seiner Bestätigung zischte es erneut, dann fiel ein weiterer verkohlter Körper auf den ausgefransten Läufer direkt vor Janas Füße.

Der Maskierte beugte sich nach unten, mit spitzen Fingern hob er eines der Insekten auf, dabei schaute er Jana tief in die Augen. „Asche zu Asche, Staub zu Staub.“ Seine Finger rieben aneinander, bis nichts mehr blieb außer zwei schwarzen Flecken auf seinem Daumen und Zeigefinger.

Er musterte sie mit einem unwilligen Kopfschütteln. Mit den verschmierten Fingern berührte er sie am Kinn. Seine Bewegung war sanft, die Berührung fast schon zärtlich. Er zwang sie dazu ihn anzusehen. Ihr ganzes Augenmerk galt jetzt einem unscheinbaren Fleck auf seiner rechten Wange, anscheinend hatte sich ein wenig Farbe gelöst. Als er ihren Blick bemerkt hatte, sträubte er sich, danach streckte er seinen Rücken gerade. Er trug eine Maske, die sie vom Eishockey her kannte. Sie glaubte sich zu erinnern, dass auch Jens so eine bei sich zu Hause hatte. Einmal trug er sie zu Halloween. Er besprenkelte sie vorher mit Ketchup und nahm auch die alte Fuchsschwanzsäge von seinem Vater mit, die verrostet und stumpf war. Der Verrückte hatte keine Säge dabei, oder etwa doch? Ihr Kinn zitterte, wie auch der Rest. Seine warmen Fingern lösten sich von ihr. Er legte seinen Kopf leicht auf die Seite.

„Hass verblendet die Liebe, Lust vergiftet die Reinheit der Seele“, raunte er durch die Maske. Die leeren Augen schauten durch sie hindurch.

Zweifel wurden zur schrecklichen Gewissheit, als sie das Messer in seiner Hand aufblitzen sah.

„So wie das Schicksal es gewollt, so wird das Leben ein Ende haben, ob heut, ob morgen - oder jetzt.“

*****

„Hat die hübsche Dame schon gewählt?“ Der junge Kellner stand da, den starren Blick zu Katrin gerichtet, die rechte Hand hinter dem geraden Rücken versteckt.

Mike hüstelte. „Ich weiß nicht, wie es bei euch im Kaukasus ist“, begann er, „bei uns in Europa ...“

„... zahlt jeder für sich“, fiel ihm der junge Mann freundlich ins Wort. Immer noch mit einem sehr charmanten Lächeln auf den Lippen, galt seine

Aufmerksamkeit nur ihr. Sogar Mike musste dabei lachen.

Chapeau, stellte Mike anerkennend, fest - der junge Mann war ein würdiger Gegner. Um nicht erneut ins Fettnäpfchen zu treten, musste er ab jetzt besser auf seine Worte achten. Dieser Punkt ging an den Kaukasier.

Als die beiden endlich bestellt hatten, ließ der spitzfindige Kellner seine beiden Gäste nicht lange auf die Getränke warten. Seine witzige Art erheiterte die beiden so sehr, dass sie einen Moment lang grinsend an ihren Getränken nippten. Katrin schwenkte den dunklen Pinot Grigio in einem großen Weinglas, Mike ließ sich ein Pils schmecken.

„Was hat der Lehrer eigentlich gewollt?“, ergriff Mike als erster die Initiative.

Katrin wischte mit dem Finger über das dünne Glas. Sie schien über etwas nachzudenken. Die fast schon zarte Berührung, war hypnotisch, das Glas summte leise. Mike starte auf ihren dünnen Finger, folgte der kreisenden Bewegung. Am liebsten würde er nach ihrer Hand greifen. Für einen Moment stellte er sich vor, mit seiner Frau auf einer Bank zu sitzen, einfach so, seinen Arm um sie legen, nur um ihre Nähe spüren. Wie ertappt hielt er inne.

„Hast du noch jemanden an deiner Seite?“

„Nein“, schoss es aus ihm heraus. Das Bier stieg ihm bis in die Nase. Was war das denn für eine Gegenfrage?, dachte er, erwischte sich dabei, wie er auf einmal rot wurde. Eine Zornesfalte tauchte auf seiner Stirn auf. Unentschlossen rieb er sich mit der vom Bier gekühlten Hand darüber. Seine Stirn glühte förmlich.

Katrin biss sich nachdenklich auf die Unterlippe. Das dunkle Rot vom Wein ließ ihre Lippen blutig erscheinen.

„Und du?“, konterte er hüstelnd. Er hatte stets den Verdacht, dass es noch jemanden gab, mit dem sie ab und zu das Bett teilte, vielleicht sogar schon während ihrer Beziehung.

„Du denkst wohl, ich habe dich wegen eines anderen verlassen?“ Ihr Blick wurde traurig.

Erneut fühlte er sich bei seinen Gedanken ertappt, sofort schämte er sich dafür.

„Unter anderem, ja.“ Unentschlossen schaute er über den Rand seines Bierglases. Seine Kiefer spannten sich dabei.

„Unser Sohn geht seit zwei Wochen nicht in die Schule“, wechselte sie das Thema. Dafür war er ihr sehr dankbar.

„Er ist doch krank? Nehme ich stark an.“ Er hob stirnrunzelnd die Augenbrauen.

„Er will auch Schauspieler werden“, sagte sie matt. Ihr Blick war traurig.

„Dann ist er gar nicht ...“

„Nein. Ihm fehlt jemand, der stärker ist als er, ich bin es leider nicht. Damit meine ich jedoch nicht die körperliche, primitive Kraft eines Mannes, nein. Christoph braucht eine Stütze.“

„Verstehe. Kann er dann bei mir wohnen?“ Da war es wieder. Mike würde sich am liebsten ohrfeigen. Sie machte einen Schritt auf ihn zu, damit er sich von ihr entfernen konnte.

„Das musst du ihn mal selbst fragen. Ich habe ganz vergessen, dass ich noch einen Termin habe“, sagte sie.

„Aber das Essen ... Katrin, können wir uns wiedersehen? Bitte, geh nicht." Er hatte wieder alles vermasselt. Das Gespräch entwickelte sich in die falsche Richtung. „Lass uns von vorne anfangen", flehte er sie an, dabei spürte er, wie seine Beziehung durch seine Finger hindurchrieselte – wie feiner Sand.

„Du bist ein Feigling, Mike. Du drückst dich wie so oft vor der Verantwortung. Einem bewaffneten Verrückten würdest du mit bloßen Händen den Weg versperren." Ihre Augen glänzten. „Doch einer Frau, die nichts weiter braucht als einen verantwortungsvollen Mann, der immer für sie da ist, vor ihr versteckst du dich wie ein Kind vor dem bösen Mann im Schrank. Ruf mich wieder an, wenn du erwachsen geworden bist." Sie stand auf. Ohne sich umzuschauen, verschwand sie aus dem kleinen Lokal. Das Treffen brachte nicht das nötige, gar erhoffte Seelenheil, alles war schief gelaufen, mehr noch, das Abendessen zu zweit endete in einer Katastrophe.

„Wo ist die hübsche Dame, das Essen wird kalt." Der junge Mann trug zwei übergroße Teller, die er vorsichtig auf dem viel zu kleinen Tisch abstellte.

„Sie musste weg."

„Eine Frage, woher wussten Sie, dass ich kein Italiener bin?" Der lustige italienische Akzent war auf einmal weg.

„Weil keiner in Italien Georgij heißt, auch, weil ich viel zu viel mit Russen zu tun habe." Mike stand auf, legte zwei Zwanzig-Euro-Scheine neben seinen Teller, klopfte dem falschen Italiener auf die Schulter, dann deutete er auf das kleine

Namensschild. „Schreib Luigi oder Antonio drauf.“ Mit einem kurzen Zwinkern schlenderte er nach draußen.

Mit einem Unentschieden verließ er das Lokal.

Kapitel 3

Der Morgen hatte mit einem entsetzlichen Kater und einem schrillenden Weckruf begonnen. Mike brauchte eine Weile, bis er begriff, wo er war. Der Wecker verstummte mit einem endgültigen Klimpern, als er an der Wand zerschellte. Schon der dritte in diesem Jahr ...

Ihm war, als müsse er sterben. Der Kopf brummte wie ein Bienenstock, aus dem Mund roch er streng nach Alkohol, er hatte sich gestern also doch noch mehr als nur ein Glas hinter die Binde gekippt. Mike wusste, was nun zu tun war. Nur keine heftigen Bewegungen, den Kopf mit beiden Händen umklammern, sich vorsichtig im Bett aufrichten, danach so schnell wie möglich ins Bad gehen, um sich den Kater mit kaltem Wasser aus dem Körper zu waschen. Mike stand schon an der Tür zum Badezimmer, den Kopf hielt er immer noch wie ein zerbrechliches Gefäß mit beiden Händen umklammert, als er ein Geräusch aus der Küche vernahm.

„Was in drei Teufels Namen geht hier eigentlich vor?“, fluchte er leise, sofort wurde alles grau um ihn herum, der Boden begann sich zu drehen. Hatte er gestern jemanden mit nach Hause geschleppt? War es sogar Anita? Seine Nachbarin? Auf sie hatte er im Moment überhaupt keine Lust. Er atmete tief in den Bauch ein, wankte den schmalen Korridor zur Küche. Da stand ein großer Mann vor dem Kühlschrank, er suchte nach etwas, das nicht abgelaufen war.

„Verdammt, Christoph, was machst du denn hier?“, fragte Mike mit rauer Stimme.

„Mutter hat gesagt, ich darf wieder zu dir“, entgegnete sein Sohn, ohne sich umzudrehen. Triumphierend hielt er eine Packung Milchschnitte in der Hand. „Was meinst du, kann ich das Zeug noch essen? Habe echt Kohldampf.“

„Glaube schon.“

„Sind aber schon seit zwei Wochen abgelaufen.“

„Na und?“ Mike verzog den Mund zu einem stummen Schrei.

„Du, der Kopf ist angewachsen“, sagte Christoph, deutete mit der Milchschnitte auf Mikes Hände, zuckte mit der Schulter und riss die Verpackung auf, um sich das süße Zeug bis zur Hälfte in den Mund zu stopfen. „Willst du auch 'n Stück?“, nuschelte er mit vollem Mund.

„Gott bewahre“, keuchte Mike, wankte zur Spüle, riss am Wasserhahn, wartete einen Augenblick, bis das Wasser wirklich kalt war, dann schnappte er gierig nach dem plätschernden Wasserstrahl. Als sein Durst halbwegs gestillt war, hielt er den Kopf drunter. „Warst du die ganze Nacht hier?“

„Fast.“ Eine zweite Plastikhülle landete auf dem unaufgeräumten Küchentisch. „Hattest gestern wohl mehr Durst gehabt als heute. Lief es mit Mama nicht so gut?“ Es sollte wohl belustigt klingen. Nur war sein Sohn kein so guter Schauspieler, wie er dachte. Seine Stimme war mit Trauer belegt.

Mike rubbelte das kurze Haar, das früher dunkel war, nicht trocken. Er ließ das Wasser einfach über seinen nackten Oberkörper laufen. Die Kopfhaut zog sich angenehm zusammen, der Druck in seinem Kopf ließ langsam nach.

„Hast wohl wieder alles verbockt, na ja darin bist du der wahre Meister“, krächzte Christoph. Ein weißer Klecks im Mundwinkel ließ in kindlich aussehen.

Mike schloss für einen Moment die Augen, der Boden wurde erneut zu einem Karussell. Er schnaubte.

„Lief es gestern nicht so, wie du es dir vorgestellt hattest?“, wiederholte sein Sohn erneut die Frage, dabei fuhr er sich mit dem Handrücken über den Mund.

„Besser, als ich befürchtet habe“, entgegnete Mike trocken. Eine Flasche Wodka stand auf dem kleinen Küchentisch, sie war zur Hälfte leer. Eine kleine Pfütze wies darauf hin, dass er schon genug intus hatte, als er zu Hause angekommen war. Eine halbleere Dose Ravioli und eine leere Büchse Sprotten, die erbärmlich nach Fisch stank, waren stumme Zeugen seiner nächtlichen Sauforgie. Sein Magen rebellierte. Schnell wandte er seinen Blick vom gestrigen Festmahl ab.

„Also habt ihr euch gestern wieder gestritten?“

Mike nickte. Ein stechender Schmerz warnte ihn, es zu lassen.

„Da war eine Frau ..."

„Wo?" Mike befürchtete schon, dass er doch nicht allein gewesen war. Kalter Schauer lief ihm über den nackten Rücken.

„Sie sagte ..." Er stopfte den Rest von der Milchschnitte in den Mund.

„Wo hast du sie gesehen?" Mike versuchte sich zu beherrschen, um nicht auszuflippen.

„Na, vor der Tür, sie hat etwas von einem Brief erwähnt. Ist das deine Neue?", sprach er kauend. Sein Blick war prüfend. Oben an der Lippe hatte sein Sohn erneut einen weißen Klecks.

„Wisch dir den Mund ab", blaffte Mike mürrisch. „Ist meine Vermieterin. Habe die Miete nicht bezahlt."

„Genau. Nur keine Bange, Muddi wird nichts erfahren", entgegnete der Junge schnippisch, wischte sich mit einem Küchentuch den Mund sauber, danach trank er direkt aus der Milchpackung.

Seit zwei Wochen abgelaufen, benutze immer ein Glas, lachte Mike innerlich auf.

In der lang gestreckten Kehle seines Sohnes gurgelte es. Die Augen wurden auf einmal riesengroß, mit aufgeblähten Wangen stürmte er auf die Spüle zu.

„Schmeckt das scheiße."

„Die hast übrigens du hier stehen lassen", sagte Mike mit leichter Schadenfreude. Im Uhrzeigersinn massierte er sich die Schläfen, als Christoph ihm einen bösen Blick zuwerfen wollte, verschwand er ins Bad.

Nach der kalten Dusche, zwei Aspirin, einem Espresso und der frischen Luft auf dem Balkon fühlte sich Mike nicht wie neu geboren, jedoch um einige Lichtjahre jünger. Aus dem Wohnzimmer drang eine mechanische Stimme. Christoph saß auf dem Sofa, in den Händen eine Tüte Chips, im Schoß eine Flasche Cola.

Mike steckte sich eine Zigarette an. Ließ den Rauch tief in seine Lunge eindringen, nach zwei weiteren Zügen drückte er sie in einem leeren Aschenbecher aus. „Was ist mit deiner Schule heute?“, wollte Mike wissen, als er zurück ins Wohnzimmer trat und den Fernseher ausknipste.

Christoph richtete sich auf. Die Chipstüte fiel aus seinen Händen, die hauchdünnen, goldbraunen Medaillons lagen auf dem dunklen Sofa verstreut. Zum Glück ist die Flasche zu, dachte Mike, als sie polternd zu Boden fiel.

„Scheinst wieder gesund zu sein?“, sprach er weiter, als er sah, wie sein Sohn auffahren wollte.

Unbewusst fasste Christoph sich an den Hals, als wolle er prüfen, ob seine Mandeln noch da waren.

Das Männergespräch, das schon längst hinfällig war, wurde von einer leisen Melodie unterbrochen. Mike sah, wie Christoph erleichtert ausatmete, als sein Vater ins Schlafzimmer ging. Das Handy war immer noch in seiner Hose, die neben seinem Bett lag, wie auch das Hemd und die schmutzigen Schuhe.

Mike schnappte nach dem Smartphone, als es fast aus der Hosentasche fiel.

Jürgen. „Ich bin in fünf Minuten bei dir“, sagte er statt einer Begrüßung.

„Ist was passiert?“, wollte Mike wissen.

„Das erkläre ich dir unterwegs.“

Mike legte auf, zog sich frische Sachen an, schon war er an der Tür, als ihm eine wichtige Sache einfiel - sein Sohn.

„Du gehst heute noch zur Schule“, mahnte er ihn. Eines musste er jedoch noch klären. Also stampfte er zurück ins Wohnzimmer. „Warum bist du schon so früh wach?“

Christoph schwieg eine Weile. Er sammelte die Chips vom Sofa in seine flache Hand ein, um sie sich mit einem Mal in den Mund zu stopfen.

„Mutter denkt, du bist heute in der Schule, nicht wahr?“

Er nickte reumütig.

„So kann das nicht weitergehen.“ Mike ging auf seinen Sohn zu, strich ihm übers blonde Haar, zu ihrer beider Überraschung küsste er ihn auf den Kopf. „Ich bin ein beschissener Vater“, raunte er seinem Sohn ins Ohr. „Wir müssen beide aus meinen Fehlern lernen, versprichst du mir das?“

Christoph nickte nur. „Wenn du so argumentierst ...“

Beide grinsten einander an.

Danach ging Mike aus der Wohnung. Auf der Treppe stieß er mit einem Mann zusammen, der einen Karton vor sich her trug, ohne dabei viel zu sehen. Denn das Gesicht des Fremden war von der Kiste ganz verdeckt. Mike entschuldigte sich knapp, der Mann murmelte etwas, ging dann aber weiter. Mike schaute ihm einen Moment nach. Auf dem bulligen Hals des Mannes konnte er einen bunten Bogen ausmachen, es sah wie ein Tattoo aus. Eine

Art Regenbogen, was zu dem Mann nicht zu passen schien. Mike konnte nicht das komplette Arrangement sehen, denn nur ein Bruchteil des Ganzen ragte aus dem Kragen seines Polo-Shirts. Darum war Mike immer gegen ein Tattoo. Leicht amüsiert darüber zuckte er die Achseln, wer weiß vielleicht trug der Typ ein Einhorn auf seinem Rücken. Immer noch mit einem zufriedenen Lächeln lief er, ohne ein weiteres Wort zu verlieren, nach unten. Musste ein Elektriker sein, dachte er, denn der Mann hatte lauter Elektrozeugs in seinem Pappkarton.

Draußen angekommen, wurde Mike von Verkehrslärm und sich eilenden Passanten empfangen. Ein Fahrradkurier hatte es besonders eilig, darum benutzte er den Gehweg, seine Klingel bimmelte ununterbrochen, ohne anzuhalten fuhr er im Slalom. Mike wartete, bis der Verrückte an ihm vorbeigerast war, vergewisserte sich nochmal, ob es keiner mehr so eilig hatte wie der junge Mann, danach überquerte er die Straße. Jürgen stand in zweiter Reihe, er wartete schon ungeduldig auf ihn.

„Was ist passiert?“, wandte er sich an Jürgen, übergangslos, als er den Sicherheitsgurt einschnappen ließ.

Jürgen verzog seine Miene und wedelte mit der rechten Hand vor seinem Gesicht herum. „Hast du in Wodka gebadet oder was?“, sagte er statt einer Begrüßung. Wortlos drückte er dem verkniffenen Mike zwei Pastillen in die Hand.

„So schlimm?“ Als wolle er sich überzeugen, blies Mike gegen seine Handfläche zur Nase. Tatsächlich stank sein Atem nach reinem Alkohol. Die kleinen

Pfefferminzdinger brannten auf seiner Zunge wie Feuer. Seine Augen begannen zu tränen. Mike drückte auf den kleinen Knopf an der Tür, ließ die Scheibe hinunter gleiten, um eines der nuklear geladenen Teile auszuspucken. Schon besser, dachte er, wiederholte dann die Frage, ohne seinen Kumpel anzuschauen. „Was hast du mir zu sagen Jürgen, schieß los?"

„Du siehst beschissen aus, Mikie", fauchte Jürgen. Sein Gesichtsausdruck war eigentümlich.

„Ich meine nicht meinen Zustand", blaffte Mike. „Ist ja schon gut, du Memme, ich habe gestern zu viel gesoffen, weil ich schon wieder etwas verbockt habe. Was dich eigentlich nichts anzugehen hat. Mein Privatleben geht niemanden etwas an. Jetzt sag, welche Laus dir über die Leber gelaufen ist? Ich bin wirklich okay."

„Ich weiß, wir haben eine Leiche."

„Und?"

„Kurt war außer sich."

„Erzähl mir lieber was Neues."

„Heute war es anders. Er sagte, so etwas habe er in seiner Laufbahn als Polizist noch nie gesehen."

„Das will ich mir mal selbst anschauen", brummte Mike und spuckte die zweite Pastille zum Fenster raus.

*****

Eine verschrumpelte kleine Frau stand an der Tür zur Wohnung, zu der Jürgen Welsch und Mike gerufen worden waren. Zwei der Beamten stellten ihr Fragen, schrieben etwas auf, fragten sie erneut.

Kurt Bachmaier sah der alten Frau ähnlich, zumindest was die Gesichtsfarbe betraf. Auch er war bleich im Gesicht.

„Macht euch auf etwas gefasst, ein entsetzlicher Anblick ist das, sage ich euch“, begrüßte er die beiden Kollegen. Prüfend sah er zu Mike.

„Ist Anton auch schon hier?“, wollte Welsch wissen.

Bachmaier nickte. Er hielt sich ein Taschenbuch vor Mund und Nase.

Mike biss die Zähne zusammen. Ihm wurde von dem Gestank übel. Freiwillig stopfte er sich eine weitere Pastille in den Mund, die er von seinem Freund bekommen hatte. Auch Jürgen lutschte welche.

„Wollen wir jetzt reingehen?“, raunte er seinem Partner zu, als er sich ein Paar Latexhandschuhe überzog.

Kurt nickte nur knapp, mit der Rechten zeigte er in die Richtung, wo sie den Toten gefunden hatten. Jürgen lief den beiden hinterher.

Anton Butz war mit anderen Kollegen von der Kriminaltechnik in seinem Element. Das Bild, das sich den Beamten darbot, war schrecklich. Wie aus einem Film.

Die junge Frau lag flach auf dem Bett. Sie war nackt. Die Beine und Arme hatte sie von sich gestreckt. Sie hatte keine Fesseln. Also hatte der Täter sie post mortem in diese Position gebracht, als ihr Körper noch beweglich und nicht steif von der Totenstarre war. Das bestätigte auch einer von der kriminaltechnischen Abteilung.

Die Augen waren zu, so wie auch der Mund. Ihr Peiniger hatte ihre Lider und die Lippen mit Klammern zusammengetackert. Als Mike näher zu der toten Frau trat, dabei achtete er auf die Absperrungen, sah er, dass sie auch am Bauch einen kleinen Schnitt hatte. Der Schnitt verlief in der Bauchfalte, wie bei einem Kaiserschnitt. Die silbern glänzenden Klammern krallten sich an den Wundrändern fest, so blieb der Bauch verschlossen. Die ganze Szenerie war surreal, wie gestellt, dachte Mike. Auf der rechten Seite war die Haut unnatürlich gespannt, so als befände sich etwas in der Bauchhöhle, was da nicht hingehörte, so als wäre das, was sich unter der Haut befand, nicht anatomischen Ursprungs.

„Sind das Klammern, die man in der Medizin ...?“, fragte Mike und deutete mit dem Finger auf die glänzenden Drähte.

„Nein, das sind handelsübliche Klammern, die man aus dem Baumarkt kennt“, unterbrach ihn Anton.

Mike schluckte.

„Nun, der oder die Person, die das Ganze hier so in die Szene gesetzt hat, muss das Gerät präpariert, das heißt den Aufschnappwinkel vergrößert haben, damit die Hautlappen zwischen die Schenkel passen.

Sein Hefter musste ein wenig weiter aufgehen als die normalen Geräte.“ Butz sprach so, als wolle er sich selbst davon überzeugen, dass es so war.

„Oder er benutzte dafür einfach eine Zange“, fiel ihm Mike ins Wort, dabei blies er die Luft laut durch seine Nase aus.

Welschs Atem ging genauso schwer wie der von Mike. Die Blicke starr auf die Tote gerichtet, versuchte jeder für sich das Geschehene zu verarbeiten. Und eventuell den Tathergang zu rekonstruieren.

„Wann ist sie …“, Mike räusperte sich, als er begriff, dass seine Fragestellung nicht richtig war, hüstelte er verlegen, setzte neu an, „… wann wurde sie ermordet? Steht der Todeszeitpunkt fest?“ Seine Stimme klang immer noch heiser.

„Heute Nacht“, entgegnete Butz, ohne mit seiner Arbeit aufzuhören.

Mike schaute das junge Mädchen noch einmal genau an. Ihre Augenhöhlen waren nicht eingefallen, die Lippen waren noch da, der Schambereich schien dem ersten Eindruck nach auch unversehrt.

„Sind der jungen Frau irgendwelche Organe entfernt worden?“, fragte Jürgen.

„Das wissen wir noch nicht“, sagte einer der Kriminaltechniker. „Rein äußerlich scheint alles da zu sein. Aber wir sind noch nicht lange hier, wir brauchen etwas Zeit“, nuschelte er, seine Stimme wurde stetig leiser, weil er sich zu konzentrieren versuchte.

„Was kannst du erkennen?“, wandte sich Jürgen an seinen Freund, weil die knappe Antwort ihn nicht zufrieden stellte.

Mike hob die Schultern, er schwieg. Er wollte keine voreiligen Schlüsse ziehen, auch widerstrebte es ihm, durch falsche Überlegungen die anderen in eine Richtung zu leiten. Dass hier ein Wahnsinniger gewütet hatte, stand außer Frage. Ohne den Blick abzuwenden, taxierte er die Tote.

Ihre Fingernägel waren kurz geschnitten, an den Rändern gab es kein Blut, auch war keiner der Nägel abgebrochen. Der Kopf war unverletzt, auch sonst waren keine blauen Flecken oder Abschürfungen zu erkennen.

„Hat sich das Opfer gewehrt?“, hörte er seine eigene Stimme.

„Allem Anschein nach ja“, entgegnete Anton knapp.

„Wie?“

„Mit den Fäusten. Ihre Handballen sind bläulich verfärbt, wir konnten an den Innenoberschenkeln Hämatome feststellen und am Rücken.“

„Wurde die Leiche bewegt?“ Mike schaute den Kriminaltechniker prüfend an.

„Nur angehoben, wir haben auf euch gewartet“, sagte er kühl.

„Wer hat sie gefunden?“

„Ihre Nachbarin, eine gewisse Frau Moor, du bist an ihr vorbeigegangen. Sie steht vor der Tür, draußen im Treppenhaus“, antwortete Bachmaier.

Mike hob die Augenbrauen. In fuchste jetzt die Frage, was die Alte hier zu suchen hatte. Laut sagte er: „Was wollte sie hier in der Wohnung? Hat sie einen Zweitschlüssel?“

„Sie war bis gestern auf Kur. Jana Kraus, so heißt, so hieß die junge Dame“, korrigierte er sich schnell,

„sie hatte den Schlüssel von Frau Moors Wohnung, sie sollte nach dem Rechten schauen, solange die alte Dame weg sein würde. Als sie heute Morgen an ihrer Tür stand und klingelte, machte ihr keiner auf.“

„Und der Haupteingang?“, mischte sich Jürgen ein.

„Frau Moor hatte bei einer anderen Nachbarin geklingelt, sie machte für sie die Haustür auf. Danach ging sie sofort zu Frau Kraus. Als sie nach mehrmaligem Klingeln keine Antwort bekam, sah sie, dass die Tür nicht richtig zu war. Sie stand einen Spalt offen. Zuerst traute sie sich nicht rein. Sie rief ihren Namen, eine schreckliche Vorahnung trieb sie dazu, die Wohnung doch zu betreten, so Frau Moor.“ Bachmaier geriet leicht außer Atem.

„Kann sonst noch jemand als Zeuge ...“

„Nein, niemand hat etwas gehört oder gesehen. Die Wohnung unter ihr war gestern leer gewesen. Der andere Nachbar hatte Spätschicht, ist geschieden, die Kinder sind aus dem Haus“, beeilte sich Bachmaier.

Mike schaute erneut zum Bett. Laken und Kissen waren sauber, nur unter dem bleichen Körper hatte sich ein dunkler Fleck gebildet. Die Augenlider waren rot vom Blut. Die Tränen waren versiegt. Nur zwei schmale Rinnsale deuteten darauf hin, dass das arme Mädchen geweint haben musste. Wie kleine Flüsse schlängelten sich die mit Blut vermischten Tränen über das feine Gesicht, versickerten irgendwo in ihrem blonden Haar und verliehen diesem eine rötliche Note.

„Wir sind uns nicht ganz sicher, doch vermutlich wurde in ihrem Bauch etwas versteckt, das noch am

Leben zu sein scheint“, unterbrach Anton Butz Mikes Gedanken.

„Wie das? Was meinst du damit: *am Leben?*“

Die behandschuhte Hand des Rechtsmediziners deutete auf den eingefallenen Bauch des Opfers. Sein Finger kreiste über einer bestimmten Stelle. Mike kniff die Augen leicht zusammen. Tatsächlich sah es so aus, als bewege sich die Haut ein wenig.

„Seid mal leise“, herrschte Mike seine Kollegen an.

Nach einem kurzen Gemurmel herrschte absolutes Schweigen.

Ein leises Fiepen ertönte. Mike trat noch näher heran, dabei hob er seine Hand zum Ohr, mit der anderen bedeutete er, weiter zu schweigen. Das leise Piepen blieb weg.

„Gib mir bitte eins von deinen Stäbchen“, wandte er sich zum Kriminaltechniker.

Anton schaute ihn mit verdutzter Miene an, gab ihm jedoch das, wonach Mike verlangt hatte, ohne ein Wort zu verlieren. Mit gestreckter Hand drückte Mike mit dem Stäbchen gegen die Bauchdecke. Nichts. Er drückte noch einmal, jetzt etwas tiefer, wieder nichts. Hatte er sich etwa verhört? Er drückte ein letztes Mal. Da war es wieder, tatsächlich, da war es wieder. Das Fiepen klang wie aus einer anderen Welt ...

„Eine Maus?“, entfuhr es Jürgen.

Mike nickte unschlüssig.

„Das vermute ich auch stark“, bestätigte Anton. „Wir werden es aber erst dann mit Sicherheit sagen können, wenn wir den Bauch wieder öffnen.“

Gehring und Kraftschek waren jetzt auch eingetroffen. Alfred Baum schoss weitere Fotos. In dem kleinen Raum war es klaustrophobisch eng geworden. Mit gedämpfter Stimme bat Alfred sie alle, kurz zur Seite zu treten, damit er ein weiteres Foto schießen konnte, dann wäre er nämlich mit seiner Arbeit für heute fertig, meinte er mit freundlicher Miene.

Mike und Jürgen nutzten die Chance und verließen das Zimmer, um sich ein Gesamtbild von der Wohnung zu verschaffen.

„Hier hat jemand gewütet", sagte Mike, als sie im Korridor standen. Eine kleine blinkende Leuchte zog ihr Augenmerk auf sich. Es war der Rauchmelder. Als er seinen Kopf hob, ertönte eine leise Melodie aus seiner Hosentasche.

Entrüstet pellte er die Handschuhe ab, die sich mit einem leicht schmatzenden Geräusch von seinen nass geschwitzten Händen lösen ließen. Danach griff er umständlich in die Tasche, sah auf das Display, es war Christoph. Mike kräuselte die Stirn und hob ab.

„Was ist?"

„Hi, Paps, da ist so'n Typ, er meint, er müsste bei dir in der Wohnung Feuermelder einbauen. Soll ich ihn reinlassen?"

„Verdammt", fluchte er. Er hatte es total vergessen.

„Ja, von mir aus, bleib aber solange da, bis er fertig ist, und lass ihn nicht aus den Augen. Verstanden?"

„Wird gemacht", sagte sein Sohn, danach legte er sofort auf.

Mike verzog seinen Mund zu einem Grinsen. Darauf hatte sein Sohn nur gewartet, er würde auch heute nicht zur Schule gehen. Daran war er aber jetzt selbst schuld. Mike steckte das flache Handy wieder in die Tasche.

„Schau her“, drängelte Jürgen ihn auf die Tür zu, die eine große Delle aufwies.

Mike schürzte die Lippen. „Hier hat ein ungleicher Kampf stattgefunden“, brummte er.

„Ich habe sie, lass los, ich habe sie doch schon!“, erklangen aufgeregte Stimmen aus dem Schlafzimmer. Mike und Jürgen eilten zurück zu den Kollegen, die etwas Neues entdeckt haben mussten. Ein Aufblitzen erhellte den Raum im grellen Licht. „Verdammt, Baum, du und dein scheiß Teil, ich bin jetzt blind“, fluchte Anton und kniff die Augen zusammen. In seiner rechten Hand hielt er einen blutigen Klumpen, der sich bewegte.

„War sie in ihrem Bauch?“, wollte Mike wissen, als er das sah.

„Ja, das kleine Biest fand den Weg von alleine nach draußen. Es wäre uns beinahe entwischt, das blöde Viech“, fluchte Anton aufgeregt.

„Ich vermute stark, dass der Kerl, der für das Ganze hier verantwortlich ist, ihren Bauch mit etwas präpariert hat, wodurch die Maus die ganze Zeit genügend Sauerstoff bekommen konnte. Aber das wird sich erst bei der Obduktion feststellen lassen“, sagte Kiwitz. Er war neu im Team. Ein junger Mann von dreißig Jahren. Sein Haar war schwarz, in langen Strähnen hing es ihm über die Augen. Der dunkle Teint seiner Haut ließ ihn ein wenig jünger erscheinen. Früher war Mike, als er noch eine

Uniform trug, nicht weniger engagiert gewesen wie David Kiwitz. Als er seinen vierzigsten Geburtstag hinter sich hatte, das war vor gut zwei Jahren, da hatte ihn für das Engagement, das er seiner Arbeit entgegenbrachte, seine Frau zum ersten Mal verlassen. Unbewusst strich Mike über sein kurzes Haar, das früher genauso dunkel war, doch jetzt an den Schläfen leicht meliert schien und weniger glänzte.

„Die hier hatte noch einen Anhängsel.“ Zum Beweis streckte David eine durchsichtige Tüte in die Luft. Darin lag ein schleimiger Klumpen. „Die hier ist tot, ihr Genick ist gebrochen. Er hat die beiden mit einem Nylonfaden an den Hinterbeinen zusammengebunden.“

Mike senkte die Augen. „Anton“, sagte er mit belegter Stimme.

Der Kriminaltechniker drehte sich zu ihm um. Die kleine Maus in seiner Hand zappelte immer noch, als er sie sicher in einem durchsichtigen Behälter einschloss.

„Ja?“

„Was kannst du mir über die tote Frau noch sagen? Was soll das Ganze mit den Viechern bedeuten?“

„Vorerst nicht viel. Nur, dass auch ihre Halswirbel gebrochen sind. Sie hat auch ein weiteres Hämatom auf dem Hinterkopf. Durch das lange Haar der Frau konnte ich den Bruch nicht sofort feststellen.“

„Er hat sie bewusstlos geschlagen?“

„Höchstwahrscheinlich. Sie hat aber noch gelebt, als er ihr all das angetan hatte. Die inneren Blutungen wie auch die Lache auf der anderen Seite vom Bett sprechen dafür, dass ich mit meiner Vermutung richtig liege.“

„Woran ist sie gestorben?“

„Herzversagen, sie hat zu viel Blut verloren. Ich muss sie aber obduzieren, um weitere Aussagen treffen zu können.“

„Hat er sie ausbluten lassen?“, krächzte Jürgen. Er sah nicht gut aus.

Anton nickte.

„Wäre es möglich“, Mike räusperte sich, fing danach neu an, „können wir annehmen, dass das kleine Nagetier ihr etwas durchgebissen haben könnte, was schlussendlich zum Tod führte?“

„Nein. Er brach ihr den Hals, bevor er ihr die Tiere eingepackt und die Wunde zugetackert hat. Anschließend säuberte er die Wunde, danach arrangierte er sein Opfer so, wie wir es vorgefunden haben.“

„Woher dann der rote Fleck auf dem Bett direkt unter ihr?“

Anton zuckte die Achseln. „An der linken Seite ist eine kleine Öffnung, ich denke, die Maus hat sich im Kampf um ihr Leben wortwörtlich durchgebissen. Warte kurz.“ Anton griff mit der Pinzette in die kleine Öffnung hinein. Er keuchte vor Anstrengung, er musste sich konzentrieren, dann hielt er etwas in die Höhe.

Als Mike etwas einwenden wollte, hob Anton seine rechte Hand.

„Ein Trinkhalm? Wie krank ist der Typ eigentlich? Hat er das Blut durch das Ding aus der armen Frau ...“

„Bitte, Mike, bei aller Ehre, ich möchte hier nichts Falsches sagen. Daraus kam die erste Maus nach draußen, wenn sie nicht mit der zweiten am Faden gehangen hätte ...“ Er verstummte. Seine Finger betasteten die Wölbung unter den Rippen die Mike schon beim ersten Anblick der Toten aufgefallen war. „Ich denke, es diente als Luftzufuhr für die Maus. Wir sollten das kleine Tier lebend vorfinden. Aus irgendeinem Grund ist es für den Mörder wichtig gewesen. Dieses Detail hat eine wichtige Bedeutung für ihn, und allem Anschein nach auch für uns. Jetzt lass mich bitte weiter arbeiten. Warte, bis ich mit der Obduktion fertig bin, okay? Ich vermute stark, wir werden noch so einiges herausfinden, aber nicht hier.“ Ohne ein weiteres Wort beendete er das Gespräch. „Ich melde mich, so schnell ich kann, und es ist kein Halm, sondern ein Rektal-Katheter ...“

„Ein was?“ Mikes Gesicht bekam auf einmal viele Falten.

„Ein Darmrohr ...“, Anton klang genervt. Schaute nicht auf.

„Also musste er Zugang zum Krankenhaus gehabt haben?“, konstatierte Mike mit Skepsis.

„Nein, die kannst du überall im Internet kaufen.“ Jetzt drehte er sich doch noch um. Seine Augen waren nur zwei schmale Schlitze.

„Verdammt“, fluchte Mike.

„Er schnitt nur einen Teil davon ab und platzierte es so, dass das kleine Tier mit Sauerstoff versorgt werden konnte“, fügte er noch rasch hinzu, danach widmete er sich erneut seiner Arbeit. Endgültig.

Mike drehte sich zu seinem Partner um. In seinem Kopf hakten einige Rädchen und glitten nicht gleichmäßig ineinander.

„Hatte sie Eltern?“ Jürgen geriet ins Stocken. Er bemerkte seinen Fauxpas sofort, woraufhin die sonst so helle Haut auf dem schmalen Gesicht einen leicht roten Schimmer bekam. Sein linkes Auge zuckte leicht. „Hatte sie Eltern, die noch informiert werden müssen?“, korrigierte er sich rasch, danach schaute er in die Runde.

„Nein, nur einen Freund“, sagte Bachmaier.

„Wo ist er jetzt?“, wollte Mike wissen.

„In Afghanistan.“

„Kann das jemand bestätigen, woher haben wir diese Information?“

„Von der alten Dame. Sie war früher hier des Öfteren zu Besuch. Als Jana noch lebte, so ihre Worte. Er heißt Jens, mehr weiß sie nicht.“

Mike verließ das kleine Zimmer, in dem es jetzt nach faulen Eiern stank, um die anderen Räume zu inspizieren. Im Wohnzimmer blinkte die Powerleuchte von einem Laptop, der aufgeklappt auf einem kleinen Couchtisch stand. Alles andere schien unberührt zu sein. Die junge Frau schien keinen Putzfimmel gehabt zu haben. Hier und da lag etwas, das nicht dorthin zu gehören schien. Eine feine Staubschicht lag auf den hochglanzpolierten Möbelstücken, die stark im Trend lagen, Mike hatte jedoch nie verstanden, was die Leute so toll daran fanden. In der Küche sah es nicht anders aus. Die weißen Schränke reflektierten die Sonnenstrahlen, unzählige Fingerabdrücke waren auf den glänzenden

Flächen zu sehen. In der Spüle türmten sich Teller und Gläser. Daneben stand eine hässliche Vase.

„Dafür würde ich einen Waffenschein verlangen", hörte Mike sich selbst reden. Nachdem einer von der Spurensicherung ihm versichert hatte, dass er die Vase schon untersucht hatte und nichts Verdächtiges gefunden hatte, griff Mike nach dem hässlichen Teil, sie wog schwer in seiner Hand. Ihm fiel die Delle in der Tür wieder ein. Mit der Vase in der Hand ging er zur Eingangstür. Er winkte Welsch zu sich, auch Bachmaier gesellte sich zu den beiden Kommissaren. Mike hielt die Vase an die Tür, die beiden Männer nickten zustimmend. Das rötliche Glas schimmerte leicht und stand im krassen Kontrast zu seinem bläulichen Handschuh. Seine Hände schwitzen schon wieder.

„Der Abdruck und die Kontur der Vase scheinen zu passen", murmelte Jürgen.

„Doch das bringt uns nicht unbedingt weiter", fluchte Mike. Sein Blick fiel auf einen der Techniker, der sich an dem Schloss abmühte.

Als der Mann die forschenden Augen auf sich gerichtet sah, ließ er von seiner Arbeit ab und legte das Werkzeug in den Koffer, um sich ein anderes zu holen. „Das Schloss scheint neu zu sein, ist bestimmt erst vor kurzem ausgetauscht worden", sagte er, ohne die Frage abzuwarten.

„Einbruchsspuren?"

„So in etwa."

„Das heißt?" Mike klang ungeduldig.

Der Mann hüstelte, winkte Mike zu sich. Mike ging in die Hocke.

„Der Täter ging ziemlich professionell zu Werke."

„Weiter."

„Er hat ein Spezialwerkzeug benutzt. Einen Dietrich." Der Mann ließ sich nicht aus der Ruhe bringen. Konzentriert inspizierte er das Schloss. Mit der linken Hand griff er in seinen Koffer, in dem Dietriche, unzählige Schlüssel und anderes Zeug ordentlich aufbewahrt wurden. Er nahm eine sehr grelle Taschenlampe und leuchtete in den Schlitz.

Mike schaute kurz in die schmale Öffnung hinein, konnte jedoch nichts erkennen. Ich habe ja auch nicht dieses Ding vor dem Auge, dachte er und wand sich an die anderen Kollegen. Seine Knie knackten, als er sich erhob.

„Andie, du und Michel, ihr solltet mal die Nachbarn durchklingeln, vielleicht wird dem einen oder anderen doch noch etwas einfallen. Egal was. Hautfarbe, Frisur, Klamotten, all der Kram, der uns vielleicht helfen kann." Die beiden nickten dankbar, keiner schien gerne hier zu sein. Mike sah, wie uniformierte Beamte die schaulustigen Hausbewohner zurück in ihre Wohnungen komplimentierten. Er sah mehrere Köpfe von Frauen und Männern, die sich unten an der Treppe versammelt hatten. Mike musterte sie mit einem unwilligen Kopfschütteln. Schon wurden sie von den beiden Polizisten vertrieben.

„Bitte gehen Sie zurück. Wir werden uns gleich zu Ihnen gesellen", erklang die tiefe Stimme von Michel und hallte durchs ganze Treppenhaus.

„Er hat zuerst einen Schlüssel benutzt, der jedoch nicht zu passen schien", sprach der Techniker ungefragt weiter. Er hielt die kleine Taschenlampe erneut direkt an den Schlitz, gleichzeitig schaute er durch ein Vergrößerungsglas.

„Ersatzschlüssel?“

„Eher ein Duplikat.“

Jürgen schrieb alles in sein Notizbuch. Eine Marotte, die Mike immer zum Grinsen brachte.

„Sind die Dinger jetzt eigentlich Pflicht?“, fragte Jürgen laut.

Der ältere Mann schaute zu ihm auf. Sein rechtes Auge schien riesig in dem Vergrößerungsglas. „Wie bitte?“, fragte er leicht irritiert.

„Na, die Feuermelder.“

„Ja, vom Gesetzgeber vorgeschrieben. Einer in jedem Schlafzimmer und im Flur.“

Mike rieb sich am Hinterkopf, die kleine Kontrollleuchte blinkte erneut auf. Als zwinkerte ihm der Rauchmelder höhnisch zu.

Kapitel 4

Pascal drehte noch eine letzte Runde auf seinem Cityroller. Pascal hasste Langeweile. Er war immer noch krank. Darum durfte er nicht zur Schule. Eigentlich fühlte er sich ganz gut. Nur ein bisschen Halsschmerzen, ansonsten war er fit. Seine Mama sagte aber, er soll sich richtig auskurieren, bevor er wieder zur Schule gehen darf. Eine letzte Runde noch, sagte er zu sich selbst, jetzt schon zum dritten

Mal. Dann gehe ich nach Hause, hatte er sich endgültig entschieden. Eigentlich müsste er schon längst zu Hause sein. Seine Mama sagte, sie würde ihn abholen, wenn der große Zeiger auf die Zwölf und der kleine auf die Sechs zeigte, sie war aber immer noch nicht da, obwohl der kleine Zeiger schon auf der Sieben war. Als er erneut auf seine Uhr schaute, die er von seinem Opa bekommen hatte, da passierte es. Er rutschte mit dem kleinen Vorderrad von der Bordsteinkante ab und stürzte. Dabei schürfte er sich sein rechtes Knie blutig. Vor Schmerz krümmte sich Pascal zusammen, er hielt den Atem an, um nicht loszuheulen. Er wollte nicht, dass jemand mitbekam, wie er vom Roller gestürzt war, schlimmer noch, wie er danach wie ein Mädchen zu weinen anfing. Irgendwie schafften es die blöden Tränen durch die Lider, um danach über die Wangen zu kullern. Eigentlich weinte er nicht, weil das Knie höllisch weh tat, nein, es war etwas anderes, das ihn so traurig stimmte. Pascal fühlte sich einfach einsam und von allen verlassen, sogar von seiner Mama. Sie hatte schon wieder eine Verabredung mit einem Mann.

„Hast du dich verletzt?“

Pascal zuckte zusammen, als er über sich einen Schatten auftauchen sah. Der Schatten war ein großer Mann. Seine Stimme klang tief, auch seltsam in die Länge gezogen, wie bei den Trollen aus dem Gummibärchen-Zeichentrickfilm. Er sprach so, als wäre seine Zunge geschwollen.

Pascal reagierte nicht. Er setzte sich einfach auf, umschlang die Beine mit seinen spindeldürren Armen und blieb stumm.

„Ich heiße Edgar. Ich wohne in dem Haus dort. Magst du ein Pflaster haben?“

Pascal hob seinen Kopf, schützte gleichzeitig die Augen vor den abendlichen Sonnenstrahlen, indem er sich die Hand wie einen Schirm an die Stirn hielt. Wie die Indianer, dachte er immer, wenn er es tat. Seine Baseballmütze lag irgendwo auf dem Gehweg.

„Du hast aber einen schönen Tretroller, ich hatte früher auch so einen, nur in rot, nicht so einen blauen wie du. Auch die Räder waren etwas größer. Mein Papa hatte mir den gekauft, jetzt ist er tot.“

„Dein Roller“, entgegnete Pascal bissig.

Anstatt aufzufahren, lachte Edgar auf. Er kicherte so, als habe er sich an etwas verschluckt. „Natürlich nicht, mein Papa ist tot.“ Abrupt hörte sein Gekicher auf, die letzten Worte klangen sehr traurig. „Ist dein Papa auch tot?“

„Nein, Mann. Verpiss dich einfach, okay.“ Pascals Bemerkung klang bissig.

Edgar drehte sich um und verschwand hinter der grünen Hecke.

Pascal atmete erleichtert auf. Als er jedoch aufstehen wollte, schaffte er es nicht. Sein Knie blutete immer noch und tat höllisch weh.

Das grüne Gestrüpp raschelte aufs Neue. Eine grobe Gestalt schälte sich heraus. Es war wieder der dümmliche Edgar. „Schau mal, damit können wir dich wieder heil machen.“ Er hielt ein handtellergroßes Blatt in seinen Pranken.

„Was ist das?“, entfuhr es dem Jungen. Seine Stimme klang schrill. So langsam bekam er es mit der Angst zu tun.

Edgar kräuselte die Stirn. Das dünne Haar klebte schweißnass darauf.

„Spitzwegerich natürlich, du bist ein echt komischer Kauz." Edgar sprach abgehackt, jedes der Worte wurde dabei betont. Ein breites Grinsen beherrschte sein rundes Gesicht. „Es stoppt die Blutung, man muss nur draufspucken, so." Tatsächlich spie er auf das Blatt, um danach die glänzende Oberfläche vom Blatt an seinem Ärmel abzuwischen. „Wegen dem Dreck und Hundepipi. Hat mir mein Papa beigebracht. Jetzt schnell auf die Wunde drauf." Er beugte sich vor.

„Nein!", schrie Pascal entsetzt.

„Aber dann blutet es nicht."

Schon klebte das Blatt auf dem aufgeschürften Knie. Der eingeschüchterte Junge biss die Zähne zusammen. „Das ist aber eklig."

„Ich weiß, die pinkeln überall hin", sagte Edgar. Seine Aussprache war so feucht, dass Pascal die Spucke auf seinem Gesicht spürte. „Ich trage dich jetzt auf die Bank dort. Ich bin oft auf dem Spielplatz, weißt du. Aber nur, wenn keiner da ist." Er hob den Jungen vom Boden auf, ohne jegliche Anstrengung, den Roller nahm er nicht mit. „Manchmal kann ich durch ein Fenster sehen, da ist immer eine ..." Er stockte. Seine grauen Augen schauten auf Pascal. „Weil du mein Freund bist, verrate ich dir das, okay?"

Pascal nickte nur.

„In einem der Fenster kann man eine Frau sehen." Seine Unterlippe fuhr leicht nach oben. Er schaute den Jungen kumpelhaft an, so als hätten sie gemeinsam etwas Fieses angestellt.

„Na und, lass mich bitte jetzt los, ich will meinen Roller holen und meine Mütze."

„Nein, du bleibst schön hier sitzen, ich mach das, verstanden? Du wartest hier." Sein Blick wurde auf einmal finster.

Pascal nickte erneut.

„Sie ist nackt. Man kann alles sehen", sagte er rasch, danach entfernte er sich. Edgar ging die Sachen holen. Als er wieder zurückkam, war sein neuer Freund schon abgehauen. Er blickte sich traurig und irritiert um. Alles, was geblieben war, war das blutverschmierte Blatt. Mit beleidigter Miene hob er es auf, legte es in die blaue Mütze, mit der blutigen Seite nach oben. Er entschied sich, auf seinen Freund zu warten, vielleicht musste er nur mal schnell hinter den Baum. Das sagte immer sein Papa, wenn er pinkeln musste.

Kurze Zeit später kam sein verschollen geglaubter Freund wieder zurück. Er war jedoch nicht allein. Eine Frau hielt ihn an der Hand. Auf dem verletzten Knie hatte er jetzt ein großes Pflaster. Edgar grinste dümmlich.

Er beäugte zuerst den Jungen, danach die Frau. Er spürte, wie sich etwas in seiner Hose regte. Sie ist hübsch, dachte er bei sich. Im schalen Licht der untergehenden Sonne, das ihrem Gesicht einen gelben Stich verpasste, wirkte sie verlebt, ausgelaugt, irgendwie müde. Trotzdem sah sie immer noch hübsch aus, fand Edgar. Als sie etwas näher kam, erkannte er in ihr die Frau, die er nicht selten in dem Fenster beobachtet hatte. Oft war sie nackt. Er spürte die unpassende Erektion in seiner Hose jetzt noch deutlicher. Die sonst so angenehme

Wärme zwischen den Lenden tauchte sein Gesicht in Schamesröte. Unbewusst bedeckte er die Wölbung zwischen den Beinen mit der Mütze des Jungen.

Die Frau musste den Hügel in seiner Hose bemerkt haben. Ihr Gesicht verzerrte sich zu einer Maske des Entsetzens.

„Du perverses Schwein“, keifte sie ihn an.

„Entschuldigung“, stammelte Edgar, dabei kneteten seine Finger die Mütze zu einem Klumpen zusammen. Sein steifes Glied war wieder schlaff geworden. Die Erektion war verschwunden, die aufkeimende Angst in seinem Inneren raubte ihm die Luft. Er fühlte sich gemaßregelt. Seine Brust blähte sich wie ein Blasebalg auf.

Sie ist bestimmt die Mutter, überlegte Edgar mit einem dicken Kloß in der Brust.

„Ich wollte nur helfen“, stammelte er. Seine Hand fuhr nach oben. Darin lag die Mütze. „Das ist sein Cappy“, flüsterte er kaum hörbar.

Entsetzen flackerte in ihren Augen auf. „Behalt's, kannst dann der Polizei erklären, warum es nach deinem Schwanz stinkt“, zischte sie eisig.

„Sie dürfen nicht zur Polizei gehen, sonst muss ich mich wehren. Ich will nicht in den Knast.“ Eiskalter Schauder durchfuhr ihn. Die hübsche Frau war böse. Am liebsten hätte er ihr eine Maulschelle verpasst für ihr freches Mundwerk. So, wie seine Mutter es immer tat, wenn er laut wurde und hässliche Dinge sagte. Die Wutattacke dauerte nur einen Wimpernschlag, dann hatte er sich wieder unter Kontrolle. Du musst lernen, dich zu beherrschen, Edgar, erklangen die Worte seines Arztes, sonst passiert noch etwas Schlimmes, was du später sehr bereuen wirst, ermahnte er ihn immer wieder. Edgar sprang auf, humpelnd verschwand er durch die Hecke auf der anderen Straßenseite.

„Hat er dir etwas Böses angetan?“, wandte die Mutter sich zu ihrem Sohn um. Auf einmal sah sie ganz anders aus, auch ihre Stimme war wieder warm und voller Sorge.

„Nein, er hat mir nur ein Blatt aufs Knie gepresst.“

*****

Mike schaute auf sein Handy, es war schon wieder zwanzig Uhr. Das Scharren von Stühlen auf dem Boden war ohrenbetäubend. Alle Mitarbeiter von der Mordkommission eilten nach Hause zu ihren Familien oder Partnern. Mike blieb noch eine Weile auf seinem Platz sitzen. Sein Chef wollte ihn noch sprechen. Der Konferenzraum leerte sich allmählich. Über drei Stunden lang hatten sie ihre Ergebnisse zusammengefasst.

Nach dem Leichenfund herrschte im Kommissariat ein reges Treiben wie in einem Ameisenbau. Jeder hatte eine ihm zugewiesene Arbeit zu erledigen. Seit drei Tagen tappten sie im Dunkeln. Die Ermittlung verlief schleppend, außer ein paar Indizien hatten sie nichts Handfestes.

Mike ging die Konferenz noch einmal in seinem Kopf durch. Nach dem vorläufigen Bericht aus der rechtsmedizinischen Abteilung wurde Frau Kraus in der Nacht von Montag auf Dienstag ermordet. Sie starb, wie schon vorher angekündigt, an Herzversagen, besser gesagt, der Mörder hatte sie ausbluten lassen, um ihr danach das Genick zu brechen. Da sie bis zu ihrem Tod nur bewusstlos gewesen war, vielleicht aber auch nicht, hatte sie eventuell bis zu ihrem Ableben höllische Quallen durchleben müssen. Der Tod musste für sie wie eine Art Erlösung gewesen sein. Anzeichen für ein Sexualdelikt konnte Anton Butz nicht feststellen. Ob es post mortem zu einer Penetration gekommen sei, wollte einer der Anwesenden wissen. Wutz verneinte auch diese Frage nur mit einem Kopfschütteln.

Spuren von Haaren oder Haut unter den Fingernägeln konnten nicht entdeckt werden, alles deutete darauf hin, dass der Mörder Handschuhe, womöglich sogar einen Schutzanzug getragen hatte. „Einen Overall?“, fragte einer der Beamten. Butz zuckte nur die Achseln. Die Schnittverletzung war dem Opfer mit einem normalen, jedoch sehr scharfen Messer zugeführt worden. Sie war bei Bewusstsein, ihr Peiniger wollte, dass sein Opfer alles mitbekam. Er betäubte sie jedoch vorher, um die Augen und den Mund mit den Klammern verschließen zu können. Einige Risse an den Lippen und am linken Lid gaben Hinweise darauf, dass die Frau gelitten haben musste. Die Augen, der Mund und der Schnitt am Bauch wurden mit handelsüblichen Klammern mit Hilfe eines präparierten Geräts verschlossen. Außer der beiden Mäuse fanden die Mediziner noch Schmetterlinge. Sie lagen in ihrem Mund. Auch fanden die Männer von der Spurensicherung tote Insekten, auch allesamt Schmetterlinge, im Flur, nur waren diese an den Flügeln angebrannt worden. „Sie erlagen demselben Schicksal wie Ikarus“, sagte Kurt. „Sie flogen zu nah an die Sonne, in ihrem Fall war es jedoch eine Halogenlampe.“ Was die Männer von der Obduktion noch gefunden hatten, war für alle der Anwesenden neu gewesen. Der Killer habe ein Einmachglas unter den Rippen platziert. Das eine Nagetier musste es irgendwie geschafft haben, den durchlöcherten Deckel zu lösen. Das Glas diente als eine Art Kokon. „Ein gläserner Sarg“, hörte Mike jemanden hinter sich nuscheln.

Des Weiteren bestätigte der Vermieter, ein älterer Herr, dass die Schlösser zwei Tage zuvor ausgetauscht worden waren, da in der Nachbarschaft öfter eingebrochen worden war. Die beauftragte Schlüsselfirma wurde von den Beamten überprüft, ohne Erfolg. Alles schien rechtens. Es gab keinen weiteren Grund, in dieser Richtung nachzuforschen. Mike strich sich nachdenklich über die Stoppeln an Kinn und Wangen.

Ein subdurales Hämatom am Hinterkopf wurde festgestellt, hallten die Worte in seinem Kopf wie ein entferntes Echo nach. Dann tauchte das Loch in der Tür vor seinem inneren Auge auf. Die Frau hatte sich gewehrt. Sie hatte die Vase nach ihm geworfen, ihren Mörder jedoch verfehlt. Mit derselben Vase wurde die Frau bewusstlos geschlagen, seine Gedanken schweiften in eine andere Richtung ab. Er dachte wieder an Katrin. Sie war jetzt auch allein, so wie diese Frau es gewesen war. Christoph zog wieder zu ihm um. Der Teenager genoss die Freiheit in vollen Zügen, weil sein Vater nie da war. Er ging zwar wieder in die Schule, nur ...

„Mike. Mike, bist du etwa eingeschlafen?"

Mike räusperte sich. Sein Chef winkte ihn zu sich. Er saß an einem Tisch und kritzelte etwas auf ein Blatt Papier. Der Raum schien jetzt viel größer, denn alle außer Mike und Wilhelm Stuck waren gegangen.

Als Mike sich neben ihn setzte, schaute ihn Stuck mit müden Augen durchdringend an. Unwillkürlich griff Mike in die Brusttasche seines Hemdes. Seine Finger bekamen die Packung West nur mit Mühe zu fassen. Zuerst bot er eine seinem Boss an, doch dieser winkte dankend ab. Als Mike sich die Zigarette anzünden wollte, streckte Stuck den Finger aus und deutet auf ein kleines, rundes Schild neben der Tür.

„Du solltest darüber nachdenken, mit dem Rauchen aufzuhören."

Mike rollte mit den Augen. Dieses verdammte Rauchverbot ging ihm gehörig auf den Senkel.

„Was sagt deine Intuition?", fuhr Wilhelm übergangslos fort

„Bezüglich?"

„Was meinst du, mit wem wir es hier zu tun haben?"

Mike lachte kurz auf, er war nicht amüsiert, eher hilflos. Er knetete seine Hände. Knackste mit den Fingern, legte die Ellenbogen auf die Tischplatte, dann sagte er: „Keine Ahnung."

„Ein Fremder oder einer aus ihrem Bekanntenkreis?"

„Einer, den sie nicht kannte, er sie aber umso mehr."

„Was meinst du?"

Mike rieb sich am Kinn. Sein Dreitagebart fühlte sich dabei wie grobes Sandpapier an.

„Ich denke, ich kann sogar davon ausgehen, dass er ihr nachgestellt hat", sagte Mike mit rauer Stimme.

„Du meinst, er habe sie die ganze Zeit über im Auge gehabt?"

„So könnte man das auch ausdrücken."

„Kannst du etwas konkreter werden? Ich weiß, du ziehst keine voreiligen Schlüsse, trotzdem möchte ich von dir hören, was alles so in deinem Kopf herumschwirrt. Spuck's aus, ich weiß, sind alles nur Vermutungen, Indizien und keine Beweise, bla, bla, bla . Sag mir nur, was du darüber denkst, jetzt sind wir unter uns. Ist nicht schlimm, falls du dich irren solltest." Wilhelm räusperte sich, er sah sehr müde aus, trotzdem war sein Blick wach und durchdringend. Mit beiden Händen massierte er sich die Schläfen. „Was geschah deiner Meinung nach an dem Abend? Wie ging der Mann vor? Bisher waren deine Gedanken nicht ganz falsch."

Mike verzog seinen Mund zu einem leichten Schmunzeln, auch die Mundwinkel von seinem Chef zuckten leicht.

„Es ist nur so ein Gedanke", begann Mike. Wilhelm nickte. „Er wusste, dass sie an dem Tag alleine war. Er hatte auch einen Schlüssel von ihrer Wohnung, ein Duplikat. Nur hatte er nicht damit gerechnet, dass die Schlösser kurz vor seiner Tat ausgetauscht wurden. Einer der Forensiker hat

Schleifspuren zwischen Tür und Türrahmen entdecken können. Alles deutet darauf hin, so seine Aussage, der Mann oder die Frau habe die Tür mit einer EC-Karte oder einem ähnlichen Gegenstand wie einem Personalausweis aufbekommen."

Stucks buschige Augenbrauen fuhren nach oben. „Meinst du, es hätte auch eine Frau sein können? Käme deiner Meinung nach eine Täterin in Frage?"

Mike schüttelte den Kopf. „Unwahrscheinlich. Das Opfer wurde durch die Wohnung geschleift. Außerdem gehen Frauen anders vor. Nicht so brutal ..."

„Gift, ein Schnitt durch den Hals, wenn das Opfer schläft ..."

„Oder ein Schuss in den Kopf", ergriff Mike erneut das Wort." Wilhelm Stuck winkte die Worte gelangweilt von sich weg. „Weiter", sagte er dann, „das Schloss wurde also ausgetauscht ..."

„Das Schloss allein nützt nichts."

„Also schließt du ihren Freund aus?", unterbrach ihn Stuck.

„Nicht unbedingt, vielleicht hatte er eine Seite an sich, die seine Freundin an ihm so nicht gekannt hatte."

„Bis es zu einem Streit gekommen ist. Der in einer ..."

„Nein. Es war kein Streit, der irgendwann aus dem Ruder gelaufen ist. Es war ein geplanter Mord. Sie haben nicht gestritten. Es gab vorher keine verbale Auseinandersetzung, die später zu einer Katastrophe eskalierte. Wir suchen nach einem Mörder, der seine Taten ritualisiert. Ich befürchte, es wird nicht sein letzter Übergriff gewesen sein."

Stuck starrte ihn schweigend an. Er strich sich das fast weiße Haar mit beiden Händen nach hinten, legte dabei den Kopf tief in den Nacken. „Meinst du, wir haben es hier mit einem Serientäter zu tun?“ Sein Blick war dabei starr zur Decke gerichtet. Eine der Röhren begann zu flackern. Als Mike keine Antwort gab, schaute ihn Stuck mit traurigen Augen an. „Was sind die drei Eigenschaften, die auf einen Serienkiller zutreffen?“

„Er spielt gern mit dem Feuer, macht ins Bett und quält Tiere.“

Wilhelm Stuck nickte zustimmend. „Was haben aber Mäuse, Schmetterlinge und die verdammten Klammern gemeinsam?“ Mit der flachen Hand schlug er gegen die Tischplatte. „Ihr Freund ist laut der Aussage von Frau Moor in Afghanistan?“

Jetzt nickte Mike.

„Kann das sonst noch jemand bestätigen?“

„Wir müssen uns mit der Armee in Verbindung setzen. Wird bestimmt nicht allzu lange dauern, bis wir eine Antwort bekommen“, krächzte Mike. Er musste unbedingt an die frische Luft, seine Hand fuhr erneut in die Tasche, da, wo seine Zigaretten lagen. Die glatte Oberfläche der Schachtel schien ihn zu beruhigen.

„Finde mir den Kerl, ich gebe dir bis zum nächsten Montag Zeit“, sagte Stuck matt. „Für heute hast du Feierabend. Ach ja, bevor ich es vergesse …“

Mike war schon aufgestanden, in Gedanken war er schon längst im Bett und bei seiner Zigarette. Er setzte sich nicht mehr hin, die Hände auf die Tischkante gestützt stand er leicht nach vorne gebeugt einfach da.

„Du bist ein guter Bulle, du machst deine Arbeit sehr gut ..."

„Komm zur Sache, Wilhelm", unterbrach Mike seinen Chef ungeduldig.

„Du solltest mal darüber nachdenken ..."

„Bei den AA vorbeizuschauen? Ich bin kein Alkoholiker", schrie er fast.

„Ich meine nur, wenn du noch einmal mit einer Fahne zur Arbeit erscheinst ..."

„Okay. War's das?"

Stuck nickte.

„Kann es ein Exfreund gewesen sein?"

Mike atmete laut aus, drehte den Stuhl herum, setzte sich rittlings drauf, sein Kinn ruhte auf den Fäusten, die Ellenbogen hielt er an die Rückenlehne gepresst.

„Wir sind das doch schon alles durchgegangen, mehrmals. Ich weiß es nicht. Ich habe alle ihre Kontakte auf dem Handy überprüft. Alle hatten ein Alibi, bis auf diesen Jens ..."

„Zimmer."

„Genau. Er ist aber in Afghanistan. Warte ..." Erst jetzt kam ihm die Idee. Bisher hatte er diesen Jens Zimmer nur von Janas Handy aus angerufen, zweimal auch aus seinem Büro. Was er aber noch nicht ausprobiert hatte, war, die letzte Nummer in ihrem Handy anzurufen.

Er holte sein Smartphone raus, sein Finger wischte mehrmals über das Display. „Ich habe mir all ihre Nummern auf mein Telefon kopiert", sagte er, ohne den Blick zu heben.

Stuck wartete geduldig.

„Es geht niemand ran."

„Hattest du etwas anderes erwartet?“ Statt einer Antwort tippte Mike die Vorwahl in die Suchmaschine ein. Afghanistan mit über zig tausend Treffern und genauso vielen Vorschlägen hatte ihm die Suchmaschine ausgespuckt.

„Also fällt Soldat Zimmer schon mal aus.“

„Gibt es noch etwas, das dir deine Intuition sagt?“

Mike rieb sich die Augen.

„Wird er nochmal zuschlagen?“

„Da bin ich mir sogar ziemlich sicher.“ Müde streckte er die Arme auseinander, dabei knackte ihm die Wirbelsäule. Danach erhob er sich, schob den Stuhl unter den Tisch und sagte: „Wir werden es bald herausfinden.“

„Du meinst also, er wird seine Tat wiederholen?“

„Das nächste Mal wird er genauso vorgehen, vielleicht noch brutaler. Ich befürchte, sie war nicht sein erstes Opfer. Die bestialische Art, Frauen zu töten, ist ein Zeichen, sein Zeichen. Verstehst du?“ Mike begann schneller zu sprechen. „Er will uns damit etwas sagen. Es ist eine Art Botschaft. Ein Symbol. Er verbindet damit etwas, ein Erlebnis, oder etwas, womit er nicht klar zu kommen scheint. Je eher wir seine Botschaft entschlüsseln, umso schneller werden wir ihn schnappen können. Für heute bin ich fertig.“ Mike drehte sich um, hob die Hand zum Abschied und ging.

*****

Am Wochenende ging Pascal gern zum Spielplatz. Auch wenn keiner der Kinder mit ihm spielte, verbrachte er viel Zeit mit ihnen. Oft ließ er einfach seine Füße von der Schaukel baumeln, oder er saß auf einer Bank, einfach so. Doch seitdem er diesem Mann begegnet war, mied er diesen Ort, als wäre er mit einem bösen Fluch belegt worden.

Stattdessen fuhr er mit seinem Roller durch die kleinen Gassen. Pascal stellte sich vor, er wäre ein Räuber auf der Flucht.

„Hallo, Pascal!“, hörte er die helle Stimme eines Mädchens seinen Namen rufen. Es war Elisabeth, alle nannte sie Lise, sie winkte ihm zu, als sie ihn bemerkt hatte. Sie war erst fünf und ging noch nicht zur Schule. Pascal ging jetzt schon in die zweite Klasse, worauf er sehr stolz war. Lise schien auch ziemlich stolz zu sein, so einen Freund zu haben. Pascal hielt sie nicht für einen Freund. Er spielte ja nur ab und zu mit ihr, wenn er Zeit hatte. Sie war noch ein kleines Kind, dazu noch ein Mädchen.

„Wollen wir wieder das Spiel spielen?“ Ihre Augen funkelten dabei vor Vorfreude.

Pascal verzog gelangweilt sein Gesicht. „Nö, heute mag ich es nicht spielen“, sagte er nur.

Elisabeth sah ihn traurig an, dabei schob sie die Unterlippe nach vorne, um ihm kurz darauf ihre spitze Zunge zu zeigen.

„Du bist gemein. Ich habe sogar meine Enny mit.“

„Will ich trotzdem nicht. Ist langweilig.“

„Du willst es nicht, weil du keinen Papa hast und deine Mutter eine Hure ist“, keifte sie ihn mit der lauten Stimme eines beleidigten Mädchens an.

Pascal stürmte nach vorne. Er warf den Roller zu Boden, zu Fuß würde er die freche Göre schneller einfangen, um ihr eine Lektion zu erteilen. Eine Lektion erteilen, das wusste er von seiner Mama, bedeutete, jemandem den Arsch zu versohlen. Elisabeth kreischte und lief los. Ihre zwei Zöpfe hüpften wie wild, die kleine Puppe flog im hohen Bogen davon, als Elisabeth über einen der unzähligen Erdhügel stolperte.

Pascal hob die Puppe auf. Kam ganz nahe an Elisabeth heran, die mit weit aufgerissen Augen zu ihm nach oben schaute.

Er fasste Enny am Kopf und am Rumpf, mit einer heftigen Bewegung köpfte er die Puppe.

Elisabeth begann wie von Sinnen zu kreischen.

„Meine Mama ist keine Hure“, presste er den kurzen Satz durch die Zähne.

„Ist sie doch!“, greinte sie mit vor Tränen nassen und weit aufgerissenen Augen.

Pascal machte noch einen Schritt auf sie zu.

Das kleine Mädchen fing sich erstaunlich schnell. Schniefend stand sie auf und klopfte mit trotziger Miene ihr Kleid von den Erdklumpen sauber, warf mit einer heftigen Kopfbewegung ihre zwei blonden Zöpfe über die Schultern, um ihm ebenbürtig entgegenzutreten. Sie hatte keine Angst mehr. Ihr Blick streifte an ihm vorbei. Elisabeth schaute über seine Schulter. Der schmale Mund verzog sich zu einem frechen, selbstzufriedenen Lächeln. Wie zur Bestätigung, dass es für ihn gleich viel Ärger geben würde, verschränkte sie ihre dünnen Arme vor der Brust.

„Gleich wirst du mich um Entschuldigung bitten müssen. Na, hast du jetzt schon die Hose voll? Da kommt mein Papa, er wird dir deinen blöden Kopf abreißen, so wie du Enny."

Ohne sich umzuschauen, türmte Pascal.

„Du bist ein dummer Feigling", schrie Elisabeth ihm hinterher. „Dort ist nämlich niemand, ich habe dich reingelegt."

Als er begriffen hatte, dass ihn die kleine Göre tatsächlich angeschmiert hatte, war es schon zu spät. Er hasste es, angeschmiert zu werden, vor allem von einem Mädchen, dazu noch von einem wie Elisabeth, die viel jünger und kleiner war als er. Das allerschlimmste aber war - sie fuhr lachend mit seinem Roller davon und schrie: „Pascal ist ein Feigling, ein Feigling!" Mit gesenktem Kopf ging der von einem Mädchen mit einer fiesen List geschlagene Junge nach Hause. Dabei hatte er ganz vergessen, dass ihm seine Mutter verboten hatte, vor dem Mittagessen heimzukommen. Heute hatte sie drei Patienten, sie sagte manchmal auch Klienten dazu, zu versorgen. Auch darüber verlor er keinen Gedanken, er wollte nur seiner Mutter davon erzählen, was Elisabeth zu ihm gesagt hatte, auch wie sie ihm den Roller stibitzte, und - darüber wollte er eigentlich nicht reden, trotzdem musste er ihr beichten, wie er den Kopf von der Puppe abgerissen hatte. Er wollte seine Mama noch darum bitten, ihn wieder irgendwie festmachen.

Wird Elisabeths Vater sonst ihm und seiner Mutter deswegen auch den Kopf abreißen? Pascal starrte auf die Puppe, auch egal, dachte er nur. Würde die Mama mit ihm schimpfen? Jetzt fiel es ihm wieder ein, seine Mama musste ja noch arbeiten. Für eine Sekunde verlangsamte er seinen Schritt. Als würde die Vorstellung daran, ausgeschimpft und mit Fernsehverbot für mindestens drei Tage bestraft zu werden, in ihm etwas zu zerbrechen, sackten seine Schultern wie von einer schweren Last tief nach unten. Egal, sagte Pascal bei sich, zuckte mit den bleischweren Schultern, blieb für einen Moment stehen, überlegte. Was sollte er jetzt nur tun? Er biss sich auf die Unterlippe. Überlegte weiter. Die Zahnrädchen in seinem Kopf kreischten, nichts wollte ihm einfallen. Er hatte sich dann doch dazu entschieden, so schnell wie möglich seiner Mutter alles zu beichten. Was kümmerten ihn die Patienten, wenn er keinen Roller und keine Freundin mehr hatte.

Elisabeth musste diese Beleidigung von ihren Eltern oder den Jungs aufgeschnappt haben, sie war sonst nicht so. Dabei war er aber auch selbst schuld. Er hätte Enny nicht den Kopf abreißen sollen. Er würde seine Mama fragen, ob sie den Kopf wieder festnähen könne. Dann muss sie heute eben früher Schluss machen, überlegte er mit seiner kindlichen Naivität. Sie war seine Mama, die Patienten oder diese Kunden, oder wie auch immer, können auch morgen wiederkommen. Was jetzt zählte, war der Kopf der Puppe und wie man ihn wieder festmachen konnte, damit Elisabeth nicht mehr beleidigt ist. Ja, seine Mama, würde es hinbekommen. Wenn sie schon die Patienten heil machen konnte, dann würde so eine Puppe ein Klacks für sie sein. Etwas fröhlicher gestimmt lief er nach Hause.

*****

Mike rieb sich die Augen, die heute wie zugeklebt schienen. Es war früh am Samstag. Obwohl er gestern die Nacht nicht wie in den letzten Tagen in einer Bar, sondern auf dem Sofa mit seinem Sohn verbracht hatte, war er immer noch hundemüde. Sein Blick ruhte schwer auf dem Zifferblatt seines neuen Weckers. 11:11 Uhr. Er blinzelte sich den Albtraum aus den Augen. Seine Zunge klebte ihm am Gaumen, er musste wieder die ganze Nacht geschnarcht haben. Was ein Anzeichen dafür gewesen war, wieder schlecht geträumt zu haben. Er rieb sich müde die Schläfen. Immer wieder tauchten die Bilder vom Tatort in seinen Träumen auf. Viele Male musste er mitten in der Nacht aufstehen, schweißgebadet und mit rasendem Herzen. Jedes Mal ging er in das kleine Zimmer seines Sohnes, um sich zu vergewissern, dass alles in Ordnung sei. Dann musste er lange über sich und Katrin nachdenken. Im Bett liegend starrte er zur Decke, das schwache Aufblinken der LED-Leuchte an dem Feuermelder wirkte auf ihn beruhigend. Nun starrte er erneut zur Decke. Die rote Leuchte blinkte wieder auf. Er durfte jetzt nicht mehr in seinem Bett rauchen, stellte er verdrießlich fest. Der

Rauchmelder war daran schuld. Als wolle ihn das runde Ding auslachen, blinkte es erneut auf.

Mike pellte sich aus der Decke, sprang aus dem Bett und wollte heute mal ausnahmsweise einige Runden ums Haus drehen. Das hatte er schon lange nicht gemacht, stellte er fest. Ab heute würde er sich mehr Mühe geben. Vielleicht würde Christoph ihm Gesellschaft leisten. Womit er jedoch überhaupt nicht zu rechnen wagte. Sein Sohn war ein fauler Hund. Wie auch er früher einer gewesen war.

Nachdem er sich die Zähne geputzt und eine lange Dusche genommen hatte, zog er sich rasch an. Eine Trainingshose, ein T-Shirt und ein Paar Laufschuhe waren schnell angezogen. Ein kurzer Blick in das Zimmer, in das sein Sohn vor Kurzem wieder mal eingezogen war, genügte ihm, um sich zu vergewissern, dass sein Sohnemann noch fest schlief.

Nachdem die Schlüssel und das Handy sicher in den Taschen verstaut waren, schloss er leise die Tür hinter sich. Schon lief er die Treppe herunter, endlich raus an die frische Luft, dachte Mike, jetzt schon gut gelaunt.

Obwohl er nur wenige Kilometer zurückgelegt hatte, wurde sein Atem zunehmend schwerer. Er röchelte wie ein alter Hund, die Lunge brannte, in der rechten Seite bekam er ein leichtes Stechen. Trotzdem lief Mike weiter. Der innere Schweinehund musste besiegt werden, herrschte er sich an. Das nächste Mal würde er die Kopfhörer nehmen müssen.

Ein Zwischenstopp in einem kleinen Café würde seine Kraftreserven wieder auftanken. Gleich um die

Ecke gab es eine kleine Bäckerei, wo er einen frischen Kaffee und zwei belegte Brötchen bekommen würde, ohne dabei von seinem Kurs abweichen zu müssen. Außerdem musste er sich beeilen, sonst käme er zu spät. Sie schlossen um 13:00 Uhr, und zwar pünktlich. Mike legte einen Zahn zu.

Kapitel 5

Jedes Mal, wenn Pascal nach Hause kam, vergewisserte er sich, ob die Schuhe von den Männern nicht mehr vor der Türe standen. Seine Mutter achtete sehr darauf, dass keiner die Wohnung mit Schuhen betrat. Sogar Handwerker durften die Wohnung nur barfüßig betreten. Oft hatten sie Löcher in den Socken, da musste Pascal immer wieder drüber lachen. Er hielt sich immer die Hand vor den Mund, damit keiner merkte, wie er sie auslachte. Darum achtete er immer darauf, nur frische Socken anzuziehen und die kaputten gleich in den Mülleimer zu werfen.

Er schlich sich auf Zehenspitzen durch den Flur. Das Schlafzimmer seiner Mutter war immer noch verschlossen. Pascal blieb kurz vor der Tür stehen. Er hörte Geräusche, jedoch keine Stimmen. Früher, als sein Papa - so musste Pascal den Mann immer nennen - mit ihnen zusammenlebte, da hörte er solche Geräusche fast jede Nacht. Er musste ja auch nicht immer draußen warten, wenn Mama und sein falscher Papa sich im Schlafzimmer versteckten. Sie machten es ja meistens in der Nacht. Pascal tat dann so, als schlafe er schon tief und fest, wenn seine Mama ihren Kopf durch die Tür in sein Zimmer steckte.

Einmal, da hatte er draußen gespielt und war vom Klettergerüst gefallen. Eigentlich hatte ihn einer der Jungs am Bein gezogen, und ein anderer war mit dem Fuß auf seine rechte Hand getreten, sodass er sich mit einer Hand nicht mehr festhalten konnte. Er fiel auf den festgestampften Sand, der so hart wie Zement war. Sein Rücken tat nach dem Sturz höllisch weh. Sein Hinterkopf blutete damals sehr stark, mehr noch als das Knie, auf das er vor Kurzem gestürzt war. Die beiden Jungs lachten zuerst, doch als sie das viele Blut sahen, lachten sie nicht mehr und gaben Fersengeld. Als Pascal wieder zu Atem gekommen war, lief er nach Hause. Damals hatte er nicht geweint.

Keiner der Nachbarn schien sich für ihn zu interessieren. In der Wohnung angekommen, betastete er erneut vorsichtig seinen Kopf. Die Wunde blutete nicht mehr. Er wollte trotzdem schnell zu seiner Mama. Die Tür zum Schlafzimmer war nur angelehnt. Pascal trat näher, presste sein Gesicht ganz fest an den Türrahmen und spähte durch den schmalen Schlitz hinein, worauf er seine Tat sofort bereut hatte. Das, was er sah, raubte ihm den Atem. Seine Mutter war nackt, auch der falsche Papa. Sie beide lagen auf dem Bett und kämpften miteinander. Der falsche Papa, sein Name war

Manfred, schlug seine Mama auf den nackten Hintern. So fest, bis er rot wurde. Auch das Gesicht von Manfred war rot. Er grunzte dabei wie ein Eber aus dem Zoo, seine Mama winselte, kreischte und wimmerte vor Schmerz. Er tat ihr die ganze Zeit weh, dachte Pascal. Er wusste schließlich, wie sich Schläge auf den nackten Po anfühlten. Ab und zu schlug ihn Manfred auch, wenn er nicht brav gewesen war, oder dann, wenn er streng aus dem Mund roch und seine Augen ganz komisch waren.

Pascal wollte wegschauen, konnte aber nicht seine Mama im Stich lassen. Hin- und hergerissen starrte er auf die beiden, mit offenem Mund. Sie lag auf der Seite, ihre Finger krallten sich dabei in die Decke. Als sie ihren Kopf heben wollte, zog Manfred sie an den Haaren.

Damals traute sich Pascal nicht, ins Schlafzimmer zu gehen, um einzugreifen und Manfred Einhalt zu gebieten. Auch jetzt hörte er dieselben Geräusche. Wie damals schaute Pascal konsterniert drein. Er wollte dem makabren Schauspiel nicht mehr beiwohnen. An dem Tag, als er beim Spionieren erwischt wurde, bekam er zwei Wochen lang nichts Süßes und obendrein auch noch Fernsehverbot.

Auch heute lag seine Mutter auf der Seite, nur trug der Mann jetzt eine Maske. So konnte Pascal nicht sehen, wer der Typ war. Auch grunzte er nicht. Er keuchte zwar ein bisschen, vielleicht lag es daran, dass er nicht nackt war und seine Mama sich auch nicht wehrte. Er konnte auch nicht viel sehen, seine Mama hatte vergessen, die Rollläden hochzuziehen. Pascal sah nur Umrisse. Er musste sich anstrengen, um überhaupt etwas sehen zu können. Mit Bedacht, nichts umzuschmeißen, drehte er sich ganz vorsichtig von der Tür weg, dabei schob er sie leise wieder zu.

Mit gesenktem Kopf wollte Pascal wieder nach draußen gehen, um dort auf seine Mama zu warten, wie versprochen. Er blieb abrupt stehen. Ein rollendes Geräusch, wie Glas auf Holz, ließ ihn aufhorchen. Als er ein Glas zu Boden fallen sah, zuckte er erschrocken zusammen. Instinktiv riss er heftig an der Tür, denn seine Hand lag immer noch auf der Türklinke. Wie in Zeitlupe fiel das Glas und platzte in tausend kleine Splitter auseinander. Pascal biss sich auf die Unterlippe. Und jetzt? Das klare Bersten war kaum zu überhören, er würde wieder eine Strafe bekommen. Wer hatte das blöde Glas hier hingestellt, was hatte ein leeres Einmachglas hier überhaupt zu suchen? Daran war er aber nicht minder schuld. Er stieß nämlich mit dem Ellenbogen gegen eine Tasche, die auf dem Sideboard neben dem Schlafzimmer stand. Sie gehörte bestimm dem Klienten. Pascal schwitzte und zitterte zugleich. Hastig warf er einen Blick vor die Füße. In seiner rechten Hand hielt er immer noch den kleinen Schlüsselbund. Auch eine Taschenlampe baumelte daran. Sie hatte er aus einem Laden als Werbegeschenk bekommen. Sie war flach und sehr klein, das bläuliche Licht jedoch war sehr stark, vor allem, wenn es ganz dunkel war. Wie jetzt. Pascal leuchtete den Boden ab. Dann erstarrte er jäh. Zuerst dachte er, es wäre nur ein Klumpen Dreck. Dann hörte er Geräusche und leises Fluchen aus dem Schlafzimmer. Seine Mutter brabbelte etwas, das er nicht verstehen konnte. Pascal musste sich beeilen.

Als er einen Schritt über die Scherben tat, sah er den Klumpen noch einmal an, das bläuliche Licht zitterte über die Fliesen. Pascal traute seinen Augen nicht. Eine Maus lag neben dem durchlöcherten Deckel, sie regte sich nicht, hatte sie sich beim Sturz verletzt? Ohne lange darüber nachzudenken, schnappte er danach und lief davon. Ihr weiches Fell fühlte sich flauschig an, nur der kleine Körper war starr und kalt. Sie war tot, Pascal rannte zur Tür. Hörte, wie die Schlafzimmertür aufgerissen wurde. Er hörte Schritte und ein leises gedämpftes Fluchen hinter sich. Als er zur Tür hinaus nach draußen in das Treppenhaus stürmte, musste er auf eine der Scherben getreten sein, denn seine linke Ferse tat urplötzlich höllisch weh. Bei jedem Schritt schnitt sich das Stück Glas tiefer in sein Fleisch. Also lief er auf dem linken Fuß nur auf den Zehenspitzen. Er spürte, wie ihm der Schweiß wie ein kleiner, warmer Bach in den Kragen lief.

Die lauten Fußstapfen hinter ihm kamen immer näher. Pascal überlegte nicht lange, dafür hatte er keine Zeit. Er riss an der Haustür und knallte sie wieder laut zu, blieb selbst jedoch im Haus und lief weiter nach unten. In den Keller. Dort würde ihn der Mann mit der Maske nicht finden. Sein Atem ging so laut, dass er nichts mehr hörte. Alles, was jetzt zählte, war, dass der Mann auf seine List reinfallen würde. Tatsächlich schien der Typ seine Spur verloren zu haben. Als sich die Lage beruhigt hatte, merkte er erst jetzt, dass er die tote Maus immer noch in seiner Hand hielt. Er stopfte den toten Körper in die Hosentasche und inspizierte seinen Fuß. In der dunklen Ecke, dort, wo er sich versteckt hatte, konnte er nicht viel sehen. Also schlich er sich zu einem der Fenster. Seine weißen Tennissocken waren schwarz an den Sohlen. Die linke war ein bisschen rot vom Blut. Zum Glück, dachte er mit vor Schmerz verzerrter Miene, so hatte er zumindest keine verräterische Blutspur hinterlassen, die den Mann direkt zu ihm geführt hätte. Dünner Draht ragte aus seiner Socke. Es war - eine Büroklammer? Nein, es war eine Heftklammer. Doch woher? Pascal wollte das glänzende Stück Draht herausziehen, zuckte zurück, als ein bis ins Mark dringender Schmerz durch seinen gesamten Körper jagte. Was sollte er jetzt bloß tun? Hierbleiben konnte er nicht. Er wartete noch eine Ewigkeit lang, bis er sich dazu entschieden hatte, auf den Spielplatz zu gehen. Er würde dort einfach auf seine Mama warten, bis sie ihn abholen käme. Alles, was er dafür tun musste, war zu behaupten, dass er die ganze Zeit hier auf sie gewartet hätte, auf der Bank neben der Rutsche. Nur die Sache mit der Klammer bereitete ihm Kopfschmerzen. Er zählte bis eintausendeinhundertundeins, niemand kam, um ihn zu holen. Er wartete dann noch ein bisschen, während sein Fuß brennende Schmerzen in sämtliche Körperzellen ausstrahlte. Als erneut niemand kam, entschied er sich, seinen Plan in die Tat umzusetzen. Also humpelte er nach draußen, auf dem halben Weg zum Spielplatz vernahm er einen Schatten. Er schien ihm nachzuspionieren.

„Hast du es deiner Mama erzählt?“, fragte ihn der Schatten, als Pascal sich auf die Bank gesetzt hatte. Zuerst dachte er, es wäre Lise, nur wäre der Schatten für sie viel zu groß gewesen und die Stimme viel zu tief. Hoffentlich trug der Schatten keine Maske, betete er zu Gott. Pascal bewegte sich nicht, fürchtete sich davor, geschnappt und irgendwo eingesperrt zu werden. Wie in einem der bösen Filme, die er heimlich anschaute, während seine Mama müde vom Arbeiten in ihrem Zimmer schlief.

„Tut mir leid, Freunde?“ Der Schatten war nicht Lise, sondern Edgar. Er stand hinter einem Baum. Nur sein Bauch verriet seine Anwesenheit.

„Ich kann dich sehen, Edgar. Dein Bauch ist viel zu dick“, stammelte Pascal. „Jetzt kann ich deinen Hintern sehen“, fügte er hastig hinzu, als Edgar einen Schritt nach hinten trat.

„Ich wollte mich bei dir entschuldigen“, sagte Edgar. Vorsichtig kam er auf Pascal zu. Sein T-Shirt war zerrissen. Die Arme wie auch sein Gesicht wiesen Kratzspuren auf.

„Warum bist du voller Kratzer?“, wollte der Junge von ihm wissen.

„Ich bin vor dir weggelaufen.“

Pascal hob die Augenbrauen.

„Ich stand heute vor eurer Tür. Ich habe gesehen, wie Lise mit deinem Roller weggefahren ist. Danach bin ich dir hinterhergelaufen. Bis an eure Haustür. Ich wollte mich bei deiner Mama entschuldigen. Du hast die Tür nicht abgeschlossen, also bin ich rein in die Wohnung. Als ich dann gesehen habe, dass du deiner Mama beim Sex zugeschaut hast ...“ Edgar grinste dabei wie ein Idiot, dachte Pascal. Trotzdem kroch die Schamesröte über sein Gesicht. Er schämte sich einerseits, dabei ertappt worden sein, andererseits wusste er nicht, was Edgar damit genau meinte.

„Ich werde es Mama erzählen, dass du in unserer Wohnung warst, ohne ...“

„Das darfst du nicht, ich werde auch dein Freund sein. Ich habe sogar deinen Roller zurückgeklaut. Steht bei mir Zuhause.“ Sein Mund verzog sich zu einem selbstzufriedenen Grinsen. „Was ist mit deinem Fuß passiert, wo hast du überhaupt deine Schuhe?“ Auf einmal klang er wirklich besorgt.

Ohne ein weiteres Wort kniete der große Mann vor ihm nieder und nahm den verletzten Fuß in Augenschein. Pascal zuckte zusammen.

„Da ist ein Draht in deiner Socke ...“

„Das ist eine Klammer, und sie steckt in meinem Fuß drin, du ...“ Das letzte Wort konnte er sich noch rechtzeitig verbeißen. „Aua, bist du bescheuert?“, schrie er dann doch noch laut. Als er erneut auffahren wollte, sah er die glückliche Visage von Edgar vor sich. Er hielt zwischen Daumen und Zeigefinger eine blutige Klammer.

„Ich habe sie raus bekommen, ging ganz leicht.“

„Zeig her.“

„Aber verletz dich nicht noch einmal damit.“

Pascal schniefte nur. Der Schmerz benetzte seine Augen mit Tränen. Die Hände zu Fäusten geballt, rieb er sich über die Augen, danach sah er sich die Klammer etwas genauer an.

„Darf ich sie behalten?“ Dabei hielt Edgar seine riesige Hand immer noch ausgestreckt. Er schien unsicher, seine rechte Augenbraue verzog sich zu einem Bogen.

Pascal schürzte die Lippen. „Nö, darfst du nicht. Warum willst du die überhaupt?“

„Keine Ahnung.“

„Du lügst“, ertappte ihn Pascal, seine Augen wurden schmal.

Edgar lächelte verlegen, sein Blick ging zu Boden. „Ich möchte sie meiner Mama zeigen. Ich möchte ihr sagen, dass ich einem Jungen das Leben gerettet habe. Ohne die Klammer wird sie es mir nicht glauben. Sie ist manchmal sehr komisch. Sie ist gaaanz alt. Bestimmt hundert Jahre oder so, wie ein Drache. Nur hat sie keine Zähne mehr und kann kein Feuer spucken.“

Pascal ließ die Klammer in die große Hand fallen und grinste mit.

„Du bist schon ein bisschen komisch.“

Die groben Finger schlossen sich sofort zu einer Faust, die Klammer verschwand. „Das sagen viele, nur meine Mama sagt, dass ich dumm wie Brot bin. Das macht mir aber nichts aus, ich mag Brot.“

„Du hast mir immer noch nicht verraten, warum du voller Kratzer bist.“

„Ach ja stimmt. Als ich gesehen habe, wie du aus der Wohnung raus gelaufen bist, da habe ich einen Mann gesehen. Er war ganz in Schwarz gekleidet. Ich stand hinter der Tür, in der Toilette bei euch, ich musste pinkeln. Auf jeden Fall bin ich aus dem Fenster geklettert ... und muss immer noch pinkeln.“ Wie zum Beweis legte er die Hände auf den Unterleib und verzog die Lippen so, als müsse er dringend hinter den Baum.

„Aus unserem WC? Das glaube ich dir aber nicht, jetzt lügst du.“ Pascal sah ihn ungläubig an.

„Nein. Dort ist das Fenster viel zu eng. Ich ging zum Wohnzimmer. Dort bin ich dann vom Balkon in die Sträucher gesprungen.“

„Aus dem zweiten Stock?“ Pascal war immer noch fassungslos.

„Ja. Ich habe mir vorgestellt, dass ich der Spinnenmann bin.“

„Du spinnst. Das darf man nicht machen.“

„Ich weiß, aber ich hatte wirklich ganz viel Angst gehabt. Magst du mit zu mir nach Hause kommen? Ich habe Kuchen und Krapfen gekauft. Meine Mama schläft bestimmt. Sie schläft sehr oft. Und ich muss pinkeln, gaaanz arg.“

„Warum habe ich dich früher hier nicht gesehen?“, wollte Pascal wissen.

„Weil du erst sechs bist oder so.“

„Ich hin schon sieben. Bin nur etwas kleiner als die anderen.“

„Etwas kleiner“, echote Edgar nach, schien dabei amüsiert und musterte den Jungen mit verschmitzter Miene vom Kopf bis zu den Fußspitzen.

„Der Arzt sagt aber, ich bin durchschnittlich.“

„Ich war auch bei einem Doktor, sogar in einem richtigen Krankenhaus. In einer spychiatrinischen Veranstaltung.“

„Das heißt Anstaltung, nicht Veranstaltung“, korrigierte ihn Pascal, war sich aber nicht mehr so sicher. „Warst du krank?“

„Ja, aber jetzt bin ich wieder okay. Magst du Erdbeeren?“

Der Junge nickte.

„Dann komm mit.“

*****

Als Mike endlich die Bäckerei erreicht hatte, musste er feststellen, dass er kein Geld dabei hatte. Als er sich wieder zum Gehen wandte, fiel ihm seine Notreserve ein. Er nahm sein Handy aus der Tasche, zog den Rückdeckel ab, mit einem zufriedenen Mundwinkelzucken holte er den Fünf-Euro-Schein heraus, der fein säuberlich in der Mitte zusammengefaltet war und der sich an den Akku geschmiegt hatte.

Für eine Tasse würde es auf jeden Fall reichen. Auf ein belegtes Brötchen hatte er keinen Appetit mehr. Er musste ja noch zurück laufen, vielleicht aber auch gehen. Als er den Deckel wieder angebracht hatte, begann sein Telefon zu vibrieren.

Er schaute auf das Display: Private Nummer.

Mike wischte über die grüne Taste.

„Hallo?"

„Hallo, Mikie."

Mike schluckte. Fast hätte er das Telefon aus der Hand fallen lassen. Er hörte eine mechanische Stimme, die zu ihm sprach. Sie klang blechern, trotzdem wusste er, dass es ein Mensch war, der zu ihm sprach und kein verdammter Roboter.

„Hast du mit jemand anderem gerechnet?" Die Stimme lachte.

Mike fühlte sich ein wenig verarscht. „Wer bist du?", hörte er sich sagen, seine Stimme klang genervt und vom vielen Laufen nicht so kräftig, wie er beabsichtigt hatte.

Anstatt einer Antwort erklang ein lauter Pfeifton. Mike hob mit zusammengekniffenen Augen das Telefon vom Ohr.

„Falsche Antwort."

„Es war eine Frage."

Wieder ertönte ein Pfiff aus dem Hörer.

„Wer sind Sie?", verbesserte er sich.

„Schon besser. Ich bin dein Gewissen."

Erneutes Lachen hallte aus dem Telefon. Mike hatte Mühe, an sich zu halten, ohne den Verrückten zu beleidigen. Als er schon im Begriff war, aufzulegen, sagte die Stimme etwas, das Mike eine Gänsehaut bescherte.

„Du hast nicht aufgepasst. Ihr habt etwas übersehen. Seid auf der Hut. Ich gebe dir noch eine weitere Chance."

Hatte der Typ heute psychedelische Pilze zum Frühstück? „Welche Chance?", fauchte Mike den unbekannten Anrufer entrüstet an. „Welche Chance?", wiederholte er die Frage.

„Lauf zurück, so schnell du kannst, dein Sohn hat Hunger, nicht dass die Brötchen kalt werden, ach ja, dafür hast du jetzt keine Zeit ... Lauf zurück Mikie, sonst ... lasse ich erneut die Schmetterlinge fliegen ...", flüsterte die Stimme.

Als Mike merkte, dass die Leitung tot war, schaute er sich unentschlossen um. Ob es doch ein Spinner war? Wo sollte er bloß hinrennen? Sein Blick fuhr in alle Richtungen. Er konnte niemanden ausmachen, der ihm nachstellen konnte. Seine Kehle schnürte sich zu. Mit der Rechten rieb er sich über das ungewöhnlich glatte Kinn.

Hatte es schon wieder einen Mord gegeben, der genauso brutal wie der letzte war? War das jetzt nur eine Warnung? Konnte er ein weiteres Blutbad verhindern, wenn er nur schnell genug rennen würde? Doch wohin, verdammt noch mal? Bei dem Gedanken schauderte er.

Er schloss für einen kurzen Moment die Augen, unwillkürlich sah er das Gesicht einer toten Frau vor sich, mit all der Blässe, Starre und nacktem Entsetzen. Eine Stimme rief gellend seinen Namen, die Stimme kam aus seiner Vergangenheit, als er zu spät gekommen war, um sie zu retten. Mike schüttelte den Kopf, um die Erinnerungen aus seinem Kopf zu vertreiben. Er entschied sich, einfach zurück nach Hause zu laufen. Warum? Das wusste er im Moment auch nicht. Vielleicht wegen seines Sohnes? Vielleicht aber auch wegen Anita? Oder einfach nur, um sich zu vergewissern, dass die Roboterstimme nicht bei ihm zu Hause war.

Er sagte: lauf zurück, zurück nach Hause? Nein, lauf zurück, ihr habt etwas übersehen. „Verdammter Hurensohn", fluchte Mike durch die Zähne. Was meinte er bloß damit? Mike überlegte nicht lange, wenn er zu Hause war, würde ihm schon etwas einfallen. Er warf erneut einen Blick über die Schulter. Niemand da, keiner stand da mit einem Telefon und lachte ihn aus. Die Lage war mehr als ernst und bedrohlich, durchfuhr es ihn. Die Stimme spielte nicht, sie sagte, ihr habt was übersehen. Doch was? Mike bekam einen unbändigen Hass auf den Unbekannten. Ihm blieb nichts anderes übrig, als zu gehorchen, zumindest so lange, bis er etwas Konkretes über den Anrufer und seine Absichten herausfinden konnte. Er lief an dem Charlottenburger Verbindungskanal entlang, am Neuen Ufer. Kurz nach dem er über die Sickingenbrücke in die Gaustraße abbog, sah er eine Frau rauchen, zum Glück hatte er es nicht mehr weit, bis er bei sich zu Hause ankam. Am liebsten würde er bei der Dame eine schnorren und eine Raucherpause einlegen. Nichts da, wachte in ihm das bisschen Gewissen auf, das er noch hatte, und trieb ihn an die Grenzen des Möglichen.

Als er eine Abkürzung nahm, die er schon auf dem Hinweg benutzt hatte, sah er einen Jungen von etwa sieben oder acht Jahren. Er saß mit seinem Vater auf einer Bank. Sie schienen sich zu unterhalten. Mike spürte, wie ihm die Brust von einer unsichtbaren Schlinge zusammengedrückt wurde. Wann war ich mit meinem Sohn jemals auf einem Spielplatz gewesen?, schoss der Gedanke ihm durch den Kopf. Ich habe bisher nur für meine Arbeit gelebt, dachte er voller Scham über sich selbst, und dass er als Vater wie auch als Ehemann auf ganzer Linie versagt hatte.

Er überlegte, ob er die Kurve in seinem Leben doch noch hinkommen konnte, wenn er aus ganzer Kraft am Lenkrad des Schicksals drehen würde. Genau, sagte er zu sich selbst. Seine Augen sprühten vor Eifer. Wenn Christoph aufwacht, gehen wir beide irgendwohin. Er darf bestimmen, was wir heute machen, zusammen, nur wir beide, Vater und Sohn. Sein Atem ging auf einmal leichter, neue Energie strömte durch sämtliche Glieder. Nichts kann mich heute davon abbringen, den heutigen Tag mit meinem Sohn zu verbringen. Was mögen die

Jungs in seinem Alter? Vielleicht eine Bootsfahrt auf der Spree, oder sollten wir mal wieder in den Berliner Zoo gehen? Euphorisch blickte Mike in die Zukunft und rannte noch schneller. Seine Laune besserte sich wieder allmählich, zumal das warme Licht einen sonnigen Herbsttag verhieß, der Himmel war klar, auch die Stimme rückte weiter nach hinten, die Mike immer mehr für einen schlechten Witz hielt.

Zum Frühstück, eher Mittagessen, würden sie heute mit aufgetauten Brötchen vorlieb nehmen. Etwas Wurst, Käse und Butter würde er schon noch auftreiben können. Danach würde er kurz bei seinem Freund vorbeischauen und vielleicht am Tatort. Aber dann wollte er den heutigen Samstag für seinen Sohn opfern.

Anita. Bei dem Namen stolperte er sogar. Hoffentlich ging es ihr gut, nicht, dass er sich um sie sorgte, sie war ja nur seine Geliebte, eher eine Nachbarin, mit der er einige Mal das Bett geteilt hatte. Dennoch, die drei oder vier Nächte waren wirklich schön und heiß gewesen. Er lief auf sein Haus zu. Endlich war er da. Das T-Shirt klebte nass an seinem Körper, die Füße waren bleiern, trotzdem spürte er, wie das Leben zurückzukommen schien. Zwei Stufen auf einmal nehmend lief er nach oben. Einen Stock vor seiner Tür begrüßte ihn Anita. Ihre Bekleidung war ziemlich freizügig. Außer einem durchschimmernden Spitzenhöschen trug sie nur noch Ohrringe und rote Schuhe mit hohen Absätzen. Den durchsichtigen Schleier auf ihren Schultern sah er nicht. Seine Augen stierten auf ihren schönen Körper. Er blinzelte, hob den Blick und schaute nur in ihre Augen, sein Atem glich einem Ertrinkenden. Er durfte jetzt der Verführung nicht nachgeben, herrschte er sich an.

„Magst du mit mir frühstücken?“ Sie spielte mit dem dünnen Zeigefinger ihrer rechten Hand am Ohrring, die linke lag flach auf ihrem Bauch, unterhalb ihres gepiercten Nabels.

Mike verschluckte sich an seinem eigenen Speichel.

Sie wusste schon immer, wie sie ihn verführen konnte. Mike schob seine tierischen Instinkte zur Seite. Er durfte nicht darüber nachdenken. Er stellte sich einfach vor, sie wäre sein Chef. Das funktionierte nicht.

„Ich muss nach oben zu meinem Sohn“, hechelte er.

„Er schläft noch“, flüsterte sie. „Ich war in deiner Wohnung, doch du warst nicht da.“ Sie verzog ihre Lippen zu einer Schnute. Ihre Stimme klang sanft und dünn, wie die eines ungezogenen Flittchens aus einem billigen Pornofilm.

„Anita, wir sollten es lieber lassen“, japste Mike. Er bildete sich ein, wie seine Frau hinter ihm stand und sie beide beobachtete. Das schien zu wirken. Die Hitze wich aus seinem Körper, zwar nur langsam, aber dennoch. Sein Atem wurde flacher.

Hatte die Stimme nur geblufft?, blitzte der Gedanke durch seinen Kopf und verflog.

Anita schaute ihn eine Sekunde lang fragend an. Die Schnute blieb, auch die Augenbrauen waren zwei perfekte Bögen. Nur ihre Augen straften sie Lügen, Zorn und Trotz wechselten sich darin gegenseitig ab.

Mike bewegte sich nicht, blieb standhaft.

Ihre Miene verfinsterte sich sofort. Die vollen Lippen wurden jetzt schmal. „Du bist ein Idiot. Trotzdem musst du reinkommen und nach meinem Wasserhahn in der Küche schauen, er tropft nämlich.“

„Wie wäre es mit einem ...“

„Handwerker? Ha“, lachte sie böse auf. „Was soll ich ihm als Bezahlung anbieten, vielleicht das hier?“ Sie deutete mit beiden Händen auf ihren vollen Busen.

„Ich könnte dir was leihen“, stammelte er, blieb immer noch im Treppenhaus stehen. Sein Atem ging wieder stoßweise. Mike setzte alles daran, seinen Atem wie auch seine Männlichkeit mit ihren verräterischen Eigenschaften unter Kontrolle zu bekommen. Denk an was Schlechtes, befahl er sich; an eine Leiche, oder einen Kadaver, ja, ein totes Tier. Bei der Vorstellung verzog er leicht angewidert den Mund. Die Vorstellung wirkte nur kurz. Dann verschwand das tote Viech aus seinem Blickfeld, was er jetzt sah, war eine wunderschöne schlanke Frau, und sie war nackt und wollte ihn haben.

„Was denn nun, kommst du rein oder nicht?“, fragte sie zweideutig. Ohne ein weiteres Wort verschwand sie hinter der Tür, ohne sie zu verschließen. „Sonst erzähle ich alles deiner Frau“, erklang ihre Stimme, die vor Hohn nur so triefte.

Mike bewegte sich wie elektrisiert. Einen Fuß vor den anderen betrat er schließlich die Wohnung, die nach Sex und Sünde roch. Nur die Leine fehlte noch. Er folgte ihr wie ein gut abgerichteter Hund. Denk an eine Leiche, schrie er sich an. Er schloss sogar die Augen und ballte die Hände zu Fäusten. Die Leiche vor seinem inneren Auge wich der Vorstellung, wie er mit Anita ... Nein, du musst damit aufhören, Mike, schrie er sich in Gedanken an und zwang sich zur Raison. Sie ließ ihn einige Minuten in trügerischer Ruhe schwelgen. „Mikie, der Wasserhahn lässt sich nicht von alleine reparieren“, hörte er erneut ihre Stimme. Sie klang angespannt und von etwas beunruhigt. Anita war eigentlich nicht so. Ihr Lebensmotto war immer: morgen ist wieder ein Tag. Mike rieb sich über die Stirn, der Schweiß fühlte sich kalt an, auch seine Haut war wie von einem eisigen Nebel umhüllt. Er zitterte, obwohl die Luft warm und stickig war. Er wusste, er würde ihr nicht widerstehen können, der Gedanke an Sex mit ihr war zu verlockend.

Mike atmete tief ein und wieder aus, dann ging er weiter. Im Flur brannte kein Licht.

„Du musst aber vorher deine Schuhe ausziehen“, hörte er erneut ihre Stimme. Zum Glück hatte sie einen Morgenmantel übergestreift. Mike nickte stumm. Sein Hals war immer noch staubtrocken.

Sie lehnte sich an dem Türrahmen, der zur Küche führte.

„Sind bei dir die Rauchmelder auch gegen andere ausgetauscht worden?“ Sie deutete mit ihrer schmalen Hand zur Decke. Er dankte ihr, dass sie nicht mehr von Sex redete.

Mike hüstelte, räusperte sich vernehmlich, dann sagte er mit geklärter Stimme: „Nö, warum? Die sind doch noch neu.“

„Bei mir war der Elektriker schon zum zweiten Mal da. Die ersten waren defekt, oder so.“

Mike schwieg.

„Du bist so gesprächig wie ein Fisch“, sagte sie mürrisch. Verzog dabei ihre Lippen zu einem Schmollmund.

Mike überlegte, wie er ihr so schonend wie nur möglich nahe legen konnte, dass sie ihn mit ihren Kapriolen und dem sonstigen Kinderkram so mächtig auf den Senkel ging.

Anstatt sie zum Teufel zu jagen, schaute er sie nur an.

„Mike, haaallo, waren deine auch defekt wie meine? Halloo …“ Sie schnippte mit den Fingern, ihr Arm schwang dabei hin und her wie ein kaputtes Metronom.

„Nein, eigentlich nicht. Warum? Wurden denn die deinen alle ausgetauscht?“, stotte er schnell, nur damit sie im Gespräch blieben. Dabei entfernte er sich von der Schlafzimmertür, mit jedem Schritt kam er näher zur Küche. Auf das neutrale Terrain, auch hier hatten sie schon mal Sex gehabt, erinnerte er sich, dabei spürte er, wie die verräterische Wärme durch die Erinnerung zwischen seinen Lenden aufstieg. Er kratzte sich am Hinterkopf.

„Keine Ahnung, die ersten waren fehlerhaft“, sagte sie nonchalant.

Der Wasserhahn schien auf den ersten Eindruck in Ordnung zu sein. War das eine billige List, um ihn in die Wohnung zu locken? Der Gedanke beunruhigte ihn. Noch mehr beunruhigte ihn jedoch die Tatsache, dass Anita jetzt vor ihm stand. Mit einem enttäuschenden Gefühl, dass sein Vorhaben, das Gleichgewicht in seinem Familienleben wieder herstellen zu können, nur ein Wunschtraum war, trat er einen Schritt auf sie zu. Sie war die personifizierte Sünde. Er war wie ein Schiff, das dem betörenden Gesang der Sirenen folgte, um an den Felsen zu zerschellen.

Der Morgenmantel floss wie ein Hauch von Nichts an ihrem Körper zu Boden. Nun war sie komplett nackt.

„Ups, das ist jetzt aber blöd, nicht wahr?“ Ihre Stimme klang unschuldig. Sie hob dabei den Zeigefinger an die Lippen. Ihre spitze Zunge strich über die kleine Fingerkuppe, dann verschwand der halbe Finger zwischen ihren vollen Lippen.

Etwas flackerte, zwar schwach, dennoch wahrnehmbar in seinem Hinterkopf. Wie eine kaputte Glühbirne blitzte ein Gedanke in seinem Kopf auf und erlosch wieder. Anita machte einen Schritt auf ihn zu, zögernd, um ihre Beute nicht zu verscheuchen, setzte sie einen Fuß vor den anderen. Die Fäden waren ausgeworfen, der Schmetterling zappelte darin, was jetzt galt, war, nicht zu hastig an den dünnen Spinnweben zu ziehen. Anita lächelte kokett. Mike erstarrte, rührte sich nicht, wartete auf den tödlichen Biss der Spinne. Wollust und das Verlangen nach Körpernähe vermischten sich zu einem sinnesberaubenden Cocktail. Er spürte ihren Duft, nicht das Parfüm, sondern den Geruch eines jungen Körpers, der nur eins wollte ... SEX

*****

Edgar winkte seinen Gast hinein. Er schien dabei leicht aufgeregt. Seine Augen flackerten vor Vorfreude. „Ich hatte noch nie einen Freund bei mir daheim“, flüsterte er verschwörerisch dem eingeschüchterten Jungen zu. Pascal zog den Kopf tief zwischen seinen schmalen Schultern ein. Aus der Wohnung roch es unangenehm. Fäule und abgestandene Luft reizten seine Geruchsrezeptoren. Pascal rümpfte angewidert die Nase. Wie ein scheues Tier huschte sein Blick hin und her. Das, was er sah, beunruhigte ihn noch mehr. Er bereute fast schon, hergekommen zu sein. Alles hier war alt und schäbig. Einmal hatte Pascal so eine Wohnung schon mal im Fernsehen gesehen, solche Menschen wurden Messies genannt, er konnte sich diese Bezeichnung nur deswegen so gut merken, weil einer der besten Fußballer so ähnlich hieß. Er ist aber nicht krank, dachte Pascal.

„Komm jetzt endlich rein“, stotterte Edgar vor Aufregung.

Pascal sah zu Boden, überall lag etwas. Dann hob er die Augen. Leere Dosen und Kartons türmten sich aufeinander an den Wänden. Die Tapeten waren ungewöhnlich bunt. An manchen Stellen konnte Pascal kahle Stellen sehen, oben in einer Ecke war ein schwarzer Fleck, der nass zu sein schien und leicht schimmerte. Alles stank nach Müllkippe.

Das Licht erhellte den Raum nur dürftig. Graue Schatten huschten über die Wände.

„Komm, wir gehen ins Badezimmer. Du musst deinen Fuß waschen. Ich habe schöne Pflaster, danach können wir was essen. Ich habe Kuchen."

Als Pascal zögerte, fasste Edgar ihn sanft an den Schultern und schob ihn zwar sachte, dennoch bestimmend in ein Zimmer, aus dem ein schwaches Sonnenlicht durchs matte Fenster drang.

Aufgeregt durchsuchte Edgar einen kleinen Medizinschrank, der etwas schräg hinter der Tür an der weiß gefliesten Wand hing und mit kleinen bunten Fläschchen, Döschen wie auch aufgerissenen Päckchen gefüllt war. Eins der durchsichtigen Döschen fiel heraus und landete mit hellem Klacken auf dem Boden. Weiße Tabletten, die die Form einer winzigen Kugel hatten, kullerten über die dunklen Fliesen. Manche hüpften wie winzige Gummibälle und rollten dann in alle Richtungen. Edgar begann sie hastig aufzusammeln. Seine Finger klaubten ungeschickt die kleinen Pillen eine nach der anderen auf. Pascal sah ihm dabei nur zu. Vielleicht waren die ja giftig, dachte er. Ein kalter Schauer kroch über seinen Rücken.

Eine laute, gellende Stimme ließ Pascal zusammenzucken. Auch Edgar fuhr mitten in der Bewegung hoch, als habe ihn etwas gestochen, dabei ließ er das kleine Döschen fallen. Erneut kullerten die Tabletten über den Boden. Einige verschwanden sogar unter der Badewanne. Zwei der dunkelgrünen Fliesen waren abgebrochen, wodurch eine kleine Öffnung, eher eine kleine Spalte entstanden war.

„Meine Mama ist aufgewacht, die blöde Fotze hat sich bestimmt wieder in die Hose geschissen.“ Seine Stimme klang auf einmal sehr tief und rau. „Aua“, schrie er auf, als er seine dicken Finger in die Öffnung geschoben hatte, in der sich die zwei Pillen versteckt hatten. Einer seiner Finger blutete leicht.

„Edgaaarrrr! Edgaarrrr!“, schrie die grässliche Stimme laut. Pascal hielt sich die Ohren zu. Ihre Stimme klang einer hässlichen Hexe gleich. Vor allem das rollende R bescherte dem Jungen eine Gänsehaut.

„Ich komme, Mutti.“ Es war wieder Edgar, nur klang er jetzt ruhig, fast schon zärtlich. Auch sein Gesicht nahm andere Züge an. Seine Falten des Zorns glätteten sich wieder. Die Nasenflügel seines krummen, fleischigen Riechers, der mitten in seine Züge platziert war, bebten wie die Nüstern eines aufgescheuchten Gauls, so als wolle er den Geruch erschnuppern. „Kannst du bitte die restlichen Tabletten aufsammeln? Ich glaube, meine Mama hat in die Hose gemacht.“ Leicht beschämt senkte er den Blick.

Pascal nickte. „Ich muss auch noch aufs Klo“, sagte er kaum hörbar.

„Darfst du natürlich, nur musst du die Klobrille hochklappen.“

Pascal nickte erneut, danach schloss er hastig die vergilbte Tür, an der an einigen Stellen die Farbschicht abgeblättert war, sodass er das nackte, dunkle Holz sehen konnte. Als er den Schlüssel einmal umgedreht hatte, stieß er den Deckel samt der Klobrille nach oben. Der Anblick war ekelerregend. Pascal versuchte nicht hineinzuschauen. Diese Kloschüssel ist noch nie geputzt worden, dachte er.

Mit gerümpfter Nase zog er an der Schnalle, zog die Hose bis zum Boden herunter, danach zielte er gegen den verseuchten Rand. Als er endlich fertig war, zog er schnell die Hose wieder hoch, dabei platschte etwas auf den Boden. Es war die tote Maus. Jetzt wollte er die Maus nicht mehr anfassen. Aus ihrem Bauch, der Nase und dem Popo quollen kleine, weiße Würmer heraus.

Schnell wickelte er die tote Maus in das Klopapier ein, stopfte sie gleich danach in einen Mülleimer, der zum Glück fast leer war. Er überlegte, ob er die Maus vielleicht in dem Loch unter der Badewanne verstecken sollte, als ein Geräusch von draußen ihn aus seinen Gedanken riss. Das laute Hämmern gegen die Tür ließ sein Herz bis zum Hals springen. Er klappte den Eimer zu, danach wusch er sich schnell die Hände, die er dann an seinem T-Shirt abrieb, das Handtuch anzufassen traute er sich dann doch nicht.

„Hey, du musst raus da. Meine Mama muss Pipi."

„Ja, gleich", stotterte der kleine Junge. Schnell sammelte er noch die restlichen Tabletten ein, stopfte sie in das Fläschchen, drückte den Deckel drauf, griff nach dem Schlüssel, der protestierend im Schloss knirschte, dann endlich war die Tür auf.

„Ahh!!!", schrie er auf und taumelte vor der alten Frau wie vor einer Hexe zurück.

„Ich habe doch gesagt, sie ist hässlich", lachte Edgar glücklich auf. Er schien sich über die gelungene Überraschung zu freuen.

Pascal war leichenblass. Ohne ein weiteres Wort stürmte er nach draußen. Er wollte mit dem verrückten Mann und seiner Mutter, die wie eine Tote aussah, nichts mehr zu tun haben. Ihre Haut war durchsichtig, er konnte sogar ihr Gehirn sehen, wie es in ihrem fast kahlen Kopf pulsierte. Vielleicht war das alles nur eine Einbildung gewesen, die ihm solche Angst einjagte, dennoch will ich sie nie mehr wiedersehen, sagte er zu sich selbst. Er lief einfach zurück auf den Spielplatz, um dort auf seine Mama zu warten. Keine zehn Pferde würden ihn davon abhalten.

Kapitel 6

Aus der Schockstarre erwacht, riss Mike seine Arme in die Luft. Grob schob er die hübsche, komplett nackte Frau von sich weg. Es kostete ihn viel Kraft und Selbstbeherrschung, sich aus ihrer Umklammerung zu lösen. Alles schrie in ihm danach, sie zu nehmen, gleich hier in der Küche, bis auf ein leises Flüstern, dass viele wohl als Gewissen bezeichnen würden. Mike atmete stoßweise. Auch Anita war außer Atem. Die leise Stimme in seinem Kopf wurde lauter. Mike, tu das bloß nicht, flüsterte sie. Lauf nach oben zu deinem Sohn. Du wirst dein Leben lang an allem scheitern, was du in Angriff zu nehmen gedenkst, alles, was du dir vornimmst, wird immer eine Illusion bleiben, wenn du nicht bereit bist, dich zu zügeln. Die Stimme der Vernunft brüllte ihn an.

„Ich kann das nicht, wir müssen damit aufhören. Ab jetzt ... Für immer. Bitte, versteh mich nicht falsch, aber ich, ich bin immer noch verheiratet, ich muss mein Leben wieder in den Griff bekommen“, keuchte er.

„Nein, bitte nicht jetzt, ich brauche dich jetzt mehr denn je.“ Tränen stiegen in ihre schönen Augen. Erst jetzt bemerkte er, dass ihr Haar gefärbt war. Kastanienbraun, so wie ihre Augen. Wollte sie ihm so besser gefallen, weil auch seine Frau eine ähnliche Haarfarbe hatte? Noch mehr fühlte er sich von ihr belogen, warum imitierte sie jemanden, den sie hasste? Er schnappte nach seinen Sachen, die auf den dunklen Fliesen verteilt lagen. Er hatte sich in der Wildheit der Lust bis auf die Unterhose ausgezogen, ohne es gemerkt zu haben. Rückwärts schritt er Richtung Tür. Er spürte, wie er an etwas hängen blieb. Seine Hände ertasteten einen Stuhl. Er schob ihn wie eine Barriere zwischen sich und Anita. Sie funkelte ihn böse an.

„Ich kann das nicht. Mein Sohn ist nur zehn Jahre jünger ...“

„Zwölf“, unterbrach sie ihn wie ein trotziges Kind. Zwei schwarze Bäche aus Tränen und Mascara liefen über ihre hohen Wangen.

„Du bist achtundzwanzig?“

Sie nickte lasziv, als fühlte sie sich bei etwas ertappt. Eine weitere Lüge, stellte Mike trocken fest. „Ich werde jetzt gehen. Ich ziehe einen Schlussstrich. Der Sex war schön mit dir, immer, mehr kann ich für dich jedoch nicht empfinden. Es tut mir leid."

Mit einem Schritt stand sie bei ihm, mit aller Kraft schob sie den Stuhl zur Seite, polternd fiel er zu Boden. Dann schlug sie ihm fest ins Gesicht, in seinem rechten Ohr ertönte ein lauter Pfeifton. Mike senkte nur den Blick. Er war ein Arschloch, so fühlte er sich auch. Er hatte ihr Hoffnungen gemacht. Sie war noch jung und naiv. Sie standen eine gefühlte Ewigkeit einfach nur da. Sie war immer noch nackt, er nur in seinen Boxershorts. Wie von einem Blitz getroffen wurde den beiden klar, dass sie nackt waren - und mit einem Mal einander fremd geworden. Anita bedeckte ihre Blöße mit den Händen. Ihre Augen waren auf einmal voller Scham. Sie schnappte nach ihrem Morgenmantel, schlüpfte hinein, schließlich fand sie wieder Worte, die sie wie Gift hinauspie: „Verpiss dich aus meinem Leben, Mikie. Ich will dich nie wiedersehen. Vergiss auch den Brief, den du bestimmt noch nicht gelesen hast."

Mike hob sein T-Shirt, das vom vielen Schweiß kalt und klamm war. Die tiefen Kratzer auf seinem Rücken, die Anita ihm bei der kurzen, wilden Attacke zugefügt hatte, brannten wie Hölle, als sich der vom Schweiß durchtränkte Stoff darüber legte.

Er schnappte auch nach seiner Hose. Im Flur griff sie erneut nach ihm, küsste ihn fest auf den Mund. Mike schmeckte ihre salzigen Tränen. Mit sich kämpfend schob er sie grob von sich weg. „Bitte nicht!", herrschte er sie laut werdend an. Rasch zog er sich an. Bevor er in seine Laufschuhe stieg, schaute er sie noch einmal an. Sie weinte immer noch.

„Gib mir den Ersatzschlüssel", sagte Anita. Sie stand an den Türrahmen gelehnt. Ihre Stimme bebte. Sie schniefte in ein Papiertaschentuch, gleichzeitig massierte sie sich das schmale Nasenbein.

Mike drehte an seinem Schlüsselring. Der Schlüssel wollte sich nicht lösen. Mike fluchte leise, rutschte am Metallring ab, sodass das spitze Ende tief in seinen Daumen fuhr.

„Verdammte Scheiße", blaffte er. Instinktiv sog er an der kleinen Wunde. Seine Lippen färbten sich rot. „Brauchst du ihn jetzt?"

„Vergiss es. Ich lasse mir das Schloss austauschen." Das sagte sie jedes Mal, wenn ihr etwas nicht passte. Mike ging ihr Gehabe gehörig auf den Senkel. Er musste die Beziehung endgültig beenden, sie war einfach zu jung, zu unreif, außerdem bedeute ihm seine Frau noch sehr viel.

„Mach doch, was du willst", keifte er zurück. Als er die Wohnung verlassen hatte, ließ er die Tür schwer ins Schloss fallen. Mit schwerem Herzen und schlechtem Gewissen stampfte er nach oben. Sein Sohn schlief immer noch. War ja auch Samstag. Mike schaute in jedem Zimmer nach, alles war so, wie er die Wohnung verlassen hatte. Auch die Tür war zu gewesen. Er schaute auf das Telefon, kein Anruf in Abwesenheit. Er musste nachdenken, sein Kopf dröhnte, immer wieder schaute er auf sein Handy. Was mochte er übersehen haben? Er wählte die Nummer von Jürgen. Wartete. Eine mechanische Stimme sagte ihm, dass Jürgen nicht erreichbar sei, er solle es später nochmal versuchen.

Ohne lange zu überlegen, rauschte er nach unten zu seinem Wagen. Vorher aber vergewisserte er sich jedoch nochmal, ob die Tür zu seiner Wohnung verschlossen war. Zur Sicherheit steckte er den Schlüssel hinein und drehte ihn zweimal um.

Vor Anitas Tür blieb er abrupt stehen. Lauschte. Er hörte, wie sie aufgeregt mit jemandem am Telefon redete. Sie schien aufgebracht. Mike lauschte angestrengt weiter, ihre Worte verebbten, wurden von den Türen und Wänden verschluckt, doch dann erlosch ihre Stimme ganz. Er hörte nur den leisen Klang ihrer Worte. Sie heulte sich bestimmt bei irgendeiner ihrer Freundin über ihn und sein Benehmen aus. Wenn ein Mann sich weigerte, mit so einer hübschen Frau zu schlafen, wurde er sofort zu einem Arschloch degradiert. Im Moment fühle ich mich auch wie ein Arschloch, stellte er mit kalter Klarheit fest.

Als er nichts mehr ausmachen konnte, lief er weiter nach unten. Sein Wagen stand wie so oft zwischen zwei Bäumen und einem alten Fahrrad, heute war es ein Einkaufswagen, der dicht an seinem alten Fiat stand und höchstwahrscheinlich einen riesigen Kratzer an der linken Seite verursacht hatte. Der Führer dieses Gefährts war nirgends auszumachen. Mike scherte sich nicht darum, zerrte den Wagen heraus, wobei er noch einen zweiten Kratzer auf dem matten Lack hinterließ. Den verbeulten Einkaufswagen, dessen Räder quietschten, stellte er am Gehweg ab, schaute sich um, dann zwängte er sich auf den Fahrersitz. Sein alter Kumpel weigerte sich, am Wochenende seinen Dienst zu tun. Zweimal würgte der Motor nach einer Hustenattacke einfach ab. Erst beim dritten Mal begann der Motor aufzuheulen.

Mike atmete erleichtert aus, drückte das Gaspedal gegen den Boden und fuhr zu seinem Partner.

Nach weniger als zwanzig Minuten stand er vor der Tür seines Freundes.

Jürgen schien nicht sehr begeistert zu sein. Mit einem Besuch, vor allem zu dieser Zeit und an seinem freien Tag, hatte er nicht gerechnet. Er stand barfuß im Treppenhaus, gähnend schaute er Mike leicht verdattert an. Nur in einer Boxershorts - selbst die schien wie frisch gebügelt, dachte Mike - musterte ihn Jürgen durch zwei Schlitze hindurch. Er sah schlimmer aus als die Unterhose, das Gesicht leicht angeschwollen und voller Falten, seine Arme hingen schlaff seitlich an seinem weißen Körper herab.

„Was willst du von mir, Mann? Kann das nicht bis ...“

„Nein, kann es nicht“, unterbrach ihn Mike. „Kannst du reden?“

Jürgen nickte, mit vor Schmerz verzerrter Miene hielt er sich den Kopf mit beiden Händen fest umklammert. „Oh Gott“, stöhnte er leise. Sein Atem roch nach Alkohol und kaltem Zigarettenrauch.

„Kann ich reinkommen?“, wollte Mike wissen.

„Nein kannst du nicht“, entgegnete Jürgen und versperrte ihm resolut den Weg. „Da drin liegt eine nackte Lady. Was willst du?“

„Wo warst du gestern?“

„In einem Club. Du, Mike, sei mir bitte nicht böse, aber die Bienen in meinem Kopf wollen noch schlafen, mir platzt bald der Schädel“, sagte er. Dabei versuchte er zu schlucken, doch sein Hals weigerte sich. Jürgen verzog leicht angewidert sein

Gesicht. Auch Mike vernahm eine unangenehme Fahne, die sein Kollege mit der Hand vor dem Mund abzuwehren versuchte, vergebens. Jürgen sah seinen ungebetenen Besucher mit müden Augen an, rülpste erneut. So kannte Mike seinen Kumpel ja noch gar nicht. Wo ist eigentlich der peinliche Pendant geblieben, überlegte er.

„Ich bin nicht aufnahmefähig." Gähnend wandte sich Jürgen zum Gehen um.

„Ist gut", blaffte Mike.

„Falls du zu Stuck willst", sagte er über die Schulter, „er ist heute bei seiner Tochter, du weißt ja."

Mike winkte ab. Er wusste wovon Jürgen sprach. Sein Chef war jeden Samstag bei seiner Tochter, die nun seit mehr als zwei Jahren im Koma lag.

Also ging er zurück zu seinem Wagen. Erneut wählte er die Nummer von seiner Fast-Exfrau. Auch ihr Handy war aus. Ans Telefon ging sie auch nicht.

Er fuhr zu ihrer Wohnung. Doch vorher hielt er an einer Bäckerei, die noch offen war, um sich drei Brötchen und eine Brezel, die er sich sogleich unterwegs einverleibte, zu besorgen.

Sie ließ ihn natürlich nicht rein. Er stand vor der Sprechanlage, mit Brötchen, und musste sich anhören, wie plump sein Annäherungsversuch sei. Auch sagte sie, wie blöd er sich letzte Zeit anstelle, auch seine Brötchen könne er sich wohin stecken. Er wollte sie von der Dringlichkeit seines Erscheinens überzeugen, sie drohte ihm mit der Polizei. Ihr Sinn für Humor war immer mit Ironie verwoben.

„Aber ich mache mir Sorgen", startete er den letzten Versuch.

Das Knallen des Hörers war ihre Antwort auf seine Frage.

Also schien Katrin auch nichts zu fehlen. Die Gewissheit verschaffte ihm zumindest in dieser Hinsicht etwas Beruhigendes. Was hatte er sich denn auch erhofft, nach seinem Auftritt beim Candle-Light-Dinner beim Italiener?

Auf dem Rückweg fuhr er noch an dem letzten Tatort vorbei. Die beiden Männer, die den Ort zu observieren hatten, bestätigten ihm, dass sie nichts Ungewöhnliches beobachten konnten. Wie denn auch, wenn die beiden die ganze Zeit in ihrem Wagen saßen, mutmaßte Mike, ohne seine Gedanken laut auszusprechen. Selbst wusste er nur zu gut, wie langweilig so ein Job sein konnte, wenn man nichts anderes zu tun hatte, als stupide aus dem Wagen zu glotzen ohne dabei den Verdacht zu erwecken, was man eigentlich hier die ganze Zeit tat. Ab und zu mussten die Männer von der Polizei einem wachsamen Bewohner eine plausible Erklärung präsentieren und davon überzeugen, dass man keine Neigung zum Voyeurismus hatte.

Die beiden Männer sahen ziemlich fertig aus. Sie freuten sich über die noch warmen Brötchen, die Mike ihnen durch das offene Fenster reichte. Danach bedankte sich Mike bei den beiden, die herzhaft auf der Kruste kauten, und fuhr schließlich nach Hause. Sein Parkplatz war immer noch frei. Der Einkaufswagen war weg. Jemand musste wohl zu einem Großeinkauf, überlegte er - ein flüchtiges Grinsen huschte über seine Lippen. Seine Laune war fast im grünen Bereich. Der Fiat stand wieder perfekt schräg eingeparkt. Mike zwängte sich aus dem Wagen und ging pfeifend zurück in seine Wohnung.

An der Tür seiner Ex-Freundin herrschte Totenstille.

Auch gut, dachte er und lief nach oben. Trotzdem nagte an ihm das unbehagliche Gefühl, als hätte er etwas Gravierendes übersehen. Die Kopfhaut zog sich zusammen, seine Kopfschmerzen kamen wieder zurück. "Verdammt", fluchte er und verzog sein Gesicht zu einer Grimasse. Auch seine Bienen brauchten Schlaf.

Der Morgen ist klüger als der Abend, so oder so ähnlich lautete ein weises Sprichwort aus irgendeinem schlauen Buch. Mike benötigte nur eine Mütze voll Schlaf. Ein kurzer Blick zu seinem Sohn, der immer noch fest zu schlafen schien, genügte ihm. Er ging mit zu zwei Schlitzen gesenkten Lidern in sein Schlafzimmer.

Ohne in die Dusche zu gehen, zog Mike seine Klamotten aus, auch die Unterhose, und warf sich ins Bett. Scheiß Tag, scheiß Leben, dachte er. Bevor sein Kopf das Kissen berührt hatte, fiel er in einen traumlosen Schlaf - ohne überhaupt zu merken, wie müde er doch tatsächlich war. Die Stimme geisterte durch seinen Kopf, selbst im Schlaf dachte er darüber nach, was er übersehen haben mochte.

*****

Pascals Magen knurrte jetzt unterbrochen. Alle Kinder waren schon gegangen. Auch die Sonne schien jetzt nicht mehr so stark. Wo blieb nur seine Mama? Er wusste nicht, was er machen sollte. Also entschied er sich, sich auf die Bank zu legen, um ein bisschen zu schlafen. Er zog seine Beine dicht an den Bauch, igelte sich, so gut wie es nur ging, ein, und schloss die schweren Lider.

„Komm herrr, komm herrr, kleinerrr Mann. Ich werde dich frrressen." Pascal schrie auf. Er brauchte mehrere Sekunden, bis er begriff, wo er sich befand. Auch brauchte er zwei lange Atemzüge, bis ihm klar wurde, dass alles nur ein böser Traum war. Die Hexe war gar nicht echt. Er war immer noch auf dem Spielplatz, nur war jetzt kein Tag mehr. Das schwache Leuchten einer Straßenlaterne spendete nur wenig Trost. Er fröstelte. Irgendwo hinter ihm vernahm er ein leises Rascheln von Zweigen und altem Laub vom letzten Jahr. Die trockenen Blätter raschelten wie viele tausend Stimmen, das Geäst knackte laut. Pascal blinzelte in die Richtung, aus der die Geräusche zu ihm drangen, sein Herz klopfte laut gegen die Rippen. In dem Schatten, der sich ihm langsam näherte, erkannte er wieder die Frau aus seinem Traum. Die dicken Blutadern pochten an ihren Schläfen, die Augen waren riesengroß. Rote Blutäderchen umschlossen den Augapfel wie giftige Spinnweben. Ihre ausgedörrten Arme und Beine waren nackt. Die langen Fußnägel sahen wie Krallen eines Tieres aus.

„Verschwinde von mir“, schrie er, so laut er nur konnte. Er spürte, wie er hinfiel. Der Boden tat sich plötzlich unter ihm auf. Er ruderte mit Beinen und Armen. Tausende von Schlangen wanden sich am Boden.

„Pascal, wach auf, ich bin's nur.“ Der zu Tode erschrockene Junge rieb sich die Augen. Zwei dunkle Augen starrten ihm entgegen.

„Edgar, du?“

„Ja, ich habe Kuchen dabei. Warum liegst du auf der Erde, ist dir nicht kalt?“

„Ich bin eingeschlafen, dabei habe ich geträumt, dass ich von einer Hexe geträumt habe. Ich dachte, ich wäre wach, dann kam sie auf mich zu. Ich muss von der Bank runter gefallen sein, als die Hexe mich im Schlaf ...“

„Bla bla bla“, unterbrach ihn Edgar. „Wie kannst du im Schlaf schlafen? Kapiere ich nicht. Ich träume nie“, sagte er nicht ohne Stolz. „Magst du Cola?“

„Ja, aber ich darf nicht.“

„Quatsch mit Soße. Wir feiern meinen Geburtstag, also darfst du auch Cola trinken.“

„Du hast heute Geburtstag?“

„Ätsch, reingefallen“, freute sich Edgar über seinen Witz. „Nein, habe ich nicht, aber wir können ja so tun als ob. Ich habe Kuchen, Cola und ...“ Seine Stirn bekam viele unzählige Furchen, als er angestrengt in der mitgebrachten Tüte zu wühlen begann, „hier, zwei neue Socken für dich.“ Er grinste zufrieden, als er ein nicht ganz weißes Knäuel in seinen Händen hielt. „Ohne Löcher.“

Seine Lippen glänzten, als er mit seiner spitzen Zunge darüber fuhr. Pascal lächelte zurück.

Draußen war es noch nicht so dunkel wie in seinem Traum, stellte Pascal zufrieden fest. Vielleicht käme seine Mama doch noch bald, um ihn abzuholen. Der Kuchen schmeckte wirklich gut, obwohl er total matschig war. Edgar war die Cola ausgelaufen, weil er den Deckel nicht richtig draufgeschraubt hatte. Die mitgebrachten Socken waren auch nass. Also hängte Pascal sie an der Rückenlehne von der Bank auf. Sie hatten ja noch Zeit. Schmatzend aßen die beiden Freunde den Kuchen, tranken mit nicht mehr so spritzigen aber immer noch pappsüßer Cola nach und schwiegen.

Kapitel 7

Draußen brach bereits der Abend an, als Mike von einer ihm sehr wohl bekannten Melodie geweckt wurde. Scheiß Handy, fluchte er in Gedanken. Mike fühlte sich wie gerädert. Sein ganzer Körper tat weh. Als er sich streckte, spürte er ein unangenehmes Ziehen an seinem Rücken. Der abgebrochene Sex hatte seine Folgen hinterlassen. Sein ganzer Rücken war zerkratzt, wie nach einem Kampf mit einer wilden Katze, dachte er mit vor Schmerz verzerrtem Gesicht. Seine Kehle war staubtrocken. Er musste unbedingt was trinken. Endlich verstummte sein Handy. Mike hielt seinen Kopf mit beiden Händen fest umklammert, aus Angst, ihm könne der Schädel explodieren. Aus der Wohnzimmertür drangen dumpfe Stimmen. Christoph war also auch zu Hause und chillte mit Chips und Cola bei einer dummen Serie auf dem Sofa - wie fast jeden Samstag, das behauptete er zumindest. Mike schwang die Beine über den Bettrand. Wie ein Hundertjähriger wankte er ins Bad. Benetzte sein Gesicht mit kaltem Wasser, hielt seine Hand unter den perlenden Wasserstrahl und trank gierig. Als sein Durst gestillt war, ging er unter die Dusche. Danach musste er das Bettzeug abziehen. Es roch nach ranziger Butter und kaltem Schweiß.

Kaum aus der Dusche, klingelte sein Handy erneut.

Nackt wie er war, stampfte er in den Flur. Die Stimmen und das übertriebene Gelächter, das nach jedem blöden Witz kam, wurden jetzt lauter. Sein Sohn fühlte sich anscheinend von der Melodie gestört.

„Kannst du bitte den Fernseher leiser stellen?“

Chris zuckte zusammen, schaute über den Rand von der Couch, nickte jedoch zustimmend. Tatsächlich sank der Geräuschpegel um einige Oktaven.

Mike griff nach seinem Handy. Sein Atem stockte. Erneut sah er keine Nummer.

Schnell lief er ins Bad, schloss von innen die Tür ab und drückte auf die grüne Taste.

„Ja“, krächzte er.

„Hallo, Mikie.“ Wieder dieses Mikie, wie Mikie, die Maus. So wurde er nur von Frauen genannt. Auch jetzt war die fremde Stimme verzerrt. Dadurch konnte Mike unmöglich sagen, ob es sich tatsächlich um einen Mann handelte. Trotzdem war er davon überzeugt, einen Mörder an der Strippe zu haben.

„Was wollen Sie?“ Mike gab sich Mühe, nicht auszuflippen.

„Du hast dich nicht an meine Anweisungen gehalten“, tadelte ihn die Stimme.

„Ich bin doch zurück gelaufen“, entgegnete er, selbst in seinen Ohren klang Mike nicht sehr überzeugend. Er schluckte, wartete ab.

„Was soll ich bloß mit dir machen, Mikie ...“

„Wer bist du, verdammt?“ Seine Stimme zitterte. Mike hörte, wie der Mann auf der anderen Seite innerlich vor Zorn bebte. Mike spürte aber auch seine Angst, die immer intensiver wurde, er fürchtete sich davor, etwas Falsches zu sagen, aber auch vielleicht ein unscheinbar wirkendes Detail, das jedoch von enormer Wichtigkeit sein konnte, übersehen zu haben.

„Ich stelle hier die Fragen, Mikie. Dafür, dass du ein Bulle bist, mehr noch ein Kommissar und schwere Jungs jagst, wie soll ich sagen, dafür bist du unzuverlässig. Ich habe versucht, mich so einfach wie möglich auszudrücken. Alles, was du zu tun hattest, war, die Augen offen zu halten. Nach Indizien Ausschau halten und meinen Anweisungen folgen. Und was machst du?!“ Auf einmal wurde die Stimme laut, sehr laut sogar. Der Stimmenverzerrer war mit der Lautstärke überfordert und begann zu pfeifen. „Du hast nichts Besseres zu tun als dieses Flittchen zu ficken!“, brüllte der Unbekannte.

Mike spürte, wie sein nasser Körper sich zusammenzog, er fror, so als säße er irgendwo draußen im Winter und nicht bei sich Zuhause.

„Wer bist du? Woher ...“ Weiter kam er nicht.

„Ich bin dein Albtraum. Ich bin gekommen, um mich zu rächen, um dich zu zerstören, so wie du mich zerstört hast. Ich bin wie dieser Vogel, der aus der Asche auferstanden ist.“

„Phönix?“

„Nein, ein Bussard, der gerne Mäuse fängt. Verstehst du?“ Das Rauschen im Hörer klang wie ein zufriedenes Lachen. „Siehst du, ich habe dir noch einen Tipp gegeben. Ich möchte mit dir spielen.“

Mikes Faust donnerte gegen die Tür. Der Fernseher verstummte.

„Ist bei dir alles in Ordnung?“, erklang die besorgte Stimme seines Sohnes.

„Wer ist das? Dein Sohn oder ein weiterer Ausrutscher?“ Der Unbekannte klang neugierig.

„Ist nur der Fernseher.“

„Du bist kein sehr guter Lügner. Ich gebe dir einen weiteren Tipp. Der ist umsonst - Jana war nicht die erste. Wenn du jemandem von unserem Stelldichein, oder besser gesagt, unserem Plausch erzählst, wird deine Frau die nächste sein.“ Das Gespräch wurde erneut unterbrochen.

Die nagende Unruhe, die in ihm ausgelöst wurde, verwandelte sich in einen unbändigen Zorn. Sein Herz raste. Nur ein einziger Gedanke beschäftige ihn im Moment. Wer war diese Stimme? Mike saß lange am Rand der Badewanne und grübelte stirnrunzelnd darüber nach, bis die Furchen auf seiner Stirn rot hervortraten. Als er mit stechenden Kopfschmerzen vor dem Spiegelschrank stand, sah er einen müden Mann vor sich. Die Falten um Mund und Augen wurden tiefer. Mit der rechten Hand zog er an einer der Türen, nahm sich eine Aspirintablette, spülte sie mit einem Schluck Wasser nach, dann ging er ins Wohnzimmer zu seinem Sohn.

*****

Pascal war hundemüde. Edgar war immer noch bei ihm.

„Du, langsam muss ich aber los. Meine Mama macht sich bestimmt schon Sorgen. Deine aber auch, oder was meinst du?“

Pascal zuckte die Achseln. Noch nie hatte ihn seine Mutter so lange warten lassen.

Ich gehe jetzt einfach nach Hause, entschied er sich, sagte es jedoch nicht laut. Vielleicht würde er sich aber auch einfach im Keller verstecken, dort, wo ihn der Mann nicht finden würde. Er sprang von der Bank, ohne ein Wort zu sagen, lief er nach Hause.

Er hörte die schweren Schritte hinter sich. Erschrocken fuhr er zusammen. Sein Blick schweifte über die dunklen Schatten.

„Du hast deine Socken vergessen“, hörte er die Stimme von Edgar, er schnaubte, erleichtert atmete Pascal aus. Er nahm die inzwischen trockenen Socken dankend an. Erst jetzt bemerkte er, dass er barfüßig war.

Die viel zu großen Socken rochen nach altem Keller und Schimmel. Als er an einem Mülleimer vorbeiging, warf er sie einfach hinein. Wer braucht schon Socken, die zu groß sind und nach Mäusescheiße stinken?, dachte er. Alles, was er wollte, war, nach Hause zu dürfen, in sein Bett.

Zum Glück hatte er die Schlüssel immer noch bei sich. Sie baumelten an einem Band um seinen Hals.

Die Haustür war wie immer nicht abgeschlossen. Er schob den Schnapper nach unten. Das Licht im Treppenhaus ging wieder aus. Er drückte nicht auf den Schalter drauf. Die Laterne von draußen spendete genügend Licht, sodass er sich auch so zurechtfand. Außerdem wollte er seine Taschenlampe benutzen, wie ein Detektiv. Im zweiten Stock angekommen, verharrte er für einen kurzen Augenblick. Die Tür zur Wohnung war nur angelehnt. Pascal schluckte. Seine Finger berührten ganz sachte die Türklinke. Er drückte nur ganz leicht dagegen. In der Wohnung war es stockdunkel. Alles war schwarz. Nur eine kleine Leuchte am Anrufbeantworter blinkte hell auf. Drei Anrufe in Abwesenheit. Pascal schlich weiter. Das schwache Licht seiner Taschenlampe zuckte hin und her, dann erlosch sie. Blödes Ding dachte er, entrüstet stopfte er die Schlüssel in die Hosentasche.

Als er schon fast vor dem Schlafzimmer seiner Mama ankam, fielen ihm die Glasscherben auf dem Boden ein. Er trat schnell zwei Schritte zurück. Plötzlich hörte er, wie Glas knirschte.

„Mama, bist du das?“ Sein Flüstern klang heiser und ängstlich.

Ruhe, ohrenbetäubende Ruhe machte sich breit, umschloss das Zimmer wie eine schwere, staubige Decke. Pascal bekam keine Luft. Seine Lunge brannte wie Feuer. Er lauschte. Nichts. Plötzlich knackte es, ganz leise. Dann wieder. Pascal war immer noch barfüßig. Unter seinen Füßen spürte er nur die kalten und glatten Fliesen. Seine Kiefermuskeln schmerzten, weil er seine Zähne so sehr aufeinander gepresst hatte, um nicht aufzuschreien. Er lief immer noch rückwärts, nur weg von der Tür, nur weg von der unheimlichen Schwärze, die unangenehm nach faulem Atem roch. Erneutes Bersten von Glas. Angst, die in ihm aufstieg, ließ seinen Atem gefrieren. Alles, was er vor sich sah, war ein Schatten, eine Erscheinung, ein schwarzer Fleck in der Dunkelheit. Die Silhouette schien zu schweben, so als habe sich ein Teil von der schwarzen Luft gelöst. Er spürte nur die Bewegung und die Anwesenheit eines Fremden. In seinem Kopf rauschte es. „Mama, bist du noch da?“ Wieder flüsterte er nur. Er hörte seine eigene Stimme nicht, so laut toste das Blut in seinen Adern. Vielleicht spielt meine Fantasie mir nur etwas vor?, versuchte er sich zu beruhigen. Obwohl er erst sieben war, hatte Pascal schon viele Horrorfilme gesehen, heimlich, wenn seine Mama zu betrunken war, um nach ihm zu schauen. Das rote Blinklicht vom Anrufbeantworter verschwand auf einmal. Erst jetzt war dem Jungen bewusst, dass der Schatten lebendig und böse war. Er sah, wie er sich auf ihn zu bewegte. „Edgar?“, fiepte er wie eine Maus. Wieder bekam er keine Antwort. Seine Augen wurden feucht, heiße Tränen verbrühten ihm die Wangen.

Als er sich umdrehen wollte, um aus der Wohnung zu stürmen, war es schon zu spät. Etwas packte ihn grob bei der Schulter. Pascal merkte, wie sich seine

Füße vom Boden hoben. Im Augenwinkel sah er eine weiße Maske auftauchen, ein kalter Lappen umschloss seinen Mund und die Nase. Der Hilfeschrei wurde zu einem erstickten Stöhnen. „Ja, ich bin Edgar“, erklang die Stimme hinter ihm.

Kapitel 8

Neun Uhr in der Früh, und es war Montag. Der schlimmste Tag in der Woche, dachte Mike, rieb sich die müden Augen, was wenig half. Er hatte den ganzen Sonntag damit verbracht, über den Anruf nachzudenken. War alles durchgegangen, war mehrmals am letzten Tatort gewesen. Stuck blieb die ganze Zeit bei seiner Tochter. Mike traf sich mit Jürgen, ohne ihm über den Verrückten zu erzählen, alles was er tat, brachte ihn kein bisschen weiter. Das Wochenende mit seinem Sohn zu verbringen blieb weiterhin nur ein in die weite Ferne gerückter Wunschtraum. Jetzt war Mike wie gerädert. Der Kaffee half ihm auch nicht wirklich. Er stand vor der Wand und betrachtete die Tatortfotos, so wie schon einige Male zuvor. Sein Blick ging hindurch, mit den Gedanken war er immer noch bei der Stimme. „Bussard, der die Mäuse jagt …“ Zum tausendsten Mal erklang der Satz in seinem Kopf.

Waren die Mäuse ein Hinweis? Ja natürlich, nur was konnte in dem Kopf eines Verrückten herumschwirren? Warum dann eine tote und eine, die noch lebte? Aus welchem Grund benutzte er ein Glas? Eins war klar, dadurch konnte das kleine Tier einige Zeit lang überleben, ohne in der Bauchhöhle zu ersticken. Aber warum? Mike stieß laut die Luft aus. Er schaute sich die Nahaufnahmen von dem Schnitt am Bauch an. Die Bilder waren sehr scharf, sodass er jeden Kratzer sehen konnte. Keines der Organe fehlte. Alles war da. Bis auf die Biss- und Kratzspuren des Nagers waren alle Körperteile unverletzt geblieben. Hatte der Täter den Deckel nicht richtig zugeschraubt, oder gehörte alles zu seinem Plan? Sollte die Maus sich befreien können? Er ging alles in Gedanken noch einmal durch. In der Bauchhöhle fanden die Kollegen aus der Obduktion ein Einmachglas, in dem die Maus sich befand. So weit, so gut. Das kleine Tier wurde durch ein Kunststoffrohr versorgt. Auch das sprach für Mikes These. Aus irgendeinem Grund war das Gefäß verrutscht. Die Maus litt unter Todesangst, krabbelte irgendwann heraus und biss sich nach draußen, weil ein Schnitt durch die Haut, in dem der Schlauch steckte, ihr die Flucht erleichtert hatte. Warum, warum eine tote und eine lebende Maus? Beide Tiere waren durch eine Schnur festgebunden. Was hatte dieser Hinweis für eine Bedeutung? Immer wieder schaute er sich die Bilder an. Zusammen bis in den Tod? Vom gleichen Schicksal gefangen? Oder doch etwas ganz anderes?

„Verdammter Hurensohn ...“

„Willst du die Bilder hypnotisieren?“ Das war Welsch. Seine gute Laune fing Mike an zu nerven.

„Ach, halts Maul, Jürgen. Ich habe das Wochenende nicht mit Pimpern verbracht.“

„Könnte ja nicht schaden. Vielleicht wärst du dann nicht so grimmig wie heute. Und hättest den Kopf frei. Tut echt gut, sage ich dir. Kann ich nur empfehlen.“ Mike drehte sich um und warf den leeren Kaffeebecher nach ihm. Natürlich verfehlte er sein Ziel um Längen. Braune Tropfen verteilten sich auf dem Boden.

„Spinnst du, ich habe heute mein weißes Hemd an“, schrie Jürgen empört auf. Mit der Rechten zeigte er seinem Partner den Scheibenwischer.

„Ich werde ...“ Mike brach ab. Er erinnerte sich an die warnenden Worte.

„Was wirst du?“

„Gar nichts.“

„Mike, wir sind seit mehr als acht Jahren ein Team.“

„Das weiß ich doch alles.“

„Jetzt sagst du mir, was dich so bedrückt.“ Jürgen sprach jetzt leise.

„Ich habe einen Anruf bekommen, nein, eigentlich zwei, jedoch immer von demselben oder derselben, ach, ich weiß einfach nicht mehr weiter. Auf jeden Fall hat mich jemand angerufen, der sich für diesen Verrückten ausgegeben hat.“

„Warum hast du davon niemandem erzählt?“ Jürgen schaute in das Gesicht seines Kumpels, darin spiegelte sich eher Flehen als Furcht. „Er hat dich bedroht, stimmt's?“

Mike nickte.

„Darum der plötzliche Besuch am Samstag? Und ein Bier am Sonntag. Dein Auftreten und das komische Gespräch kamen mir mehr als suspekt vor. Das entsprach nicht deiner Vorgehensweise, ich schob alles auf dein Privatleben, dachte nur, du und Katrin, ach was soll's, erzähl schon ..."

Mike nickte erneut. „Die Stimme klingt wie die eines Roboters. Mechanisch eben, ohne jegliche Gefühlsregung. Verstehst du, was ich meine?" Mike sah seinen Freund fragend an.

„Er wird weiter morden."

Jürgens Augen füllten sich mit Sorge. „Du vermutest auch, dass der Unbekannte ein Er ist?"

Mike zuckte mit der Schulter. „Ich denke schon. Frauen töten nicht so. Sie bevorzugen andere Methoden, die weniger brutal sind. Wie Gift oder Ersticken." Ihm fiel erneut das Gespräch mit Stuck ein. Seinem Chef hatte er dasselbe erzählt, auch Stuck war der gleichen Meinung. Er war sich auch sicher, der Mörder war ein Mann. Nur wusste niemand, bis auf Jürgen, dass sich der Killer bei Mike gemeldet hatte.

Mike wiederholte die Worte des Verrückten.

Jürgen kaute bedächtig auf der Unterlippe herum. Sein strohblondes Haar war ein wenig zerfurcht. „Was hat er konkret gesagt, irgendwelche Hinweise?"

„Keine Ahnung. Was haben ein leeres Glas und zwei Mäuse für eine Bedeutung?"

Jürgen schaute ihn nachdenklich an. „Eine Art Kokon? Gebärmutter? Ich bin nicht so gut in dem ganzen mystischen Scheiß. Will er eine Schwangerschaft nachahmen?"

„Möglich, doch warum ausgerechnet Mäuse?" Mikes Stimme wurde brüchig.

„Was konntest du aus seinem Anruf heraushören? Was war seine Botschaft? Wie tickt er?"

„Jana sei nicht die erste, wohl auch nicht die letzte, vermute ich“, entgegnete Mike leise.

„Wollen wir vielleicht die Dinge ins rechte Licht rücken, wer weiß, ob uns deine Informationen weiterhelfen. An einen Trittbrettfahrer hast du nicht gedacht?“

„Das glaube ich nicht. Er sprach von Mäusen und wusste von Sachen, die nur ein Insider wissen konnte.“

Jürgen atmete laut ein. „Das sind alles Informationen, die nur wir kennen und ...“

„Genau, und der Täter selbst.“

„Hast du Stuck schon ...“

„Nein, verdammt, Jürgen, das ist ganz vertraulich.“ Mike packte seinen Freund an der Schulter. „Das darf niemand, verstehst du, absolut niemand erfahren.“

„Das verstößt aber gegen die ...“

„Scheiß auf die Regeln. Hier steht mehr auf dem Spiel.“

Jürgen ging zurück zu seinem Tisch. Blätter raschelten, Ordner wurden verschoben. „Wir haben heute noch viel zu tun. Wir haben weitere Zeugen aus der Bevölkerung. Bald kommen die ersten Hinweisgeber, die wir uns anhören und alles protokollieren müssen.“ Welsch schaute dabei nicht auf. Er schrieb etwas auf, zog mit einem gelben Marker dicke Linien in seinem Notizbuch, schrieb wieder, blätterte weiter, ohne ein weiteres Wort stand er auf, stumm wie ein Fisch verließ er den Raum.

Mike musste seine Frau anrufen. Nicht, dass er es nicht versucht hätte, nach dem letzten Treffen im

Restaurant und auch seinem Besuch am Samstag konnte er ihr das nicht verübeln, wenn sie keine Lust mehr auf ihn hatte und ihn selbst für einen Psychopathen hielt. Trotzdem machte er sich Sorgen. Christoph war jetzt schon in der Schule, er selbst hatte seinen Sohn dahin gefahren, also würde er bis heute Mittag Vieles erledigen müssen. Christoph sagte, er habe mittags Schule, also blieben ihm einige Stunden mehr, bis er seinen Sohnemann abholen musste.

Grübelnd trat Mike Wedekind in den Gang, hörte im Nebenzimmer gedämpfte Stimmen. Er wagte einen Blick hinein, sah seinen Partner, wie er sich mit einem älteren Herrn unterhielt. Ein selbsternannter Zeuge, der nichts Besseres zu tun hatte, als zur Polizei zu kommen, um sich so das sonst langweilige Leben etwas spannender zu machen. Auch wenn es nur eine nichtssagende Aussage war, konnte so ein Besuch für Gesprächsstoff bei seinen Altersgenossen sorgen. Ein Abend am Stammtisch war so gerettet, an dem der alte Herr im Mittelpunkt stehen konnte und mit ernster Miene behaupten, wie er der Polizei bei ihren Ermittlungen weiterhelfen konnte.

Mike wartete, bis Jürgen ihn bemerkt hatte, winkte ihm mit dem Kopf. „Nur für eine Sekunde“, formte er die Worte mit den Lippen. Welsch deutete auf den grauhaarigen Mann mit dem Gehstock. Der Herr war bestimmt so blind wie ein Maulwurf, denn seine Brillengläser waren so dick wie bei einer Lupe. Als auch er sich zu Mike herumdrehte, sah Mike in zwei riesige Augen. „Ich muss für eine halbe Stunde weg, kannst du so lange auch ohne mich auskommen?“, flüsterte er etwas lauter. Der alte Herr schien auch nicht sehr gut zu hören. Er kniff die Augen zusammen, strengte sich an, etwas zu erhaschen. Welsch winkte einfach, sprach dann mit erhobener Stimme mit seinem Gegenüber weiter.

„Wie hat er denn ausgeschaut?“, drang Welschs laute Stimme bis zum Korridor hinaus.

Mike wählte erneut die Nummer seiner Frau. Wieder blieb sie nicht erreichbar.

*****

Pascal öffnete die Augen. Alles um ihn herum war dunkel. Bis auf drei helle Streifen an der Wand gab es kein Licht mehr. Die Luft war stickig. Erst jetzt war der Junge aus seiner Bewusstlosigkeit aufgetaucht, er kam zwar immer wieder zu sich, fiel jedoch jedes Mal erneut in einen abgrundtiefen Schlaf. Er blinzelte, ihm war immer noch schwindelig. Mit dem linken Auge konnte er nicht viel sehen, alles um ihn herum schien schemenhaft zu verschwimmen. Mit einem mulmigen Gefühl wurde er gewahr, dass er nicht allein hier war - wo immer er auch sein konnte. Ihm war so, als würde er von jemandem beobachtet. Seine Hände waren taub, die nackten Füße fühlten sich fremd und kalt an. Er lag wie ein Embryo in einer Ecke. Alle seine Glieder schmerzten. Ein stechender Schmerz in der Blase war der eigentliche Grund, warum er aufgewacht war, er musste dringend pinkeln. Pascal stemmte sich auf die Knie. Die Beine gaben immer wieder nach und knickten ein. Jeder Schritt tat höllisch weh. Seine Lippen waren rau und blutig. Irgendwie schaffte er doch noch, sich zu der rauen Wand zu schleppen. Mit einem Arm hielt er sich an den rauen Ziegelsteinen fest, stützte sich einfach daran ab. Er fühlte die groben Steine unter seiner Handfläche. Mit der anderen zog er seine Hose bis an die Knie herunter. Pascal biss die Zähne zusammen. Sein kleiner Freund weigerte sich zu pinkeln. Er stöhnte, langsam, nach einer gefühlten Ewigkeit, kam der erlösende Moment. Endlich entleerte sich seine Blase.

„Hilfe, wer ist da?“ Kaum hörbar drang die fremde Stimme an sein Ohr, trotzdem fuhr er wie vom Donner gerührt zusammen. Dabei pinkelte er sich versehentlich auf die Hose. Auch seine Füße wurden nass. Er hatte sich also nicht geirrt, er war hier nicht allein. Der zu Tode erschrockene Junge schaute sich um, sein Kopf war immer noch schwer. Nur langsam sondierte er den Raum. In einer Ecke vermutete er eine Bewegung ausgemacht zu haben, sein Blick inspizierte den schwarzen Fleck. Eine Gestalt kauerte mit gesenktem Kopf an einer Wand. Ihre Arme waren nach oben gestreckt. Pascal blieb stumm, wollte seine Anwesenheit um keinen Preis verraten. Er erinnerte sich wieder an den Mann mit der Maske, eine Schneelawine kalten Schauers jagte bei dem Gedanken über seinen Rücken. Instinktiv trat er einen Schritt zurück, dorthin, wo es ganz dunkel war. Er wollte nicht gesehen werden, was völliger Quatsch war, dachte er, Schamesröte stieg in sein Gesicht. Trotzdem taumelte er immer weiter in die dunkle Ecke hinein, bis sein Rücken gegen die Mauer stieß. Sein Blick war stets auf die Gestalt gerichtet, die wie eine kaputte Theaterpuppe an Seilen hing. Doch statt der Strippen schienen ihre Arme an dicken Ketten zu hängen. Zwei dicke Schellen hielten die Frau fest. Ob es sich tatsächlich um eine Frau handelte, konnte Pascal nicht hundertprozentig sagen. Er zitterte immer noch, obwohl hier die Luft warm und stickig war. Er strengte sich an, seine Augen schmerzten vor Anstrengung. Der zerlumpte Haufen Elend sah einer Frau sehr ähnlich, denn sie trug ein zerrissenes Kleid. Nur war sie ein wenig größer als seine Mama. Sie musste unter starken Schmerzen leiden, dachte Pascal voller Mitleid nach, sie winselte wie in kleiner Hund. Ihr Kopf huschte hin und her. Die Ketten rasselten dabei gespenstisch. Wie zwei rostige Armreifen umspannten die Klammern ihre Handgelenke. Er hörte auch das schwere Atmen und immer wieder das Rasseln von Ketten. Erst jetzt sah er, warum sie ihre Arme so komisch zur Decke hochhielt. Ein großer Ring oben an der Decke war der Grund dafür. Jemand hatte sie wie ein Tier angekettet. Ihr Gesicht konnte er nicht erkennen, ein Sack aus grobem Leinen verdeckte ihr Haupt. Sie war bestimmt von dem selben Mann verschleppt worden, der auch ihn gekidnappt hatte, nur ihm hatte er keinen Sack über den Kopf gezogen und am Hals verschnürt. Die Frau rang keuchend nach Atem.

Pascal drückte sich noch fester gegen die Mauer. Er konnte die von den Mauersteinen spitzen Kanten mit dem Rücken spüren. Er musste sich irgendwo eine oder mehrere Rippen geprellt haben. Unter seinem linken Arm tat der Brustkorb entsetzlich weh. Die Frau war für ihn wie eine einschüchternde Erscheinung. Er hatte Angst, fühlte sich aber zugleich zu ihr hingezogen. War die Geisel gar seine Mutter, die dort angekettet saß? Pascal unterdrückte das verräterische Schluchzen, indem er sich so fest gegen die Innenwange biss, bis er sein eigenes Blut schmeckte.

„Ist jemand hier?“, keuchte die Frau erneut, jetzt etwas lauer.

Die Frau war nicht seine Mutter, stellte Pascal beklommen fest. Andererseits freute er sich jedoch, dass seine Mama noch draußen war. Sie würde bestimmt schon nach ihm suchen, sogar mit der Polizei zusammen, die ihre Spürhunde mitnehmen würde, damit sie ihn schneller finden konnten. Seine Mama würde den Hunden etwas von ihm geben müssen, damit sie seine Fährte aufnehmen konnten. Hoffentlich nicht seine schmutzigen Socken. Die hatte aber Edgar mitgenommen. Sie würde den Spürhunden etwas anderes geben können, ganz bestimmt, dachte er leicht euphorisch.

„Hallo ... hallo? Ich kann dich hören. Wer bist du?“

„Pascal“, rutschte das eine Wort leise aus ihm heraus. Er hielt seine beiden Hände auf den Mund gepresst, nun war es aber schon zu spät. Die gefesselte Frau reckte den Kopf hoch. Als habe sie etwas in der Luft gewittert, wie ein Jagdhund, dachte Pascal.

„Oh, bist du verletzt, Pascal?“ Ihre Stimme hatte einen hysterischen Klang.

Machte sie sich tatsächlich Sorgen um ihn, obwohl sie angekettet war? Pascal nahm die Hände weg vom Mund, schüttelte nur mit dem Kopf.

„Pascal, tut dir etwas weh?“

Erneutes Kopfschütteln.

„Kannst du nicht reden, Pascal, bist du verletzt?“

Erst jetzt hatte er begriffen, dass die Frau ihn ja nicht sehen konnte wegen des groben Stoffs auf ihrem Kopf und der Dunkelheit, in der er sich versteckt hielt.

„Ich möchte hier raus“, raunte er flehentlich. Der morsche Geruch nach faulen Kartoffeln kroch ihm durch die Nase, ätzende Galle stieg in ihm auf. Er hielt sich den Bauch, beugte sich nach vorne. Ein schleimiger Strahl gelber Flüssigkeit schoss aus seinem Mund heraus. Er schluckte, übergab sich erneut, bis in seinem Magen nichts mehr drin blieb. Keuchend sank er, den Rücken an die Wand gepresst, zu Boden.

„Pascal, kannst du mich aus dem Sack befreien? Kannst du mir dieses Ding vom Kopf ziehen?“

„Ich weiß nicht“, keuchte er. Er hatte Durst. Ihm war immer noch schwummerig.

„Kannst du es vielleicht versuchen?“

Wankend, auf zittrigen Beinen, machte er zwei Schritte nach vorne. Dann sah er etwas aufblitzen. Nur ein kleiner Punkt strahlte ihn vom Boden aus an. Ein dünner Sonnenstrahl stach ihm in die Augen.

Pascal senkte den Blick, ging in die Knie und erkannte, dass es Glasscherben waren, die den Sonnestrahl reflektiert haben.

Sofort wurde er an die Nacht in seiner Wohnung erinnert. Als er einen Moment lang den Blick über den Boden schweifen ließ, erkannte er, dass dieser von tausenden, scharf wie Rasierklingen, großen wie kleinen Glasscherben übersät war.

„Ich habe keine Schuhe“, greinte er.

„Ich verstehe nicht, was du meinst, Pascal. Wenn du mich befreien, zumindest mir das Ding vom Kopf nehmen könntest, dann würden wir gemeinsam etwas ...“

„Ich kann Sie nicht erreichen ohne die Schuhe. Hier sind überall Glasscherben.“

„Dann versuche sie zu umgehen. Oder schiebe sie einfach zur Seite. Musst vorsichtig sein, nicht, dass du dich schneidest.“ Sie wollte ihn beruhigen. Trotzdem war ihre Angst nicht zu überhören. Pascal wusste, die Frau hatte genauso viel Angst wie er.

Er tat trotzdem, was sie gesagt hatte, zumindest hatte er es versucht, mit spitzen Fingern griff er nach einer der Scherben, die ihm am nächsten war, und wackelte daran.

„Die sind fest.“

„Was meinst du?“

„Die kleben fest.“ Er nestelte an einer der Scherben, noch einmal, wie zur Bestätigung, jetzt an einer anderen, die groß genug war, um sie seitlich mit spitzen Fingern noch fester packen zu können. Auch die nächsten beiden waren wie zubetoniert.

„Hast du vielleicht einen Stein oder so etwas in der Art? Dann könntest du nämlich versuchen, das Glas zu zerschlagen, wie mit einem Hammer.“

Pascal drehte sich um. Dabei kniff er seine Augen zu schmalen Schlitzen zu. Er saß in einer Falle. Er war von der Frau nur durch die Glasscherben getrennt. Einen Stein konnte er nirgends ausmachen, auch keinen Hammer.

„Bist du an der steinigen Mauer, Pascal? Dort, wo das ...“ Sie hustete.

„Ja“, raunte er. Er schniefte. Seine Nase war zu. Er atmete durch den Mund. Feiner Staub knirschte zwischen seinen Zähnen.

„Dann probiere doch, an einem der Steine zu rütteln. Vielleicht findest du einen, der nicht so fest sitzt. Oder hat sich irgendwo die Mörtelschicht so weit gelöst, dass du den Rest wegkratzen kannst?“ Sie sprach ihm die ganze Zeit aufmunternd zu.

Pascal gehorchte. Er wollte ja auch unbedingt raus hier.

Kapitel 9

Mike lief durch seine leere Wohnung. Jürgen würde ihn bald abholen. Auch der heutige Tag verlief völlig ergebnislos. Es waren an die geschätzten tausend Zeugen und Hinweisgeber, die er heute mit seinem Partner vernommen hatte. Welsch hatte ihn zu einem Feierabendbier eingeladen. Mike sagte zuerst dankend ab. Als Jürgen nicht nachgeben wollte, gab Mike schließlich klein bei. Für einen Moment zweifelte er, ob es nur bei einem Bier bleiben würde. Jürgen versprach, ein

Auge offen zu halten. Sie könnten ja danach ins Kino gehen, scherzte er grinsend.

Mike wollte sich nur schnell umziehen, Jürgen hatte noch eine Kleinigkeit zu erledigen, in zwanzig Minuten würde er schon da sein. Mike fand keine Ruhe, etwas nagte an ihm.

Dass auch sein Sohn unerreichbar blieb, setzte dem Ganzen die Krone auf. Hat sich seine komplette Familie von ihm abgewandt? Er lief in das kleine Zimmer, wo heute früh noch sein Sohn im Bett gelegen hatte. Die Mittagsschule war heute ausgefallen, lautete die SMS, mehr hatte ihm sein Sohn nicht verraten. So eine Frechheit gehörte eigentlich mit einer saftigen Backpfeife kuriert, im selben Moment wusste er aber auch, dass er eigentlich nicht auf seinen Sohn so verdrießlich gestimmt war. Wie ein Tiger im Käfig lief er in dem kleinen Zimmer seines Sohnes herum. Hier herrschte das reinste Chaos. Mit seinem Sohn hielt hier auch die Unordnung ihren Einzug. Mike hob die Decke vom Boden. Sein Herz hämmerte wie wild. Hoffentlich war Christoph nur mit den Kumpels in die Stadt gefahren. Unbewusst bezog er das Bett, so wie es sich gehörte, hob die Sachen vom Boden auf, die Socken und eine Jeans, die brachte er ins Badezimmer. Als er die Taschen kontrolliert hatte, stopfte er alles in die Waschmaschine. Er ging erneut in das Zimmer von Christoph zurück. Etwas schien zu fehlen. Das Stofftier. Hatte Christoph heute eine Verabredung, wollte er dem Mädchen sein Kuscheltier schenken? Mike beruhigte sich langsam wieder, dies würde so einiges erklären, dachte er.

Er hatte jetzt noch zehn Minuten. Schnell das müde Gesicht waschen, rasieren und die Haare richten, wenn da noch Zeit blieb. Mike knipste das Licht im kleinen Zimmer aus, ging erneut ins Bad, um sich abzukühlen, hielt er seinen Kopf unter die Brause über der Badewanne. Danach rieb er sich das Haar trocken. Die Stoppeln im Gesicht ließen ihn noch müder erscheinen als er schon war. Also nahm er den Rasierer, dabei tauchten erneut die Bilder von der toten Frau vor seinem inneren Auge auf. Er vertrieb die grausige Erinnerung mit einer Handbewegung aus seinem Kopf, indem er sie wie eine lästige Fliege von sich wegscheuchte. Die Klingen fuhren langsam über die stoppelige Haut, hier und da fuhren sie etwas zu tief in sein Fleisch, dabei hinterließen sie kleine rote Punkte. Das Rasierwasser brannte wie Hölle auf den Wangen. Kleine Blutstropfen klatschten lautlos in das weiße Waschbecken, verschwammen dabei zu hellen roten Klecksen. Eine kleine Stelle am Kinn leuchtete rot. Ungeduld werdend zupfte er eine Ecke vom Klopapier ab. Tupfte sich das Blut ab. Noch mehr Rasierwasser wurde auf die Stelle geklatscht. Zum Glück hatte er heute kein Rendezvous.

Schnell ging er ins Schlafzimmer. Am Kleiderschrank blieb er für einen Augenblick stehen, schaute sich im großen Spiegel etwas genauer an. So schlimm sah er ja gar nicht aus. Vielleicht würde er später noch mal seine Frau anrufen. Er zog den Bauch ein, spannte die Brustmuskeln an, der Anblick war ganz passabel. Jetzt musste er sich aber beeilen, sein pedantischer Freund kam niemals zu spät. Schnell griffen seine Hände nach dem erstbesten Hemd. Ein schwarzes. Eigentlich wollte er nicht zu vornehm erscheinen. Schwarz war auch nicht ganz passend, fand er. Nahm das blaue, diesmal ohne Streifen. Schon klingelte das Telefon. Er starrte auf das Display.

Eine Woge der Erleichterung fuhr durch seinen müden Körper. Die Nummer war ihm bekannt.

„Hallo, Christoph, wo steckst du, alter Stiefel?"

Christoph lachte. „Hey, Paps, warum bist du so gut drauf?"

Mike fühlte sich tatsächlich sehr gut. Vielleicht deswegen, weil sein Sohn ihn nicht verlassen hatte? Auch das Verlangen, seinem Sohn eine Lektion zu erteilen, blieb weg. Er war ja noch sehr jung, zu alledem noch sehr attraktiv, so wie ich in seinem Alter auch gewesen bin, dachte Mike mit gewissem Schwermut.

„Wo steckst du, Chris?"

„Ich habe, ach, ich habe ein Mädchen aus meiner Klasse kennengelernt ..."

Mike musste grinsen. „Ist sie neu?", fragte er interessiert.

„Eigentlich nicht, komm, nimm mich nicht auf die Schippe, Paps, du weißt, was ich meine, wir wollten noch etwas lernen." Mike hörte seinen Sohn hüsteln.

„Ja genau. Du weißt aber, dass du beim Lernen den Kopf benutzen musst. Denk dran."

„Oh, Papa, wir haben keinen Sex. Wir lernen wirklich. Ich möchte meine Noten verbessern."

Mike konnte förmlich vor seinem inneren Auge sehen, wie sein Sohn auf der anderen Seite der Leitung dabei rot wurde. Er sprach nicht gern über solche Dinge wie Verhütung. Mike ging es genauso. Darum entschied er sich, das Thema zu wechseln.

„Hast du genug Geld dabei? Du kannst sie auf ein Eis einladen.“

„Ja, habe ich.“

„Sag mal, Sohn, hast du ihr den Hund geschenkt?“

„Wovon redest du, bist du wieder betrunken?“

Mike gab ein leises Brummen von sich. „Ich trinke nicht mehr.“ Sofort war ihm die Lust auf das Bier vergangen. „Nein. Ich dachte nur ... Ich war heute in deinem Zimmer ...“

„Hast du etwa in meinen Sachen geschnüffelt?“ Die Empörung war nicht zu überhören, Christoph schnaubte ganz laut in den Hörer.

„Warte doch, das Plüschtier, der Bello, dein Hund, der war nicht mehr da.“

„Du bist echt krank.“ Dann war die Leitung tot.

*****

Pascal schlich an der rauen Wand entlang. Schaute bei jedem Schritt unter seine nackten Füße. Er hatte Angst, sich erneut am Fuß zu schneiden. Dabei wackelte und drückte er an den Steinen, die er berühren konnte. Oft stellte er sich auf Zehenspitzen, zu seiner Entrüstung waren sie alle fest in dem Mauerwerk verankert. Nirgends war der Mörtel brüchig.

„Und, hast du etwas gefunden?“ Die Gestalt in der Ecke hielt ihren Kopf zu ihm gerichtet ihre Stimme war voller Hoffnung.

„Nein“, flüsterte der Junge. Draußen schien die Sonne nicht mehr. Trotzdem drang noch genügend Licht durch die Ritzen zwischen den Brettern. Ist bestimmt eine Straßenlaterne, dachte Pascal. Seine Finger tasteten unermüdlich über die hervorstehenden Steine.

„Aua!“, schrie er erschrocken auf. Etwas biss ihn in den rechten Fuß. Mit Schrecken schaute er zu Boden. Hier war die Grenze zu Ende. Scharfe Glasscherben stachen aus dem Boden heraus. Neben seinem schmutzigen Fuß bildete sich eine dunkle Lache.

„Hast du dich verletzt, Pascal?“, wollte die Frau von ihm wissen, ihre Stimme war brüchig. Auch Pascal verspürte den unsäglichen Drang nach einem Schluck Wasser.

„Bin auf eine Scherbe getreten, jetzt blute ich“, sprach er weinerlich.

„Sehr schlimm?“

„Ich denke schon.“

„Du musst etwas um deinen Fuß wickeln. Hast du ein Unterhemd an?“

„Nein.“ Pascal winselte, hatte Angst, der Fleck wurde immer größer. Der Verzweiflung nahe fürchtete er, jetzt sterben zu müssen.

„Zieh einfach dein Hemd aus, wickle den Stoff vorsichtig um deinen Fuß“, sprach die Frau beruhigend auf ihn ein.

Pascal nickte wie zur Bestätigung, zögernd tat er wie geheißen. Zaghaft, fast schon zärtlich, legte er die Ärmel um die Ferse, band sie dann zu einem dicken Knoten am Schienbein fest.

„Pascal, wie groß bist du?“ Ohne die Antwort abzuwarten, sprach sie schnell weiter. „Kommst du an das Fenster ran?“

„Ich weiß es nicht“, näselte er.

„Du musst es versuchen“, wisperte sie. „Du musst mucksmäuschenstill sein. Draußen ist jemand, ich glaube, da ist jemand. Er kommt, sei bitte still ....“

Sie schwiegen eine Weile, bis von draußen nichts mehr zu hören war. Sein Herz hämmerte laut gegen die Rippen. Er strengte sich an, konnte jedoch keine Geräusche vernehmen. Er wartete einfach ab.

„Jetzt“, krächzte die Frau. Auf einmal brach ihre Stimme, für einen Lidschlag klang sie nicht mehr so einfühlsam, irgendwie böse. Sie räusperte sich. „Pascal, beeil dich“, drängte sie aufs Neue. Mit geklärter Stimme machte sie ihm wieder Mut.

Der Junge atmete erleichtert aus, sie musste sich nur an dem Staub verschluckt haben, beruhigte er sich selbst.

„Die sind fest, ich kann nichts machen.“ Pascal musste sich strecken. Er stand auf den Zehenspitzen, seine Hände berührten nur die unterste der ungehobelten Latten. Er keuchte, strengte sich an. Die Verzweiflung zehrte an ihm, die Hoffnung auf eine mögliche Flucht war sein einziger Antrieb.

„Du solltest mal ganz feste dagegen drücken, du darfst nicht klein beigeben, du bist doch ein großer Junge.“

Tatsächlich knarrte eine der knorrigen Latten. Pascal fasste neuen Mut. Erneut stemmte er sich dagegen an. Irgendwie schien er mit jedem Knarzen in die Höhe zu wachsen. Seine aufgeschürften Hände pressten immer und immer wieder gegen das Holz. Die Latte knarrte und bewegte sich. Der Lichtspalt wurde stetig größer, mit jedem Millimeter wuchs die Kraft in dem verzweifelten Jungen. Wie der Funken, der sich zu einem Inferno entfachte, leuchtete in ihm die Hoffnung immer heller auf. Die rostigen Nägel gaben kreischend nach. Pascal drosch mit beiden Fäusten dagegen. Mit hellem Poltern flog das erste Brett zu Boden. Kurz darauf folgte auch schon das nächste. Der Weg nach draußen war endlich frei geworden. Warme, saubere Luft kroch durch das quadratische Loch zu den beiden Gefangenen und gab ihnen Trost.

„Ich habe es geschafft", keuchte er außer Atem. Leichte Euphorie nahm von ihm Besitz. Er hörte sein Herz rasen. Ein bisschen schwindelig wurde ihm auch, stellte Pascal frohen Mutes fest.

Als warte er auf weitere Anweisungen, verharrte er ruhig dort, wo das Loch entstanden war.

„Du solltest durch das Loch klettern und Hilfe holen. Am besten rufst du gleich bei der Polizei an." Die Gestalt, die in der Ecke kauerte, klang jetzt gereizt.

„Und wenn ich niemanden ..."

„Wir sind immer noch in Berlin, ich kann die Autos hören. Lauf einfach los. Halte einfach einen Passanten oder eines der Autos an."

Pascal wusste nicht, was ein Passant war, was ein Auto war, wusste er aber schon. Er griff mit beiden Händen nach der Mauer durch die Öffnung, für einen Lidschlag konnte er einen Blick nach draußen erhaschen, dann rutschte er ab.

Kapitel 10

Mike nahm die Schlüssel, vergewisserte sich, dass überall die Lichter aus waren, ließ die Tür hinter sich laut zufallen, schon war er auf dem Weg nach draußen. Er nahm zwei Stufen auf einmal, vor Anitas Tür blieb er wie angewurzelt stehen. Der Schlüssel fiel ihm wieder ein. "Mal sehen", flüsterte Mike. Anitas Schlüssel war grün. Mike bückte sich leicht nach vorne. Er bekam den Bart rein, so wurden die Zacken genannt, erinnerte er sich an das Gespräch mit einem der Polizisten, der Schlüssel passte. Auf einmal wurde ihm siedend heiß. Er rüttelte an der Tür. Mit der rechten Hand klopfte er dagegen. Der Schlüssel ließ sich in keine der beiden Richtungen bewegen. Er klopfte wieder, das Holz hallte laut nach. Niemand da. Er drehte erneut an dem Schlüssel. Das Schloss klackte zwar, ließ sich jedoch nicht herumdrehen. Mike zog an dem Schlüssel. Ohne viel Widerstand glitt der grüne Schlüssel wieder aus der schmalen Ritze nach draußen. Mike drückte auf die Klingel. Die Sprechanlage schepperte wie ein kaputter Wecker. Wie auch bei ihm Zuhause. Nichts. Keine Schritte und keine Stimmen verrieten ihm, ob Anita zuhause war. Mit einem Ohr an dem warmen Holz horchte er nach einem Lebenszeichen von ihr. Nichts,

Totenstille. Alles, was er ausmachen konnte, war das Rauschen seines Blutes.

Mike zuckte zusammen, als sein Handy zu vibrieren anfing. Es war Jürgen.

„Bin schon unterwegs“, sagte er knapp und ließ das Telefon wieder in seiner Hose verschwinden. Als seine Hand erneut auf die Klinge drückte, fiel ihm ein, er könnte sie ja auch anrufen.

Zwei, drei, vier, erst nach dem fünften Freiton erklang die ersehnte Stimme von Anita. Das, was sie sagte, war weniger erfreulich. Der automatische Anrufbeantworter diktierte eine Nummer, mit ihrer Stimme.

„Verdammte Kacke!“, fluchte er.

„Ja? Mike bist du das? Warum schreist du mich an?“ Als sein Finger schon über der roten Taste schwebte, hielt er inne. Leicht irritiert drückte er das Telefon erneut gegen sein rechtes Ohr.

„Anita, wo steckst du?“

„Bei einer Freundin, wieso? Wir sind nicht mehr zusammen, du Vollpfosten, ich bin dir keine Rechenschaft schuldig.“

Das waren wir doch nie, murmelte er. Laut sagte er aber: „Anita, warum hast du die Schlösser ausgetauscht?“

„Weil zwischen mir und dir nichts mehr läuft, Mikie, hast du es endlich kaapieert? Ich werde nicht mehr zulassen und zusehen, wie du mir mein Leben kaputt machst, Mike Wedekind. Du bist nicht viel anders als die anderen Männer. Ihr wollt nur ficken, was dabei herauskommt, ist euch scheißegal.“ Ihre Stimme bebte vor Zorn.

„Anita, beruhige dich doch bitte. Ich schiebe dir den Schlüssel unter der Tür ...“

„Du kannst ihn dir sonst wohin stecken, du mieses Arschloch.“ Schon war die Leitung tot.

Mike rieb sich am Hinterkopf. Leichte Schamröte, die sein Gesicht unangenehm wärmte, war allem Anschein nach alles, was ihm von der Beziehung übrig geblieben war - und der verdammte Schlüssel. Als er endlich nach draußen trat, sah er den schwarzen BMW auf der anderen Straßenseite. Jürgen saß im Wagen, schaute sich um, starrte in Mikes Richtung, sah ihn jedoch nicht. Liegt wahrscheinlich an seiner neuen Designer-Brille, konstatierte Mike mit einem Grinsen. Leichtfüßig schlenderte er auf seinen Kumpel zu, dabei achtete er auf die vorbeihuschenden Fahrradfahrer, die heute besonders flott auf den Rädern waren.

Die Luft war stickig und immer noch warm und mit einer leichten Woge von Abgasen durchmischt. Auch glaubte Mike, eine zaghafte Nuance von Rauch zu erschnuppern, auf eine unheilvoll wirkende Weise kam der Geruch von weit her, wie aus einem Traum oder einer Erinnerung aus der Kindheit, so als stamme er von einem entfernten Unglücksort, als ein Vorbote des Unheils. Trotzdem machte Mike einen tiefen Atemzug, schloss dabei die Augen, mit einem imaginären Handwinken wischte er die bösen Gedanken beiseite. Heute wollte er sich gehen lassen. Einfach mal die Seele baumeln lassen. Nach dem kurzen Gespräch mit Anita haftete immer noch ein leicht bitterer Geschmack an seiner Zunge.

Er würde ihn mit einem Bier wegspülen müssen.

„Hey, Mike, wo bleibst du?“, fragte Welsch statt einer Begrüßung.

Mike winkte einfach ab. „Weiber“, fügte er dann doch noch schnell hinzu, als Jürgen ihn durchdringend anschaute. „Es kann losgehen.“

Eine böse Vorahnung legte sich wie eine Nebelwolke über sie. Jürgens Gesicht war bleich.

„Er hat wieder zugeschlagen?“, mutmaßte Mike.

„Wer?“, fragte Jürgen, wusste aber, was sein Partner meinte.

„Der Verrückte mit den Mäusen und Schmetterlingen.“

Jürgen nickte stumm.

Soviel zu die Seele baumeln lassen, dachte Mike verbittert. Dabei hatte er sich wirklich auf den Abend gefreut. Sie fuhren los. Das Navi lotste sie durch die lebendige Stadt zu einem Ort, an dem statt Alkohol und hübschen Mädchen eine tote Frau auf sie wartete.

*****

Pascal humpelte stark auf einem Bein. Erst beim dritten Versuch hatte er es doch noch geschafft, sich über die Mauer zu ziehen, um dann auf der anderen Seite hart auf dem Bauch zu landen. Sein Hinterkopf fühlte sich taub an. Als er nach der Bauchlandung vor Schreck auf die Beine gesprungen war, war ihm auf einmal schwindlig geworden, woraufhin er nach hinten taumelte, um mit dem Rücken und Kopf gegen die steinerne Mauer zu krachen.

Er lag eine gefühlte Ewigkeit unbeweglich da und wartete auf den Mann, der nicht kam, danach rappelte er sich erneut auf die Beine und torkelte davon. Er war tatsächlich nicht weit von seinem Zuhause gefangen gehalten worden. Er sah das mehrstöckige Haus, in dem viele der Fenster beleuchtet waren. Außer den beiden im zweiten Stock. War seine Mama immer noch dort? Und der Maskierte? Wie sollte er bloß Hilfe holen?

Die Nacht war nur vom grauen Mond und den Straßenlaternen beleuchtet, einige schienen kaputt zu sein, auch der Mond war heute irgendwie trüb. Pascal humpelte einfach weiter. Seine Knie zitterten wie der Rest seines mageren Körpers. Er sah eine Gestalt auf sich zukommen. Es war eine Frau, vielleicht auch ein Mädchen. So genau wusste er das nicht mehr. Alles um ihn herum begann sich in einem Kreis zu drehen, wie auf einem Kinderkarussell, nur viel schneller, und das Gefühl war überhaupt nicht schön. Aus letzter Kraft schaffte er es noch irgendwie, sich hinzuhocken. Er spürte die raue Rinde von dem Baum, an dem er sich zuerst fest hielt, dann sich ganz langsam auf die noch warme Erde niederließ.

„Wie heißt du?“, erklang die vor Sorge zittrige Stimme der unbekannten Frau, doch Pascal hörte sie nicht mehr.

Kapitel 11

Der Täter trieb sein Unwesen unweit von dem ersten Opfer, dachte Mike mit einem Klumpen im Magen. Irgendwie fühlte er sich heute unwohl. Lag es immer noch daran, dass er jetzt überhaupt niemanden mehr hatte? Seine Frau wollte ihn nicht mehr sehen, Anita hatte mit ihm Schluss gemacht. Du bist ein Idiot, schimpfte er mit sich selbst, als ihm einfiel, dass er derjenige war, der die Beziehung für beendet erklart hatte. Ihn ließ auch der Gedanke nicht los, dass Anita ihm etwas Wichtiges sagen wollte. Plötzlich fiel ihm der Brief ein, den er von ihr schon vor Tagen bekommen hatte. Ohne ihn gelesen zu haben, legte er ihn einfach zu den anderen, die er wie so oft für später aufhob, bis zur ersten Mahnung. Wenn ich wieder zu Hause bin, werde ich das als erstes in Angriff nehmen - Briefe durchsehen-, versprach er sich selbst.

Schon von weitem konnte er die hellen Blaulichter aufleuchten sehen. Ein Pulk von Schaulustigen reihte sich an den Absperrungen entlang. Wie so oft gafften die Menschen, erfreuten sich einer neuen Sensation, vielleicht würde einer von ihnen später in den Nachrichten zu sehen sein. Jeder suchte das Objektiv einer Kamera. Einige winkten sogar fröhlich hinter den Rücken von Reportern.

Mike stieg aus dem Wagen, wartete aber, bis auch sein Kollege ausstieg. Zusammen gingen sie zu dem

Mietshaus, beide zückten ihre Dienstausweise. Ohne weitere Fragen ließ man sie passieren. Im Treppenhaus herrschte ein emsiges Treiben von Beamten und aufgebrachten Hausbewohnern. Mike hörte, wie die Nachbarn befragt wurden, hier und da knackten die Funkgeräte, Befehle wurden erteilt, die Hausbewohner zu ihren Wohnungen gebeten, die Türen wurden aufgemacht und wieder geschlossen. Irgendwo weinte jemand. Das dumpfe Stimmengewirr vermischte sich zu einem eintönigen Summen, das nur durch kurze Zurufe übertönt wurde.

Oben im zweiten Stock waren viele der Kollegen aus dem Team schon bei der Arbeit. Fingerabdrücke wurden erfasst und aufgenommen. Wie schon bei dem ersten Tatort, saß auch hier einer der Spezialisten an der Tür und untersuchte das Schloss. Die Forensiker suchten nach Beweisen, Übereinstimmungen, auch nach den kleinsten Spuren, die sie vielleicht zu dem Täter führen könnten.

Jeder machte Fehler, dachte Mike. Oft war es nur eine Wimper oder ein Schamhaar, die den Mörder überführen konnten, oder auch nur eine Faser seiner Unterwäsche. Auch hier schien der Tod auf die beiden Kommissare im Schlafzimmer zu warten. Ein helles Aufblitzen von der Fotokamera bestätigte Mikes Vermutung. Er hielt auf das Zimmer zu, Jürgen lief ihm hinterher.

Die Frau lag auf dem Bett, nackt. Eine rote Pfütze auf der linken Seite war von dem sonst grauen Teppichboden aufgesogen. Sie lag wie ein Embryo, die Knie hoch an die Brust gezogen. Die Augen und der Mund waren auch bei ihr mit den Klammern zusammen getackert worden.

„Haben wir noch etwas, das die Tote mit dem ersten Opfer gemeinsam hat, außer den Klammern?“ Seine Frage war an niemand Bestimmten gerichtet. Seine Stimme klang ungewöhnlich fest. Mike staunte selbst darüber, wie gefasst er war. Vielleicht, weil er jetzt wusste, was ihn hier erwartete.

„Eine Maus fehlt“, entgegnete Anton Butz. Er sah müde und überarbeitet aus.

„Bitte?“

„Wir haben nur eine tote Maus gefunden. Auch die Bauchdecke wurde nicht verschlossen“, sprach er ruhig weiter. Er pellte die blauen Handschuhe von seinen Händen. „Jemand muss ihn gestört haben. Der Nylonfaden ist zwar noch dran, und alles scheint so wie beim letzten Opfer, nur - wie gesagt, Mike, unser Mörder wurde gestört.“

„Wir haben auch Glasscherben im Flur gefunden, neben der Schlafzimmertür.“ Jetzt sprach Gehring, sein Schnurrbart hing nach unten wie bei einem Walross. Die wässrigen Augen schauten Mike fragend an. Als warte er auf eine Bestätigung, dass er seine Sache gut gemacht hatte.

„Ja, die Glasscherben haben wir gesehen“, bestätigte Mike. Gehring nickte, heute wirkte er besonders introvertiert. „Was hätte ihn aufgeschreckt haben können, dass er alles liegen ließ?“ Mike ignorierte jetzt den Kollegen von der Spurensicherung. Jetzt galt seine ganze Aufmerksamkeit der toten Frau. Gehring ließ die Schultern noch tiefer hängen, sagte jedoch nichts. Erneutes Aufblitzen tauchte das kleine Zimmer in ein grelles Weiß. Mike kniff die Augen zusammen. Vor seinem inneren Auge tauchte erneut der Maskierte auf. Schnell blinzelte er das Trugbild aus seinem Kopf weg. Die Arme an die Knie gestützt, beugte er sich leicht nach vorne.

„Wir vermuten, dass es eventuell ihr Sohn war, der den Mörder verscheucht haben könnte."

„Wer ist die Frau?", wollte Jürgen wissen.

„Eine gewisse Stefanie Schwarz, fünfunddreißig, geschieden, lebt allein mit ihrem siebenjährigen Sohn." Kurt Bachmaier drehte eine kleine Karte in seiner Hand. Hob sie vorsichtig ans Licht der Deckenbeleuchtung, seine Augen wurden zu zwei dünnen Schlitzen.

Mike wartete. Als Kurt nichts sagte, fragte Mike: „Und?"

„Keine Ahnung, Mike, sieht nach einem Abzug aus. Ein Foto von einem ungeborenen Baby."

Mikes Kehle schnürte sich zu. „Sie war schwanger?", keuchte er kaum hörbar.

„Möglich", erwiderte Anton, er stand immer noch neben Mike. Anton Butz hielt den Kopf tief im Nacken. Mit der Rechten massierte er sich das Nasenbein. „Diese Migräne bringt mich irgendwann noch um", murmelte er gereizt. „Ist das ein weiterer Hinweis?"

Alle Augen waren jetzt auf Butz gerichtet. Er blinzelte, sein Blick ruhte auf Mike. „Könnte doch möglich sein. Wer weiß, was er noch vorhat. Zuerst ein junges Mädchen, jetzt eine schwangere Frau ..." Butz ließ seine Gedanken offen.

Mike hob die Augenbrauen, Jürgen schien auch entsetzt dreinzuschauen, auch für ihn war die Information mehr als erschütternd.

„Das sagst du uns erst jetzt", fuhr Mike seinen Teamkollegen zu grob an, indem er ihm seine rechte Hand auf die Schulter legte und an sich zog.

„Sachte, mein Freund. Ich sagte, es wäre möglich." Anton ließ sich nicht einschüchtern. Schlug die Hand einfach beiseite, hielt sich den Kopf mit beiden Händen, nutzte die kleine Pause, um in den Flur zu verschwinden. Mike folgte ihm, der Kopfhaltung seines Kollegen folgend schaute er unwillkürlich zur Decke. Seine Augen blieben dabei an dem Feuermelder kleben.

„Trittleiter, ich brauche eine verdammte Trittleiter", hörte er seine eigene Stimme. Kraftschek eilte herbei. „Ich brauche eine ..." Schon war die Aluminiumleiter aufgeklappt worden. Wie elektrisiert stieg Mike die zwei Stufen nach oben, dabei streckte er seine Hand aus und riss grob an dem runden Teil.

„Was hast du vor?", wollte Jürgen von ihm wissen. Er musste ihm gefolgt sein, auch ihm war der Anblick der Toten nicht ganz geheuer, ging der es Mike durch den Kopf. Mit der Linken entfernte er den Rauchmelder aus der Halterung, etwas knackte dabei laut, er scherte sich nicht darum, mit angestrengter Miene holte er sein Taschenmesser raus. Die Anwesenden starrten zu ihm auf. Wie bei einer Tierfütterung erstarrten sie in abwartender Haltung und warteten. Mit nur einer Hand klappte Mike den Schraubendreher auf, drehte den

Rauchmelder herum und begann die Schrauben auf der Rückseite aufzudrehen.

Jürgen und Anton schauten die ganze Zeit interessiert zu, ohne ein Wort zu sagen. Die Kopfschmerzen schienen wieder vergessen zu sein. Als die dritte Schraube zu Boden fiel, löste Mike den Deckel vorsichtig vom Gehäuse. Er sah etwas, das nicht hierher gehörte. Auch Jürgen ließ die Luft durch die Zähne entweichen, als Mike abstieg und das Innenleben des runden Teils seinen Kollegen zeigte.

„Eine Linse?“, flüsterte Jürgen. „Er hatte seine Opfer ...“

„... die ganze Zeit im Auge“, beendete Mike den Gedankengang seines Partners.

„Wie ist das möglich?“, meldete sich Kraftschek.

„Keiner darf das Haus verlassen“, brüllte Mike. „Vielleicht ist er noch hier und beobachtet uns.“

„Unsere Männer haben alles abgesperrt. Wir vermuten jedoch, dass er schon längst das Weite gesucht hat.“

Mike schaute Kraftschek durchdringend an. „Er kann auch über ein Kellerfenster ...“

„Sehr wahrscheinlich sogar“, unterbrach ihn Kraftschek, „unsere Männer haben eine kaputte Scheibe entdeckt und Blutspuren.“

Mike warf ihm einen strengen Blick zu. „Wo ist das Kind?“

Kraftschek zuckte die Schultern. „Wir wissen es nicht.“

„Dann seht zu, dass ihr in die Gänge kommt. Hier werden Menschen umgebracht, willst du eines Abends, wenn du nach Hause kommst, so etwas sehen? Hä? In deinem Schlafzimmer? Nur wird es dann deine Frau sein und nicht nur irgendeine Frau, schon mal daran gedacht?“ Mike ballte seine Hände zu Fäusten.

Kraftschek schüttelte ungläubig den Kopf.

„Mike, komm mal mit.“ Jürgen zog seinen Freund mit in ein anderes Zimmer.

Die beiden Kommissare standen jetzt in einer kleinen Küche.

„Mike, du musst dich zusammenreißen. Keiner kann was dafür. Was du im Moment durchmachen musst, ist schließlich auf deinen Mist gewachsen, den musst auch bitteschön selbst auslöffeln. Jeder von uns hat auch SEIN Privatleben. Du musst dich nicht einmischen. Kraftschek muss nicht weniger durchmachen als du. Seine Frau bekommt bald ein Kind, sie ist hochschwanger, aber das konntest du ja nicht wissen, weil du dich einen Scheißdreck darum kümmerst. Und sag ja nichts Falsches mehr.“ Als Mike doch noch etwas erwidern wollte, hob Welsch seine Rechte. Mike schaute seinen Freund jetzt nur an. „Einen schönen Schein kann sich jeder an die Oberfläche legen, andere mit falschen Worten zu täuschen fällt einem gerissenen Polizisten wie dir nicht schwer, Mikie. Nur weiß ich, dass bei dir nicht alles rosarot ist, auch bei mir nicht, nur kann keiner der anderen was dafür. Chef war hier, er will Ergebnisse haben.“

Mike schluckte. Nicht die Worte seines Partners raubten ihm den Atem, sondern eine Vase.

„Ist das dieselbe Vase wie die vom letzten Tatort?“, sprach er mehr für sich, sodass Jürgen nicht sofort begriff, was er meinte. „Kurt!“, schrie

Mike über die Schulter. Als wäre sie nur eine Illusion, traute er sich nicht, das hässliche Teil zu berühren.

Bachmaier stand hinter ihm, wartete auf weitere Anweisungen. Mike bahnte sich einen Weg an den Beamten vorbei. Kurt Bachmaier folgte ihm schweigend. An der Wohnungstür angekommen, inspizierte Mike jeden Quadratmillimeter. Er fand jedoch keine Delle und keinen Kratzer, die darauf deuten konnten, dass auch hier das Holz mit der Vase beschädigt worden war.

„Habt ihr das verdammte Ding auf Fingerabdrücke untersucht?“

Bachmaier nickte.

„Und?“

„Wir haben nichts gefunden“, sagte er trocken.

„Was heißt das?“ Mike war bemüht, sich zu beherrschen.

„Das bedeutet, dass sie neu ist und jemand sie von allen Spuren gereinigt ...“

„Beim letzten Mal ...“

„Ich weiß, Mike, wir haben alles überprüft, wir haben jetzt zwei identische Vasen. Die hier ist nicht dieselbe, aber die sind gleich. Selbst die Farbe ist identisch“, unterbrach ihn Bachmaier.

Mike stemmte die Hände in die Seiten. Er hörte, wie sein Hirn knatterte - wie die Zahnräder in einem alten Uhrwerk. Eines der Rädchen schien dabei zu haken, ein brennender Stich an der rechten Schläfe verpasste ihm eine hässliche Grimasse. Er massierte sich mit Daumen und Zeigefinger die beiden Stellen. Etwas bereitete ihm diese unerträglichen Kopfschmerzen. Butz streckte seine Hand aus, darin lag eine eingepackte Aspirintablette. Mike nickte dankend, griff mit spitzen Fingern in die ausgestreckte Hand seines Teamkollegen, riss grob die Verpackung auf und stopfte sich das kleine, runde Ding in den Mund. Seine Zähne malmten wie die Mahlräder einer alten Mühle. Der leicht säuerliche Geschmack in seinem Mund besänftigte sein Gemüt etwas.

„Wer kann das bestätigen?“, murmelte Mike kauend.

„Ich.“

Mike hob den Kopf, sah in die Augen von Anton. „Sie ist bei den Beweisstücken. Das erste Opfer hatte keine Verletzungen, die darauf hindeuten, dass der Täter sie mit der Vase verletzt hat. Er brach ihr das Genick.“ Anton deutete mit beiden Händen eine drehende Bewegung an, die verdeutlichen sollte, wie einfach es ist, einem Menschen das Leben zu nehmen.

„Kann eine Art Visitenkarte sein“, stammelte Anton etwas unsicher.

„Ein Siegelstempel“, flüsterte Mike. „Das hier war kein Trittbrettfahrer. Genau das wollte er uns damit sagen, weil auch dort die Feuermelder eine Kamera haben. Er hat uns die ganze Zeit zugesehen, ohne dabei entdeckt zu werden. Er ist zu gerissen. Seine Taten werden akribisch und bis ins letzte Detail durchgeplant. Er hat seine Opfer schon im Voraus ausgesucht, auch die Reihenfolge. Wir können ihn nur dann stoppen, wenn wir das nächste Opfer, das an der Reihe ist, vor ihm finden. „Jana war nicht die Erste.“

„Bitte was?“ Bachmaier sah ihn verdutzt an. Alle Blicke waren jetzt auf Mike gerichtet.

„Wir suchen nach einem Serientäter, viel mehr weiß ich im Moment auch nicht.“

„Woher, woher willst du ...“

„Weil er mich angerufen hatte.“ Mike starrte auf die tote Frau.

„Und das sagst du uns erst jetzt?“ Bachmaier klang entsetzt.

„Er hatte gedroht meine Frau umzubringen falls ...“

„Trotzdem, das Familienleben ...“

„Erzähl' du mir nichts von Familienleben. Ich habe Mist gebaut.“

„Was hatte er noch gesagt?“

„Meine Frau wird jetzt wohl die nächste sein.“

Lähmende Sorge fuhr ihm durch sämtliche Glieder. Er musste erneut an seine Frau denken und auch an Anita. *Wurden auch bei dir die Feuermelder ausgetauscht*, fielen ihm wieder die Worte ein, die er erst vor Kurzem gehört hatte. Anita sprach davon, dass ihre defekt gewesen waren.

Sein Handy klingelte. Mike reagierte nicht, war in Gedanken versunken, dachte nach. Die andauernde Sorge zermürbte ihn, fraß sich von innen nach außen heraus.

„Mike, dein Telefon.“ Jürgen stieß ihn leicht gegen die Schulter.

Katrin? Mike traute seinen Augen nicht. Tatsächlich, auf dem Display stand der Name seiner Frau. Der Zeigefinger huschte über die grüne Taste.

„Ja? Hallo? Katrin?“ Die Leitung war tot. Sofort drückte er auf die Wiederholtaste. Nichts. Die Leitung war besetzt. Er wartete, wählte erneut ihre Nummer, immer noch besetzt, Mike fluchte.

„Deine Frau?“

Mike nickte.

„Wir haben den Jungen gefunden“, sagte einer der Beamten.

„Wir sind schon unterwegs“, entgegnete Jürgen Welsch, klopfte dabei seinen Partnern auf die Schulter. Mike nickte zustimmend.

Kapitel 12

„Er ist immer noch schwach“, sagte eine junge Ärztin, als Mike und Welsch sich auswiesen. „Sie dürfen ihn nicht unnötig ...“

„Ja, wir werden ganz behutsam sein“, beschwichtigte sie Mike.

Die junge Frau nickte lächelnd.

„Wer hat ihn hierhergebracht?“, wollte Mike noch wissen, bevor sie zu dem Jungen gingen.

„Unsere Kollegen vom Rettungsdienst. Nur der Anrufer blieb anonym. Wir haben nur einen kurzen Anruf erhalten, mehr jedoch nicht. Als die Männer dort ankamen, lag der Junge auf einer Bank. Er war bewusstlos und allein. Er ist noch ein Kind.“

„War er narkotisiert?“

„Nein, nicht dass wir das ausschließen können, nur hatte der Arme zu viel Blut verloren. Er ist ohnmächtig geworden.“ Die Augen der jungen Frau glänzten jetzt.

„Schwebt er in Lebensgefahr?“

„Nein, er war nur zu erschöpft.“ Sie strich sich mit den Fingern die dunklen Strähnen aus dem Gesicht. „Darum möchte ich, dass Sie sich kurz fassen.“

Der Junge lag mit leicht geöffneten Augen im Bett. Die weiße Decke reichte ihm bis ans Kinn. Ein durchsichtiger Infusionsbeutel hing immer noch halbvoll über ihm. Hier und da blinkten die Kontrolllämpchen.

Mike setzte sich behutsam neben den Jungen. Sein Haar klebte nass an seiner hohen Stirn. Seine Augen huschten unter den Lidern hin und her. Jürgen blieb mit der Ärztin im Korridor.

Mike überlegte einen Moment lang, wie er am besten anfangen sollte.

„Wie heißt du?“, fragte er schließlich. Was anderes wollte ihm einfach nicht einfallen.

„Pascal“, nuschelte er durch die weiße Decke.

„Ich heiße Mike. Ich bin von der Polizei“, fügte er noch hinzu und zeigte dem Jungen seinen Dienstausweis.

„Hast du keinen Sheriffstern?“

„Nein.“ Mike grinste mit einem Mundwinkel. „So etwas habe ich nicht“, sagte er immer noch lächelnd.

„Ich habe einen Zuhause“, flüsterte Pascal heiser.

„Den kannst du mir dann zeigen, wenn du wieder gesund bist. Ist das okay?“

Der Junge nickte. Also hatte er seine Mutter nicht gesehen, konstatierte Mike voller Hoffnung. Er wünschte sich, dass der grässliche Anblick dem Jungen erspart geblieben war.

„Ich darf nicht mehr nach Hause. Meine Mama will mich nicht mehr haben.“

„Wie kommst du denn dadrauf, Pascal?“ Mike beherrschte sich, ruhig zu klingen, trotzdem vibrierte seine Stimme wie eine gespannte Gitarrensaite.

„Sie hat mich heute nicht abgeholt, wie sie es sonst immer tut, nachdem all ihre Patienten gegangen waren.“

„Welche Patienten?“

„Sie bekommt manchmal Männer zu Besuch. Viele sind krank und müssen von ihr verarztet werden. Ich muss dann draußen warten. Sie holt mich dann immer ab, wenn sie fertig ist. Oft gehen wir danach ein Eis essen. Oder eine Pizza. Manchmal darf ich auch etwas länger fernsehen. Aber heute hat sie mich einfach vergessen. “ Er begann zu weinen.

„Hast du die ganze Zeit draußen auf deine Mama gewartet? Allein?“ Zwei Tage, fügte er in Gedanken hinzu. Vielleicht war das arme Kind nur etwas durcheinander, überlegte Mike.

„Nein, Edgar war bei mir.“

Mike horchte auf.

„Wer ist Edgar?“

„So ein Mann. Er hat mir weh getan. Er ist ein wenig komisch.“

„Was hat er dir angetan, Pascal?“

„Er war bei uns, als ich nach meiner Mama schauen wollte. Ich dachte nur, vielleicht hat sie mich nur vergessen. Einmal hatte sie einen sehr schwierigen Patienten und war dabei eingeschlafen. Sie war sehr müde, sagte sie zu mir."

„Warst du in der Wohnung?"

„Ja, aber erst als draußen ein bisschen dunkel geworden war. Das Licht war auch kaputt. Nur das Telefon ging."

Der Junge redet wirres Zeug, dachte Mike, unterbrach ihn jedoch nicht, hörte nur zu.

„Die rote Leuchte blinkte im Flur. Ich wusste, dass das Telefon neben dem Zimmer von meiner Mutter ist. Also ging ich ganz leise zu ihrem Zimmer. Ich habe auch eine Taschenlampe, so eine ganz kleine, aber die Batterie ist alle. Als ich hörte, dass da jemand war ..." Ein lauter Schluchzer unterbrach ihn. Sein Kinn zitterte. Pascal zog die Decke noch weiter hoch, bis an die Augen - Tränen schimmerten darin. „Ich mag mich nicht mehr daran erinnern. Ich möchte zu meiner Mama. Wo ist sie?"

„Hast du jemanden gesehen, Pascal? So etwas kann für uns sehr wichtig sein. Magst du mir dabei helfen, dich an den Abend zu erinnern? Hast du vielleicht einen Mann gesehen oder eine Frau?"

Pascal schwieg immer noch. Nur die Decke schlug kleine Wellen. Erst jetzt sah Mike seine Füße. An einem hatte der Junge einen dicken Verband.

„Wie ist das passiert?" Dabei zeigte Mike auf den bandagierten Fuß.

„Bin auf eine Scherbe getreten."

„War das auch Edgar?"

„Ich will zu meiner Mama“, greinte Pascal noch lauter als zuvor. „Wo ist sie?“ Er stemmte sich auf die Ellenbogen.

Verdammt, wie soll ich ihm das nur beibringen, ohne seine kleine Seele dabei zu zerstören, dachte Mike, sich die Haare raufend. Ein kleines Lämpchen ging in der hintersten Ecke seiner Erinnerungen an. Dieser Junge kam ihm bekannt vor, nicht dass er ihn kannte, nur hatte er den Verdacht, ihn schon mal gesehen zu haben. Erst vor Kurzem.

Die Ärztin lugte herein, winkte Mike mit einem energischen Wink zu sich. Mike stand hastig auf, sagte zu dem Jungen, er wird ihn morgen nochmal besuchen kommen. Pascal war das alles egal, er legte sich auf die Seite und weinte.

Als Mike schon in der Tür stand, warf er noch einen letzten Blick zu dem Jungen. Das, was er sah, versetze ihm einen heftigen Stoß in die Magengrube. Er keuchte wie nach einem heftigen Schlag auf.

„Bello“, flüsterte er, „Bello.“ Doch dann zerrte ihn die Frau nach draußen und knallte ihm die Tür vor der Nase zu.

„Sie müssen sich in Geduld üben, Herr Polizist, und den Jungen auch mal in Ruhe lassen. Ich verstehe eure Dringlichkeit, nur die Gesundheit des Jungen ist mir wichtiger. Er ist psychisch sehr instabil“, ermahnte sie ihn, als er auffahren wollte. Ihre Hand lag auf dem Türknauf, ihr Blick war eisig, der kalte Gesichtsausdruck duldete keine Widerrede, ihre resolute Körperhaltung sagte, sie war fertig und zu keinem Kompromiss mehr bereit.

„Nur eine einzige Frage?“

„Ich höre“, sagte die Frau Doktor selbstbewusst.

„Ich möchte dem Jungen nur eine ..."
„Nein, Sie machen Ihre Arbeit, ich die meine. Uns ist die Gesundheit ..."
„Okay, okay, ich habe schon verstanden." Beschwichtigend hob er die Hände, sagte dann: „Dieses Stofftier, hatte er das Spielzeug bei sich, als er gefunden wurde, oder gehört der kleine Hund zum Krankenhaus?"
„Das kann ich nicht mit Sicherheit sagen, aber ich denke, ja, er hatte den Hund die ganze Zeit bei sich. Besser gesagt, der Hund lag die ganze Zeit neben ihm. Pascal ist noch nicht lange wach."
„Sind die Männer, die ihn ..."
„Sie meinen die Kollegen vom Rettungsdienst?"
„Ja."
„Ich weiß nicht, ob an dem Abend ausschließlich Männer waren ..."
„Ist jetzt auch nicht so wichtig. Ist irgendjemand aus diesem Team noch hier im Haus?"
„Ja, Ihr Kollege ist jetzt unten und kümmert sich um diese Angelegenheit."
Als Mike sich auf den Weg gemacht hatte, den er sich von der Frau Doktor Maikind beschreiben ließ, da kam ihm auch schon Jürgen entgegen. Seiner Mimik nach zu urteilen, war die Ausbeute nicht sehr ergiebig, mutmaßte Mike.
Tatsächlich hatten die Sanitäter nicht viel zu berichten. Jemand rief in der Zentrale an, sie fuhren los, fanden den Jungen und brachten ihn schließlich ins Krankenhaus.
„Hat man die Polizei in Kenntnis gesetzt?", hakte Mike ungeduldig nach.
Sie gingen nach draußen zum Wagen.

„Ja, auch sie fanden nichts und niemanden."
„Wo hat man denn den Jungen gefunden?"
„Unweit von deinem Zuhause."
Mike blieb wie von einem Sandsack angehalten stehen.
„Ich bringe dich jetzt nach Hause. Morgen ist auch noch ein Tag. Wer weiß, vielleicht fühlt sich der Junge dann auch besser als heute."

Kapitel 13

Zuallererst schaute Mike bei Anita vorbei, nachdem ihn Jürgen vor der Tür abgesetzt hatte. Nach mehrmaligem Klingeln und Klopfen gegen die Tür entschied er sich, nach oben zu gehen in seine Wohnung. Unterwegs rief er noch einmal seine Frau an. Auch sie schien heute nicht mit ihm sprechen zu wollen, bei Anita ging auch nur der automatische Anrufbeantworter an. Stuck hatte ihm versichert, dass Katrin polizeilich überwacht werde. Jedoch keine 24 Stunden am Tag.
Ein kleiner, heller Punkt, sowie auch ein heller Lichtstreifen unter der Tür zu seiner Wohnung gaben ihm den Grund zur Annahme, dass zumindest Christoph Zuhause war.

Trotzdem war Mike auf der Hut. So leise wie nur möglich sperrte er das Schloss auf.

„Paps, bist du das?!“, ertönte die laute Stimme seines Sohnes. Er klang glücklich - sah auch dementsprechend aus. Als Mike auf direktem Wege in sein Zimmer ging, sah er dort einen jungen Mann, der breit grinsend in seinem Bett lag.

„Hi, und wie war dein Tag?“, fragte er Christoph. Das Grinsen wurde noch breiter.

„Super gut. Sie ist toll. Ich glaube, ich habe mich gut gemacht.“

„Hoffentlich hast du an das, worüber wir gesprochen haben, auch gedacht?“

„Quatsch ...“

Mike furchte die Stirn. Ein leichter Schauer lief über seinen Rücken. Zornesfalten breiteten sich auf seiner Stirn aus und wurden mit jeder Sekunde tiefer.

„Wir waren nur essen, danach waren wir im Kino. Sie ist nicht so eine.“ Christophs Stimmung kippte, seine gute Laune verflüchtigte sich auf einmal wie ein laues Lüftchen.

Mike hüstelte verlegen. Schon das zweite Mal hatte er heute ins Fettnäpfchen getreten. Hoffentlich hatte er es nicht endgültig vermasselt.

„Hast du ihr auch Blumen geschenkt?“

„Besser“, entgegnete Christoph.

„Ein Plüschtier?“

„Was hast du heute denn mit deinen blöden Plüschtieren? Deinen Hund habe ich nicht.“ Er sprang aus dem Bett. Mit vor der Brust gekreuzten Armen stand er jetzt vor seinem Vater. Erst jetzt fiel Mike auf, wie groß sein Sohn doch geworden war.

Christoph war jetzt schon um einen Zentimeter größer als er, und das mit sechzehn. „Mama ist echt sauer auf dich. Sie war heute den ganzen Tag nicht erreichbar. Was hast du dieses Mal angerichtet? Vielleicht wäre es nicht schlecht, wenn du ihr mal einen Blumenstrauß oder eins deiner Plüschtiere schenken würdest." Christoph schüttelte tadelnd mit dem Kopf, ging dann wortlos in die Küche. Beim Vorbeigehen streifte er seinen Vater mit der Schulter. Mike trat zur Seite, dabei stieß er gegen die Tür, sie quietschte, schwang weiter auf, stieß gegen etwas Weiches, danach schwebte sie zurück. Mike stieß erneut dagegen, jetzt etwas heftiger. Dasselbe Spiel. Er zog interessiert die Augenbrauen zusammen.

Er wollte wissen, was es war, gegen das die Tür so lautlos stieß. Bello, der verdammte Stoffköter, fluchte Mike bei sich. Das kleine Stofftier lag an der Wand, unter einem Hemd versteckt. Mike schnappte sich den Hund, der sich immer noch weich anfühlte. Jedes Mal wurden die Erinnerungen an die vergangen Tage in ihm wachgerüttelt, wenn er das Plüschtier in den Händen hielt. Er hörte die Stimme seiner Frau, wie sie ihrem Sohn Gutenachtgeschichten vorlas. Manchmal stand er ganz leise im Flur und lauschte ihrer Stimme. An den Türrahmen gelehnt sah er sich die beiden ihm aller liebsten Menschen an. Wie sie nebeneinander im Bett lagen, Christoph hielt den Hund immer mit seinen kleinen Armen fest um den weichen Hals umschlungen. Seine Augen glänzten immer, auch hörte er seine kindliche Stimme, auch wie er sich aufregte, wenn Katrin die Geschichte verkürzen wollte. Er wurde richtig wütend und sagte, sie dürfe ja nicht schummeln.

Chris war sieben, als er die Gutenachtgeschichten selbst zu erfinden begann. Wie der Junge aus dem Krankenhaus, der kleine Pascal. Hatte er sich die Geschichte auch nur ausgedacht? Erneut tauchte das Bild von neulich vor seinem inneren Auge auf. Auch die schrecklichen Erinnerungen an den zweiten Tatort. Sein Blick ging zur Decke. Ein roter Punkt erregte seine Aufmerksamkeit. Er zerrte am Bett, kreischend kratzten die Füße über den Parkettboden. Mike stellte sich auf den Bettrand, mit einem Ruck hielt er den Feuermelder in den Händen.

Scheppernd flog das Ding auseinander, als Mike das Plastikteil gegen die Wand schmetterte. Das Eingeweide aus Drähten und Mini-Platinen verbarg keine Kamera in sich, Mike atmete erleichtert aus. Als Mike die kleinen Teile zur Sicherheit genauer zu inspirieren begann, klingelte sein Telefon.

„Ja?“, brummte er in den Hörer.

„Du musst besser auf der Hut sein, aber du machst schon gute Fortschritte.“, ertönte die krächzende Stimme, die Mikes Nackenhaare zu Berge stehen ließ. „Du hast auf mich gehört und aufgepasst.“

„Was hat die Vase für eine Bedeutung?“, fuhr er übergangslos die Roboterstimme an. Ich will die Initiative ergreifen, ich muss das Ruder an mich reißen, dachte Mike und hielt diesen Gedanken für das Beste, was er zu dem gegebenen Zeitpunkt tun konnte, um diesem Schlamassel endlich ein Ende zu setzen.

„Oh, jetzt spricht endlich dein Ego aus dir heraus, nicht wahr?“ Die Stimme lachte abgehackt.

„Wer bist du, verdammt?"
„Dein Verderben." Erneutes Lachen. „Du musst dich beeilen."
„Warum ich?" Mike klang auf einmal mehr müde als zornig.
„Weil du mein Leben zerstört hast. Weil du so gute Fortschritte machst, verrate ich dir etwas."
Mike hielt den Atem an.
„Das war nur eine Metapher."
Mike lauschte. Mehr kam jedoch nicht, die Stimme schwieg.

Kapitel 14

Mikes Schädel war kurz vorm Explodieren. Er fühlte sich heute noch schlimmer als gestern. Der Wecker verstummte endlich, als seine flache Hand schwer auf dem quadratischen Quälgeist aufschlug. Er brauchte eine Weile, um zu begreifen, was heute für ein Tag war, und ob das gestrige Erlebnis nicht nur ein Traum gewesen war. Eigentlich hatte er die ganze Nacht nicht schlafen können. Von Albträumen geplagt geisterten seine Gedanken durch seinen Kopf, immer wieder schreckte er schweißgebadet auf, um wieder einzuschlafen.

Die Bilder waren zu real für einen Traum, dachte er, als er die beiden Frauen vor sich sah. Mike rieb sich die Bilder aus den müden Augen. Jana Kraus und Stefanie Schwarz. Bis auf das Geschlecht hatten die beiden keine Gemeinsamkeit, beide waren unterschiedlich alt, sahen sich in keinster Weise ähnlich, nur die Art, auf die sie getötet wurden, war dieselbe. Fast, unterbrach Mike seine Überlegung. Er schwang sich aus dem Bett, ging zum Fenster, zog an dem Riemen, bis der Rollladen ganz oben war. Die Sonne war schon über dem Horizont. Er riss das Fenster auf, das Zimmer wie auch sein Kopf mussten durchlüftet werden. Mike hängte sich aus dem Fester, schaute auf die Straße, die Welt schien noch in Ordnung zu sein. Viele Menschen waren schon unterwegs.

Jana war um die zwanzig, Stefanie über dreißig, eine mit Kind, die andere ohne, rasten die Gedanken wie ein Eilzug an ihm vorbei. Stopp. Das Foto von - war das nicht ein Ultraschallbild von einem Ungeborenen? Seine Kehle war auf einmal trocken.

Doch Butz hatte ihm bestätigt, dass die inneren Organe bis auf die Biss- und Kratzwunden keine weiteren Verletzungen aufwiesen. Nichts fehlte, kein Organ wurde entnommen. Hatte es der Mörder auf das ungeborene Kind abgesehen? War Stefanie Schwarz vielleicht schwanger?

Das Kind, das Kind, natürlich, jetzt fiel ihm etwas ein, etwas, das ihn die letzten Stunden gequält hatte. Wie Schuppen fiel es von seinen Augen, er hatte Pascal mit seinem Vater auf dem Spielplatz gesehen. Das war doch am letzten Samstag gewesen, als er joggen war.

In weniger als zehn Minuten saß Mike schon in seinem alten Fiat. Er musste zum Krankenhaus.

Das Gebäude war ein riesiger Kasten. Mike parkte seine Rostlaube in die erstbeste Parklücke ein.

Am Empfang erkundigte er sich, ob der Junge nicht verlegt worden war, als die junge Dame verneinte, fragte er nochmal nach dem Zimmer. Vorher musste er sich natürlich noch ausweisen, was er ohne Widerspruch auch tat.

Im fünften Stock angekommen, stieg er aus dem Aufzug aus. Er hasste diese langen, sterilen Korridore mit ihren Beleuchtungen, all den Gerüchen nach Desinfektionsmitteln, Kantinenessen, Krankheiten, Verzweigungen und den lautlosen Schritten auf dem glänzenden PVC-Belag.

Ein alter Mann wurde von einer Schwester geschoben. Er lag in einem Bett, Schläuche ragten aus seinem Mund. Sein Blick war apathisch, so als habe er mit dem Leben abgeschlossen, schaute er mit seinen wässrigen, stumpfen Augen zur Decke.

Mike wandte den Blick ab. Zu sehr fühlte er sich an die Tage erinnert, die er vor dem Bett seines sterbenden Vaters verbracht hatte. Seine Schritte wurden schneller, er beeilte sich. Mike rannte fast schon, dabei stieß er mit einem jungen Mann im blauen Kittel zusammen.

„Oh, sorry“, entschuldigte sich Mike hastig.

„Kein Ding“, entgegnete sein Kontrahent. Dabei nestelte er an seiner blauen Kopfbedeckung, rückte sie zurecht und bewegte sich an einen riesigen Kasten auf Rädern.

Frühstück, dachte Mike. Wie zur Bestätigung knurrte sein Magen. Er hatte heute ja nichts gegessen, doch auf zwei trockene Brötchen mit Marmelade hatte er auch keine Lust. Also schnell zu dem Jungen und dann runter ins krankenhauseigene Restaurant.

Mike vernahm Stimmen, als er vor der Tür stehen blieb. Ein kurzer Blick genügte ihm, um zu erfahren, dass er ungelegen kam.

Die nette Ärztin von gestern bemerkte seine Anwesenheit, indem sie über die Schulter schaute. Ein etwas älterer Herr stand neben ihr. Er sprach mit dem Jungen.

„Holen Sie sich so lang einen Kaffee“, sagte die Ärztin, als sie zwei Schritte auf die Tür zu trat. Mit einer Handbewegung schob sie die leicht geöffnete Tür vor Mikes Nase in das Schloss, bis der Riegel einrastete.

Mike fluchte in sich hinein. Tat wie geheißen und schlenderte in die Küche.

„Der Kaffeeautomat ist hier defekt.“

Mike drehte sich um, hielt dabei eine leere Tasse in der Hand. Derselbe Krankenpfleger von vorhin stand breit grinsend vor ihm. Er sah wie ein viel zu großes Kind aus, seine Gesichtszüge waren feminin, gleichzeitig markant und von scharfen Zügen durchzogen. Sein gesamtes Erscheinungsbild glich einem androgynen Wesen. „Am besten, Sie gehen eine Etage höher. Auf die Entbindungsstation. Sie dürfen zwar nicht rein. Aber für die Polizei - da drücken die Schwestern bestimmt ein Auge zu“, sagte er und verschwand wieder.

Kapitel 15

Mike haderte mit sich selbst, nur kurz, schließlich gewann die Koffeinsucht die Oberhand. Die Visite wird ja auch nicht mehr lange dauern, dachte er. Die leere Tasse wanderte zurück in den Schrank. Mike musste sich beeilen.

Oben wurde er von einer älteren Dame empfangen. Als er ihr sein Anliegen schilderte, schüttelte sie nur mit dem Kopf.

„Sie dürfen sich eine ganze Kanne nehmen.“ Mike wusste nicht, was die korpulente Frau damit meinte. Ironie oder Sarkasmus? Ihr temperamentvolles Auftreten machte Eindruck. Ob sie hier bei den anderen Krankenschwestern beliebt war? Das bezweifelte Mike.

„Eine Tasse wird mir schon reichen“, raunte Mike. Dabei versuchte er, nicht auf ihren großen Busen zu starren.

Sie wies ihm die Richtung. Mike ging schnell in die Waschküche, oder wie auch immer man solche Räume bezeichnete, dachte er. Als er nach einer Tasse Ausschau hielt und keine fand riss er an einer Tür vom Hängeschrank und erstarrte. Das, was er sah, raubte ihm den Atem. Er sah nur Vasen. Eigentlich das Banalste, was man in einem Krankenhaus finden konnte, wären einige von den

Gefäßen nicht dieselben, die er erst vor Kurzem schon mal gesehen hatte.

Er stürmte, als hätte er sich verbrüht, aus dem kleinen Zimmer nach draußen, in der Hoffnung, die mürrische Frau wäre noch nicht weit weg. Die große Frau sah ihn verdutzt an. Nein, sie wartete auf ihn. Ihr rechter Schuh klatschte leise gegen den Boden, die Fäuste waren in die gut gepolsterten Hüften gestemmt.

„Was ist denn in Sie gefahren, Herr Polizist?“, brummte sie mit geschürzten Lippen.

„Sind solche Vasen, ich meine ...“ Seine Worte überschlugen sich. „Diese Vasen, sind die schon immer da gewesen? Seit wann gehören sie zum Inventar? „ Wie zur Verdeutlichung hielt er ihr eine davon vor die Nase.

„Keine Ahnung? Wollten Sie nicht einen Kaffee?“ Die Frau zuckte mit den Schultern. Ihm gefiel ihr mürrischer Unterton nicht.

„Seit einem Jahr oder eher seit zehn?“ Seine Stimme wurde lauter. Er zeigte ihr erneut seinen Dienstausweis, damit sie endlich zu sprechen anfing.

Sie warf einen flüchtigen Blick darauf, dann meinte sie: „Nicht länger, warten Sie, ja, es war an Weihnachten, genau. Wir haben uns ein bisschen darüber geärgert, dass wir so hässliche Dinger bekommen haben und wollten scherzeshalber einen Brief an den Weihnachtsmann schreiben.“ Sie lachte auf. Ihr Lachen klang theatralisch, ihr Doppelkinn schwappte dabei wie Pudding.

„Darf jeder so wie ich hier reinspazieren und sich bedienen?“

„Nein, außer die Besucher sind werdende Väter oder Polizisten“, entgegnete sie wieder griesgrämig. Ihre unechte gute Laune war wieder dahin. Mike kümmerte sich nicht mehr darum, ignorierte auch ihre Warnungen, dass er die verdammte Vase gefälligst hier lassen sollte. Er lief einfach nach unten. Schnell zu dem Jungen.

„Wo ist der Pascal?“, schrie Mike fast, als er sich in dem Zimmer wiederfand, in dem noch kurz zuvor der Junge lag.

Die Stationsschwester sah ihn verdutzt an.

„Wer sind Sie denn überhaupt?“

„Mike Wedekind, Polizei.“

Sie rümpfte nur die Nase.

„Ich bin von der Mordkommission, wir ermitteln in einem Mordfall, ich muss den Jungen sprechen.“ Dann warf er einen Blick auf das zerwühlte Bett. Er sah das Stofftier wieder, das kleine Tier war kein Hund, das Kuscheltier ähnelte eher einem Bären. Mike konzentrierte sich wieder aufs Gespräch. „Wo ist Pascal jetzt?“

„Ah, da kommt er ja“, sagte die Frau erleichtert, als die Tür aufging.

Pascal saß in einem Rollstuhl mit leicht ausgestrecktem Bein. Sein Blick war voller Trauer, die Augen vom vielen Weinen aufgequollen.

„Hallo, Pascal.“

„Hallo“, entgegnete er kaum hörbar. Die Krankenschwester, die ihn hierher gebracht hatte, hob seinen schmalen Körper, als wöge er nichts, aus dem Stuhl, legte ihn dann behutsam auf das Bett, das sie kurz zuvor noch schnell gerichtet hatte.

„So ist's besser. Ja, Pascal?“ Sie sprach mit einem leichten Akzent, bemerkte Mike, russisch oder polnisch, konstatierte er. Die nette Dame sah kurz zu Mike, dann zu ihrer Kollegin. Die ältere Dame, die mit in die üppigen Seiten gestemmten Händen vor der Tür stand, nickte nur leicht. Mike lächelte sie mit einem Mundwinkel an. Sie musste ihm gefolgt sein.

„Die bringe ich wieder zurück, nachdem der Fall abgeschlossen ist, vorerst ist das hier beschlagnahmt.„ Er wackelte mit der Vase. Die dicke Frau sagte etwas und verschwand dann wieder.

Der Rollstuhl und die andere, nicht wenig korpulente Frau, verschwanden wortlos aus dem kleinen Zimmer, nachdem sie sich vergewissert hatte, dass es ihrem Schützling an nichts mehr fehlte.

„Sie haben zwei Minuten“, hörte Mike die herrische Stimme der jungen Ärztin hinter seinem Rücken.

„Ist gut“, entgegnete er mit einem zaghaften Lächeln, zwinkerte dem Jungen zu und trat näher. Er setzte sich vorsichtig auf den Bettrand.

Die Tür fiel leise ins Schloss, Mike atmete auf.

„Wie heißt er denn?“, begann er, indem er den Bären in die Hände nahm. Die Vase hatte er vorerst auf dem kleinen Tisch abgestellt. Den Bären ein wenig knetend beugte er sich zu dem Jungen und legte das Kuscheltier an das Kopfende.

„Ich weiß nicht. Gehört mir nicht.“

„Wem dann?“

„Keine Ahnung.“

„Pascal, weißt du vielleicht, wer gestern die Männer vom Rettungsdienst angerufen hat?“

Pascal kräuselte die Stirn, überlegte kurz, schürzte die Lippen, sagte dann: „Nein.“

Das war’s. Sehr gesprächig war er also nicht.

„Du hast von einem Mann gesprochen, dessen Namen ich vergessen habe“, log Mike. Er wollte den Jungen aus seinem Panzer locken.

„Edgar.“

„Und weiter?“

„Ich weiß es nicht. Er ist echt komisch.“ Seine Unterlippe begann zu zucken.

„Meinst du komisch wie lustig?“

„Nein, er ist nicht lustig. Ich glaube, er ist böse. Er hat mir das angetan, glaube ich.“ Seine vor Tränen glänzenden Augen schielten zu seinem verletzten Bein rüber. „Seine Mutter ist genauso verrückt wie er.“ Die Stimme des Jungen flatterte. Schließlich konnte er nicht mehr an sich halten. Mit flachen Händen bedeckte er seine Augen und schluchzte. Seine Brust bebte dabei konvulsiv.

Mike musste das aufgebrachte Kind wieder beruhigen, sonst würde er nur noch weinen, befürchtete er. „Kommt dir diese Vase bekannt vor, Pascal?“ Er wollte das Gespräch in eine andere Richtung lenken, die nicht minder wichtig war.

Langsam nahm Pascal die Hände von seinem Gesicht. Mike reichte ihm ein Taschentuch. Er wischte sich grob die Augen trocken.

Nur ein leichtes Kopfschütteln.

Das klobige Teil glänzte rötlich, als die Sonne ihre Strahlen darauf warf.

„Kannst du dich an etwas erinnern? Weißt du, wo du die zwei Tage gewesen bist?“ Mike setzte sich auf die Bettkante. Pascal verfolgte ihn mit einem müden Blick, dann sah er Mike direkt in die Augen.

„Kannst du dich daran erinnern, wo du warst, Pascal?“

„In einem Keller, da war auch eine Frau“, flüsterte der Junge.

„Wie hat sie ausgeschaut?“

„Keine Ahnung. Sie hatte einen Sack auf dem Kopf.“

„Hat sie dir ihren Namen verraten? Pascal, überlege gut. Wir haben Zeit, denk einfach darüber nach. Lass dir Zeit.“ Mike hatte Mühe, seine Ungeduld zu verbergen.

„Nein, sie sagte nur, ich soll mich befreien und Hilfe holen. Das war ihre Idee mit den Brettern. Dann sagte sie noch, ich sollte Mikie grüßen.“

Mike lief es eiskalt den Rücken herunter.

„Wo in Gottes Namen ist dieser Keller gewesen? Pascal, bitte denk darüber nach“, drängelte Mike.

„Ich habe mein Haus gesehen, es muss in der Nähe gewesen sein. Aber ich weiß nicht, wo genau.“

Kapitel 16

„Jürgen, wir müssen uns diesen Edgar schnappen", sprach Mike in den Hörer, als er das Krankenhaus verlassen hatte.

„Kannst du in zehn Minuten dort auf mich warten?", fragte er nach, nachdem er ihm die Adresse genannt hatte.

Der Motor von seinem alten Fiat kreischte, als Mike das Gaspedal in den Boden drückte. Er fuhr schnell, achtete nicht auf die Begrenzung, überfuhr oft die roten Ampeln. Ignorierte das Hupen und die Flüche von Passanten, die ihm unschöne Worte hinterher schrien.

Welsch war natürlich schon dort und wartete auf ihn. Sie begrüßten sich mit einem festen Händedruck.

„Hast du was Neues?", begann sein Partner, schnippte dabei seine bis zum Filter gerauchte Zigarette weit auf die Straße.

„Nicht wirklich, und du?"

„Wir haben Jens Zimmer gefunden, er ist immer noch in Afghanistan. Jetzt haben wir einen Verdächtigen weniger", entgegnete er achselzuckend.

„Habt ihr ihm von dem Tod seiner Freundin erzählt?"

„Das obliegt nicht meinem Aufgabenbereich", entgegnete Jürgen murrisch.

„Mir geht eine Sache nicht aus dem Kopf. Das ist eine Metapher ..."

„Was?“ Welsch sah ihn perplex an.
„Die Stimme hat mich schon wieder angerufen.“
„Und? Komm schon, Mike, lass dir nicht alles aus deiner verdammten Nase herausziehen.“
„Ich habe ihn oder sie gefragt, was es mit der Vase auf sich hatte.“
Jürgen schwieg, schaute ihn abwartend an.
„Er sagte, das sei eine Metapher. Was noch skurriler ist, diese Vase stammt höchstwahrscheinlich aus dem Krankenhaus, in das Pascal gebracht wurde.“
„Tatsächlich?“ Jürgen kaute nachdenklich auf der Unterlippe. „Übrigens, wir haben nichts gefunden. Seine Nummer taucht nirgends auf. Er muss dich übers Internet angerufen haben. Seine Nummer verliert sich irgendwo im weltweiten Netz.“
„Damit habe ich schon gerechnet. Er möchte sich an mir rächen, doch weswegen? Ich werde das Gefühl nicht los - ich glaube, wir sind uns schon einmal begegnet, und was hat diese verdammte Vase mit mir zu tun?“
„Er hat das Wort Metapher angewandt, die Vase steht für irgendetwas anderes oder in Bezug auf etwas, ach, ich weiß es auch nicht. Er hat sich auf dich fixiert.“ Jürgen wippte auf den Fußballen.
Mike nickte zustimmend, sah an der Fassade des Altbaus hoch, die schon seit langem sanierungsbedürftig zu sein schien.
Sie gingen erneut nach oben, in die Wohnung, in der noch vor kurzem der verstümmelte Leichnam einer toten Frau aufgefunden wurde. Vielleicht hatten sie etwas übersehen. Als sie nur eine Etage höher waren, sie nahmen heute die Treppe, weil der

Aufzug viel zu lange brauchte, hörten sie das knatternde Summen einer Türklingel. Das dumpfe Dröhnen drang aus einer der Wohnungen über ihnen.

Ohne ein Wort zu sagen stürmte Mike nach oben. Ein dümmlich aussehender Kerl stand vor der Tür, dabei hielt er seinen Daumen fest auf dem Knopf. Als er die beiden bemerkt hatte, wirbelte er herum und stürmte weiter nach oben. Er humpelte leicht. Mike war voll mit Adrenalin gepumpt, sodass es für ihn ein Leichtes war, den Flüchtigen einzuholen. Grob packte er ihn am Kragen, riss ihn zu Boden, schon schnappten die Handschellen zu. Der Mann lag mit dem Gesicht zu Boden, Mikes Knie drückte fest zwischen die Schulterblätter des Flüchtigen.

„Keine Bewegung", brummte Mike.

Jürgen stand dicht hinter ihm, die Pistole hielt er im Anschlag.

„Bitte nicht schießen. Ich wollte nur Pascal besuchen", winselte der verängstigte Mann, die Lippen gegen den schmutzigen Boden gepresst. Sein Winseln klang feucht und kaum verständlich.

„Wie heißen Sie?", brüllte Mike.

„Edgar ist mein Name."

Mike spürte, wie der Druck unter seinem Knie stärker wurde. Der Mann wollte aufstehen. Mike boxte ihn in die Seite. Der große Mann keuchte auf und sackte zusammen. Sein Rücken und die Arme zuckten.

„Bleib gefälligst da, wo du bist, Bürschchen. Deinen Namen will ich wissen."

„Wasen."

Mikes Kehle schnürte sich zusammen. Auch Jürgen wurde unruhig. Er schrie die Schaulustigen an, sie sollten sich wieder in ihre Wohnungen verkriechen. Wenn sie schon nicht arbeiten müssten, sollten sie die, die es doch tun mussten, nicht dabei stören.

„Edgar, Sie sind wegen Verdacht des Mordes an Frau Jana Kraus und Stefanie Schwarz verhaftet."

„NEIN!!!", schrie der Mann gellend.

Jürgen half Mike, den sich sträubenden Mann abzuführen.

„Wir fahren jetzt zu dir nach Hause Edgar", fluchte Mike. „Wie lautet deine Adresse?"

„Ich weiß es nicht", flennte Edgar. Als die Handschellen gierig nach seinen Handgelenken schnappten, kniff er die Augen wie vor Schmerz verzerrt zusammen.

„Dann laufen wir eben", schlug Jürgen vor. „Zeigst du uns den Weg?"

Der Mann nickte heftig.

Jürgen kontrollierte ob die Handschellen richtig eingerastet waren.

Währenddessen rief Mike die Kollegen von der Mordkommission an. Edgar leistete keinen Widerstand. Er stand mit dem Gesicht zur Wand und wartete.

*****

Nach etwa einer Stunde waren die Männer von ihrem Team fast vollzählig in der Wohnung von Herrn Wasen versammelt.

Alle Zimmer waren zugemüllt.

„Hier riecht alles nach Abfällen und toten Ratten“, beschwerte sich einer der Polizisten, den Mike nicht beim Namen kannte.

Edgar Wasen saß neben seiner allem Anschein nach sehr kranken Mutter und weinte. Sabber, Rotz und Tränen vermischten sich zu einer glibberigen Masse, die feucht an seinem wegen der langen Barthaare unförmig aussehendem Kinn glänzte. Lange Fäden hingen an seinem Gesicht, der Anblick war ekelerregend, Mike drehte sich angewidert von ihm weg. „Kann ihm jemand ein Taschentuch geben oder so was in der Art?“, fauchte er indigniert.

Ein junger Mann eilte herbei. Mike stutzte.

„Und wer sind Sie?“

„Ich bin der Pfleger von Familie Wasen, sowohl als auch.“ Der gutaussehende Mann lächelte nur mit einem Mundwinkel.

Mike furchte die Stirn.

„Ich pflege die Madam Wasen, aber auch den Herrn ...“ Er unterbrach den Satz, um dem greinenden Edgar das Gesicht abzuwischen. Der Pfleger wischte vorsichtig über das hässliche Gesicht des Mannes, dabei redete er behutsam auf den dümmlich dreinschauenden Mann ein. Edgar schimpfte und wehrte sich. Doch sein Pfleger packte ihn geschickt mit der linken Hand, er griff ihm in das leicht ergraute Haar am Hinterkopf, damit machte er den Mann wehrlos, der ohnehin immer noch mit den Handschellen hinter dem Rücken auf einem stabilen Stuhl saß. „Sei jetzt brav Edgar, sonst bekommst du keinen Nachtisch heute Abend“, keuchte er angestrengt.

„Habe ich heute Geburtstag?“, wollte Edgar wissen.

„Aber nur, wenn du brav bist. Wenn du jetzt still hältst, wirst du auch morgen deinen Geburtstag feiern können.“

„Okay“, sagte er lächelnd und entspannte sich.

„Also sind Sie der Betreuer, Herr ...?“

„Krummbein, hat aber nichts mit meinem Äußeren zu tun. Sie können aber David zu mir sagen. Mag ich eh lieber.“

„Mögen Sie denn Ihren Namen nicht?“ Mike wollte nur dem Mann auf den Zahn fühlen, sehen, wer er war. Auch der Zufall mit Edgar Wasen bereitete ihm immer mehr Sorgen. Alles ging irgendwie zu schnell und zu plump. Wenn alles nach Plan läuft, dann wird etwas gravierend in die Hose gehen, hörte er den berühmten Satz seines Lehrers aus der Hochschule. Er war ein super Mathematiker und ein guter Stratege. Mike mochte den Mann. Professor Doktor S. Ungar hieß der gute Mann. Mike versuchte die Geschehnisse abzuwägen. Das Schicksal war ein Fiesling, wusste Mike, und Fortuna eine Hure, auch das hatte ihm Doktor S.Ungar beigebracht. Mike räusperte sich.

David fummelte immer noch an Edgars Visage. Als er so weit fertig war und das meiste halbwegs aus dem Gesicht und den Barthaaren entfernt worden war, drückte sich der junge Mann den Rücken gerade. Einige Wirbel knackten trocken.

„Entschuldigung, wie war die Frage nochmal?", wandte er sich erneut an Mike. Seine Stirn war von kleinen Schweißperlen bedeckt.

„Finden Sie Ihren Namen peinlich, David?", wiederholte Mike ruhig.

„Nein, es ist nur so, alte und kranke Mensch haben einen ganz anderen Bezug, so fühlt man sich vertrauter. Verstehen Sie? Ich darf manchmal ganz intime Bereiche betreten."

„Sie meinen?", bohrte Mike nach.

„Die kranken und hilflosen Menschen sind nun mal auch Menschen, sie haben dieselben Bedürfnisse wie Sie und ich. Nur sind die Armen auf fremde Hilfe angewiesen. Sie sind wie Kinder, nur größer und schwerer."

Mike nickte. „Also, David ..."

„Wir haben etwas gefunden, das du dir ansehen solltest", hörte Mike eine leise Stimme nah an seinem Ohr. Jürgen stand hinter ihm. Sein Atem war ganz heiß, seine Lippen berührten fast Mikes Ohr.

Kapitel 17

Mike stand im Badezimmer. Auch hier sah alles furchtbar unordentlich aus. Einer der Forensiker kniete neben dem Mülleimer und tütete etwas ein. Es sah nach einem Klumpen aus, der voller Maden war.

Eine Maus, jagte der Gedanke durch Mikes Kopf.

„Was habt ihr gefunden?“, fragte er laut, fast zu laut. Er musste sich beherrschen, um nicht wie ein aufgebrachter zwölfjähriger Junge zu klingen, bei dem vor Aufregung die Stimme zitterte.

„Eine Maus. Und ungemein viele Maden“, hörte Mike die raue Stimme des Mannes, dessen Gesicht von einer Atemmaske verdeckt war. Wie zum Beweis hob er die Tüte und zeigte Mike den Nager. Mike ballte die Hände zu Fäusten. „Yes“, presste er kaum hörbar durch die Zähne

„Eins ihrer Beine ist abgerissen. Sieht nach einem glatten Schnitt aus. Und ...“ Mike sah, wie sich das Gesicht des Mannes verfinsterte, und wie zwei dicke Furchen sich seiner Stirn bemächtigten. „An der rechten Pfote hängt etwas, scheint sich um eine Art Schnur zu handeln. Wie eine 0,18er Angelschnur, würde ich mal schätzen. Mehr kann ich im Moment nicht sagen.“

„Wir haben auch noch eine Pillendose gefunden. Mit blutigen Fingerabdrücken und einer Klammer“, sagte ein anderer. Auch sein Gesicht hatte eine Maske. Der Mann trug einen Schnauzer, dadurch bekam der Mundschutz einen schmutzigen

Schimmer. Mike trat näher zu dem Bärtigen, sein Blick fiel auf die behandschuhte Hand des Mannes, darin lag eine von Blut rot schimmernde Klammer.

„Wie schnell bekommen wir die Ergebnisse?“

„Heute Abend vielleicht, aber nur die Blutgruppe, denke ich, mit der DNA wird es etwas länger dauern.“

Mike nickte.

„Eigentlich haben wir genug Beweise, um Herrn Wasen mitzunehmen“, meldete sich Jürgen.

Mike nickte erneut. Ihm war alles recht, Hauptsache, er konnte hier raus. Er verspürte einen unnatürlichen Drang, seine Frau anzurufen, jetzt sofort. Seine Finger schlossen sich um das Telefon in seiner Tasche.

Im Flur hörte er Stimmen, etwas fiel zu Boden. Der Tumult ging in ein Handgemenge über. Mike zwängte sich zwischen seinen Teamkollegen hindurch.

Krummbein stand breitbeinig, die Arme weit zur Seite gesteckt, in der Eingangstür. Wie ein ausgetrockneter Strauch, genauso dürr, dennoch sehr hart und zäh, versperrte er zwei Beamten den Weg.

„Nein, das dürfen Sie nicht tun, das Ganze ist nur ein Irrtum. Edgar ist harmlos, er kann keiner Fliege was antun. Er ist lieb und gutherzig, wirklich. Ja, er ist aufbrausend und hat vielleicht nicht dieselbe Sicht auf die Welt wie wir, aber er ist ein lieber Kerl.“

„Gehen Sie bitte zur Seite“, dröhnte die tiefe Stimme eines Uniformierten, der Edgar am Unterarm fest hielt.

David Krummbein biss energisch auf einen der Piercing-Ringe. Seine beiden Lippen waren von den glänzenden Ringen umsäumt.

„David, lassen Sie bitte die Männer passieren, sonst werden wir Sie auch noch mitnehmen. Wegen ...“

„Ist gut, ich gehe ja schon. Aber lassen Sie ...“

„David!“ Mikes Miene wurde noch finsterer. Er hatte jetzt echt keinen Nerv mehr.

„Ja, ich gehe.“

„Sie bleiben hier. Sic werden noch einige Fragen beantworten müssen.“ Mike nickte einem seiner Kollegen zu. Es war ein älterer Herr um die Sechzig. Er winkte David Krummbein zu sich. Der Pfleger senkte den Kopf und gehorchte, jetzt ohne Widerspruch. Sein Kampfeswille war gebrochen.

Besser so, überlegte Mike. Für heute hatte er wirklich genug. Er rieb sich mit Daumen und Zeigefinger am Nasenbein.

„Gute Arbeit, Kollege.“, sagte Jürgen, er klopfte Mike fest auf den Rücken. Sein Blick war kumpelhaft.

„Wir haben noch gar nichts“, warf Mike matt ein.

„Wir sehen uns in einer Stunde.“

„Ja, ich werde nur noch schnell was hinter die Kiemen werfen“, sagte Mike. Und meine Frau anrufen, das behielt er jedoch für sich.

Kapitel 18

Die beiden Kollegen Gehring und Kraftschek waren gerade fertig geworden. Abwechselnd spielten sie den guten und weniger guten Bullen. Mike stand hinter der verspiegelten Scheibe und beobachtete das Zusammenspiel der beiden. Sie waren wirklich gut.

Wasen war hin- und her gerissen. Die Tischlampe, die sein Gesicht in ein grelles Gelb tauchte, bewirkte den gewünschten Nebeneffekt - der Befragte konnte seinen Kontrahenten nicht ins Gesicht schauen, sie ihm schon. Edgar hielt seine Hände auf der Tischkante. Die ineinander verschränkten Finger sahen wie ein überdimensionaler Reißverschluss aus. Seine Knöchel waren weiß wie Knochen.

Das Gespräch wurde nicht aufgezeichnet, Zeugen gab es auch keine. Vor Gericht würden sie nichts in der Hand haben. Trotzdem wäre es möglich, dass der Mann auf der anderen Seite vom Tisch alles beichtete und sein Geständnis auch vor dem Richter wiederholte, so er denn eins ablegte.

Nach einer Dreiviertelstunde sah Wasen ziemlich mitgenommen aus.

Jurgen machte einen auf verständnisvollen Kriminalbeamten. Wasen entspannte sich.

Er erzählte ihm alles, was er zu wissen glaubte. Sogar etwas von einem Roller. Nur nichts über die Frauen.

Mit enttäuschter Miene kam Welsch wieder zurück.

„Ich glaube, er tut nur auf blöd. Er ist gerissen, sage ich dir“, schnaubte Jürgen, als er sich neben die anderen stellte. Seine gute Laune war wie weggeblasen.

Jetzt war Mike an der Reihe. Er ließ Edgar eine gute Viertelstunde allein in dem kleinen Zimmer. Oft bewirkte diese Sendepause, wie Mike die Auszeit nannte, erstaunliche Fortschritte. Er wollte ihn ein wenig schmoren lassen.

„Wo warst du letzten Montag?“, begann er ohne viel Umschweife, als er sich ihm gegenüber setzte.

„Zu Hause.“ Edgar knetete seine Hände. Die Handschellen klimperten leise.

Mike blies die Luft durch die Schneidezähne. Er musste sich beherrschen. Er war schon hundemüde und eigentlich war für ihn der Tag schon gelaufen.

„Wer kann das bezeugen?“

„Meine Mama?“

„Kann sie das?“

„Ich weiß nicht.“ Edgar rieb sich mit dem Handrücken über die Nase. Sie blutete leicht.

„Deine Nase blutet.“

„Ja, ich weiß, das passiert mir immer, wenn ich aufgeregt bin. Habe zu dünne Venen, sagt Mama immer.“

Mike reichte ihm ein Papiertaschentuch.

„Warum hast du die Frauen ermordet?“

Edgar verharrte mitten in der Bewegung. Seine Hand blieb auf seinem Gesicht kleben.

„Das habe ich nicht“, näselte er.

„Wir haben deine Fingerabdrücke und Blutstropfen in der Wohnung von Frau Schwarz gefunden“, bluffte Mike.

„Ich wollte mich nur bei Pascal entschuldigen. Eigentlich ist sie selbst schuld daran.“

„Wie bitte?“ Mike horchte auf.

„Ich habe sie nur einmal nackt gesehen, schon wollte sie die Polizei rufen. Ich habe sie nur einmal im Fenster gesehen.“ Die Stimme wurde auf einmal dunkler. „Sie hätte mich nicht provozieren dürfen, ich bin ein Mann. Ich habe auch meine Bedürfnisse.“ Er legte demonstrativ die Arme auf die Tischplatte. Seine Hände waren zerkratzt. Die roten Streifen waren frisch, er war nervös. „Ich habe nur geguckt, nur zugeschaut, mehr nicht“, fauchte er. Kleine Speicheltropfen flogen dabei aus seinem Mund.

„Deswegen bringt man aber keinen Menschen um“, sagte Mike ruhig.

„Ich habe sie aber nicht umgebracht, sie war schon tot.“

„Also warst du dort?“

„Man darf zu den Fremden nicht du sagen. Du Bulle ...“

„Wir sind aber doch keine Fremden. Ich weiß, wer du bist, also darf ich du sagen, ich bin Kommissar Mike Wedekind, so, jetzt kennst du mich auch.“

Er hörte, wie Edgar schnaufte.

„Warum hast du Pascal im Keller eingesperrt?“

„Habe ich nicht.“

„Wer dann?“

„Das weiß ich nicht, ich muss jetzt meine Tabletten nehmen, sonst werde ich hyper-ak-ak- … Scheiße, ich brauche meine Tabletten.“ Edgar begann zu wippen. An seinem Hals schwoll eine fingerdicke Ader an, bald flippt er aus, dachte Mike, ich muss nur noch ein bisschen nachbohren. Für ihn konnte er ohnehin kein Mitleid aufbringen.

„Also, wo warst du letzten Montagabend, ist doch nicht lange her, selbst so einer wie du wird doch im Stande sein, sich daran zu erinnern? Oder reicht dein geistiger Zustand nicht aus, sich das bisschen zu merken?“ Das war hart, Mike bewegte sich auf einer dünnen, sehr dünnen Eisschicht.

Edgar erhob sich. Flippte nicht aus, womit Mike eigentlich die ganze Zeit gerechnet hatte - stattdessen griff er nach der Lampe und drehte sie von seinem Gesicht weg, danach setzte er sich wieder.

Mike drehte die Lampe wieder zurück. „Wo warst du Montagabend?“ Mike beugte sich über den Tisch, so nah, dass er den schlechten Atem von Wasen riechen konnte. Er konnte auch die Angst und den schlechten Körpergeruch beinahe schmecken.

„Ich möchte meinen Anwalt sprechen.“

„Hast wohl keine von den Gerichtsserien verpasst, was? Du bekommst einen, er ist schon unterwegs, aber es ist kein Staranwalt, es ist ein Arme-Leute-Anwalt. Er wird dir nicht viel helfen können. Besser ist, du sagst mir, warum du die Frau Schwarz ermordet hast, danach ihren Sohn verschleppt und …“

Mike hörte, wie die Rädchen in dem kaputten Kopf des Mannes ratterten. Er ging um den Tisch herum, stellte sich hinter Wasen und beugte sich an sein rechtes Ohr, so nah, dass seine Lippen die Ohrmuschel von Edgar fast berührten.

„Wo ist die andere Frau, wo ist dieser beschissene Keller?!“ Mike flüsterte die Worte zwar, doch sie klangen wie ein Schrei. Edgar Wasen zuckte zusammen. Mike schluckte die Abscheu, die er seinem Kontrahenten gegenüber empfand, wie einen Klumpen Dreck herunter, packte ihn mit der rechten Hand am Haarschopf. So, wie es der Pfleger getan hatte. „Wo ist der Keller?“

Wasens Gesicht war schmerzverzerrt.

„Das weiß ich nicht mehr so genau“, keuchte er.

Mikes Finger lösten sich.

„Und jetzt?“

„Ich werde die Stelle, also ich werde sie euch ...“ ‚er gähnte, „...morgen zeigen, jetzt bin ich viel zu müde dafür.“

„Lebt die Frau noch?“

„Ich mache so etwas nicht mehr, die Frau hat Pascal nur erfunden, ich habe den Krankenwagen gerufen, nicht er. Ich wollte nicht, dass er stirbt. Ich habe mich versteckt und gewartet, bis Hilfe kommt, dann bin ich abgehauen“, greinte Wasen jetzt wie ein Kind. „Ich möchte pinkeln, ich darf nicht zu lange warten, sonst platzt meine Blase und ich werde sterben“, winselte Edgar.

Mike wartete noch eine halbe Minute.

Er stand wieder vor der Tür, im Lichtschatten, beobachtete den Mann, der vor ihm saß, genau. Da stimmte etwas nicht, ganz und gar nicht. In langsamem, ruhigem Erzählton sagte er schließlich: „Morgen will ich alle Details wissen."

Wasen nickte heftig wie eine viel zu dicke, hässliche Taube.

Mike strich sich den nicht vorhandenen Bart glatt. Dann ging er wortlos zu der Metalltür. Als er auf den Signalknopf drückte, wurde er hinausgelassen.

Gehring, Kraftschek, Stuck und Jürgen warteten im Nebenzimmer auf ihn. Mike sah durch die Einwegscheibe, wie Wasen abgeführt wurde. Seine Jeans war im Schritt dunkler geworden. Angewidert schaute er wieder zu seinen Kollegen.

„Und, was sagst du?", wollte Stuck wissen und trat näher auf Mike zu.

Mike zuckte die Achseln. „Wir müssen die Gegend absuchen."

„Der Suchtrupp ist schon unterwegs", sagte Kraftschek.

„Was ist mit seiner Wohnung?"

„Bachmaier ist immer noch dort, sie werden noch viel zu tun haben." Kraftschek unterdrückte ein Gähnen.

Den anderen ging es nicht besser. Sie alle waren wie ausgezehrt. Eine Weile schwiegen sie alle, jeder hing seinen Gedanken nach.

„Was sagt deine Intuition, Mike?" Stuck schaute ihn ernst an.

„Der wahre Mörder ist noch irgendwo draußen."

„Das bedeutet?", mischte sich Kraftschek ein.

„Wir müssen abwarten", brummte Mike. „Bis er einen Fehler begeht."

„Das kann er nur ..."

„...indem er eine weitere Frau tötet“, beendete Jürgen das Gespräch.

Kapitel 19

Bin wieder bei Mum, lautete die kurze Nachricht von seinem Sohn. Der Papierfetzen lag auf dem unaufgeräumten Küchentisch, auf einer von Öl durchtränkten Pizzaschachtel. Die krakelige Schrift wies darauf hin, dass Christoph in Eile war.

Mike wählte zum tausendsten Mal die Nummer von Katrin. Seine Frau ging immer noch nicht ran. Seit kurzem ging nicht einmal mehr der Anrufbeantworter an.

Sein Blick fiel auf die ungeöffneten Briefe, als er durch den Flur ins Wohnzimmer schlenderte, schnappte er nach dem Stapel. Die ausgetrocknete Pizza krachte laut zwischen seinen Zähnen. Egal, sein Magen brauchte Nahrung. Auch wenn es nur eine Pizza von gestern war, mit einer Flasche Bier würde er den harten Teig schon irgendwie herunterspülen, den Rest würde sein Magen schon erledigen.

Der Umschlag war ein wenig zerknittert. Anita hatte sich nicht mal die Mühe gegeben, die Lasche zu verkleben. Mike griff mit spitzen Fingern nach dem Papier, das sich zusammengefaltet im Inneren verbarg. Die Beschaffenheit fühlte sich glatt und teuer an. Er legte das abgebissene Dreieck auf den kleinen Couchtisch, dabei fiel eine Peperoni auf den Boden. Mike kümmerte es nicht, er wollte wissen, was Anita ihm da zugesteckt hatte. Die restlichen Umschläge warf er zu einem Fächer auf den Tisch neben die abgebissene Pizza.

Was? Eine - Rechnung?

Er sah zuerst auf das Datum, dann auf den Empfänger: Dr.Krinski. Gynäkologie?

Schwangerschaftsabbruch?

Die Fragen überschlugen sich in seinem Kopf. War Anita schwanger gewesen? Von ihm? Mike blieb ein Stück Pizza im Hals stecken. Das Bier schmeckte auf einmal fad und abgestanden, als er den Brocken wegspülen wollte, schmeckte die Matsche in seinem Mund auf einmal wie Galle. Angewidert verzog er das Gesicht zu einer Grimasse.

Kalter Schauer breitete sich über seinen Körper aus. Wie unter Drogen lief er erneut zum Telefon, dorthin, wo die restliche Post, die hauptsächlich aus Werbung bestand und zu einem schiefen Turm aufeinandergestapelt war, lag. Seine Augen huschten über die Umschläge, als er sie mit schnellen Handbewegungen nacheinander zur Seite schob. Er schnappte das Telefon und lief zurück ins Wohnzimmer. Er durchwühlte den Berg aus Briefen nach einem ganz bestimmten Kuvert. Da, ein weiterer Umschlag. Diesmal verschlossen, mit einem kleinen Herzsticker in der rechten Ecke anstatt einer Briefmarke. Mikes Hände zitterten. Er befürchtete, dass er einen Riesenfehler begangen hatte. Kalter Schweiß legte sich wie ein Schleier über seine Stirn. Mit dem Handrücken wischte er sich darüber. Dann riss er an der Seite vom Umschlag.

Darin verbarg sich kein Blatt, sonder zwei kleine Fotos, die raschelnd in seine Hand fielen. Schwarz-Weiß und von schlechter Qualität. Trotzdem konnte er darauf ein ungeborenes Kind erkennen. Ein Embryo im Frühstadium. Sein Kind. Mikes Blick verschwamm zu einem Nebel. Tränen kullerten über seine Wangen. Ein ungeborenes Kind war ein Mensch und kein Zellhaufen, hatte Anita nicht so etwas schon mal erwähnt? Jetzt wusste Mike auch, warum sie die letzte Zeit so ungewöhnlich anders, ja sogar sehr launisch gewesen war. Sie wusste mit der Situation nicht umzugehen. Ich brauche dich jetzt mehr denn je, hallten die Worte wie ein Hilferuf in seinem Kopf erneut nach. Erst jetzt verstand er, was Anita ihm die ganze Zeit sagen wollte. Darum fragte sie ständig nach, ob er sie liebe, und ob er noch so etwas wie Liebe für seine Exfrau empfinde. Sie beharrte darauf, mit ihm zusammenzuziehen, damit sie ihn öfter sehen könne. Mike wollte das nicht. Er war zu feige, Anita zu sagen, was sie tatsächlich für ihn war, nur eine Geliebte, mehr nicht. Eine Sexpartnerin, ja, das trifft besser zu, dachte er, mit dem Handrücken fuhr er sich erneut über die Augen. Sein Blick klärte sich allmählich.

Wie in Trance lief er die Treppe herunter, in der Hoffnung, doch noch mit Anita sprechen zu können. Das Datum war von vorgestern. Vielleicht war es noch nicht zu spät. Er starrte erneut auf das Blatt. Vorauszahlung: bis spätestens ... Er schaute hoch. Fast wäre er über eine Katze gestolpert. Also hatte er noch fünf Tage Zeit? Er scheuchte das Tier mit einem Zischen von sich weg, nur blieb seine Mühe bei einem Versuch, der faule Kater scherte sich nicht um seine Anwesenheit. Mike machte einen Schritt über das faule Tier. Der schwarzweiße Tiger lag ungestört weiter am Treppenansatz und leckte gemütlich an seiner Pfote.

Als Mike an der Tür stand, klopfte er mit den Fingerknöcheln gegen die Kassettentür, die für Berliner Altbauhäuser so typisch waren. Er wartete und lauschte. Dabei behielt er den Spion im Auge. Er klopfte erneut, diesmal fester, der helle Klang auf Holz echote über das ganze Treppenhaus. Nichts. Auf einmal erlosch das Licht um ihn. Er verspürte aufsteigende Panik in sich.

Das Verlangen, das Geschehene rückgängig zu machen, kreischte danach, in die Vergangenheit zurückzukehren, um Anita davon abzuhalten, sein ungeborenes Kind zu töten.

Er ballte seine Rechte zu einer Faust und hämmerte mit voller Wucht gegen die Tür. Das Donnern rauschte wie ein Unwetter die Treppen entlang. Mike hörte, wie jemand eine Tür öffnete und schrie: „Geht's noch a weg'n lauter?!"

Mike lugte über das Geländer. „Mike Wedekind, Ihr Nachbar und Polizist, haben Sie ein Problem?"

Die Tür fiel leise ins Schloss.

Mike wandte sich zum Gehen. Als seine Finger an dem Lichtschalter waren und er den glatten Kunststoff mit den Fingerkuppen berührte sah er, wie die kleine Linse in der Tür aufleuchtete.

„Anita, mach bitte auf", sagte er durch die Tür, als der Spion wieder dunkler wurde. Sie schaute nach, wusste er. Sie war da. Sein Herz machte einen

Riesensprung, wie bei seinem ersten Date mit Katrin. Schon wieder musste er an seine Frau denken.

„Was willst du? Hau endlich ab aus meinem Leben. Verschwinde“, drang ihre Stimme dumpf durch die Tür, trotzdem hatte sie nichts an Bitterkeit verloren. Mike konnte die Verzweiflung und Wut in ihrem Schrei heraushören, aber auch Traurigkeit und einen Hauch von Hoffnung.

„Ich habe den Brief, nein, ich habe sie beide“ - gelesen war das falsche Wort. Mike grübelte nach. Dann sagte er einfach: „Tu es bitte nicht. Ich möchte das Kind haben.“

Er hörte, wie sie zu weinen anfing. Ein leises Klicken verriet ihm, wie Anita das Schloss entriegelt hatte. Mike wartete, endlich ging die Tür auf. Ein angenehmer Duft nach Räucherstäbchen kroch durch seine Nase.

Das schummerige Licht in der Wohnung ließ Anita noch zierlicher erscheinen, als sie so schon war. Ihr langes Haar war nach hinten zu einem Pferdeschwanz gekämmt. Sie trug ein langes T-Shirt. Das T-Shirt mit einem in Feuer getauchten Motorrad war seins.

Ihre Augen waren rot umrandet.

„Meinst du es wirklich ernst?“ Nichts als ein Wispern drang zwischen ihren vollen Lippen hervor.

Mike nickte. Er hielt seine Hand auf dem Türknauf. Die kalte Messing-Kugel gab ihm Halt und beruhigte ihn ein wenig. Er wartete, drückte nicht gegen die Tür, wollte nicht aufdringlich erscheinen. Sie musste entscheiden, ob sie ihn reinlassen wollte oder nicht. Er vernahm eine leichte

Bewegung. Die Tür bewegte sich nur einen Millimeter weit von ihm weg, diese kleine Geste reichte ihm, um zu begreifen - Anita gab ihm eine weitere Chance, vielleicht war das seine letzte. Er ließ den Knauf los, die Tür schwang nach innen.

Er sah Anita in die dunklen Augen. Sie schloss ihre Lider, senkte den Kopf, ganz langsam trat sie zur Seite.

Mike wagte sich nicht zu rühren. Etwas hielt ihn davon ab, die Schwelle zu überschreiten. In einer anmutenden Bewegung umschlang sie ihren Körper. Ihre Hände rafften das T-Shirt nach oben. Ganz langsam entblößte sie ihren Körper. Mike verfolgte das Ganze, ohne Luft zu holen. Seine Lunge brannte wie Feuer. Er schaute sich um, ob nicht einer der Nachbarn sie beobachtete.

„Nein, Mikie, ich kann das nicht, nicht mehr, nicht mit dir." Sie drückte ihm das T-Shirt in die schlaffen Hände, die er nach ihr ausgestreckt hielt. Wie in Trance klammerten sich seine Finger in den weichen Stoff. Er starrte sie wortlos an. Sein Blick fuhr tief in ihre Augen, alles, was er darin sah, war - Nichts - er konnte nichts darin erkennen, sie entfernte sich von ihm. Emotional und körperlich.

Mit einem Mal sah er sich einer fremden, nackten Personen gegenüber, die ihm sein ausgewaschenes Shirt vor die Nase hielt. Seine Hoffnung fiel wie ein Kartenhaus vor seinen Augen in sich zusammen. Er schrie innerlich auf. Nun war alles zu spät, er würde die Katastrophe nicht mehr aufhalten können, alles, was ihm blieb, war ein Haufen Trümmer, die er mit nackten Händen aufräumen müsste, ganz allein, ohne fremde Hilfe.

Wieso tat sie das? Er griff nach der Tür, seine Hand schnappte Anita am Arm, sachte schob er sie zur Seite, griff ohne ein Wort im Sprung nach dem Feuermelder. Sein Realitätsverlust war zum Glück noch nicht so weit fortgeschritten, wie er befürchtet hatte. Das verdammte Ding löste sich erst beim zweiten Versuch.

„Mike, verschwinde, sonst rufe ich ..."

„Die Polizei?" Mike schaute sie fragend an.

Sie schrie auf, als er den Feuermelder gegen die Wand schmetterte.

„Mikie, ich habe Angst, was ist in dich gefahren?"

„Nenn mich nicht mehr Mikie", raunte er durch die Zähne. Mit flacher Hand klatschte er gegen den Lichtschalter. Einem tollwütigen Hund gleich lechzte er danach, dem Mann mit der blechernen Stimme an den Hals zu springen, um ihm die Gurgel umzudrehen.

Anita riss ihm das Shirt aus der Hand, um ihre Blöße zu bedecken. Mike ignorierte sie. Sein ganzes Augenmerk galt dem kaputten Rauchmelder.

„Verdammte Scheiße", war alles, was er von sich gab. Nichts, keine Linse, keine Kamera. Die Tür fiel scheppernd zu.

Er wollte jetzt nur eins, sich besinnungslos besaufen.

Kapitel 20

Sie wusste, was sie beim Einkaufen vergessen hatte. Sie könnte sich jetzt dafür ohrfeigen. Jetzt noch den Christoph zum Einkaufen zu schicken wäre auch keine vernünftige Lösung. Seitdem er eine neue Leidenschaft entdeckt hatte, nämlich ein Mädchen, war er noch schlimmer geworden, als er im Internet gezockt hatte - wie er die Ballerspiele nannte.

Carmen hier, Carmen da, Carmen, Carmen, Carmen ... Sie konnte das Wort Carmen nicht mehr hören. Bei dem Namen stellten sich bei ihr mittlerweile die Haare zu Berge, wenn sie ihn nur hörte. Was war das eigentlich für ein Name für ein Mädchen, Katrin stellte sich darunter immer einen Autoroboter vor. Car und Man. Kein guter Name für ein so hübsches Mädchen, dachte Katrin. Sie rührte mit einem Holzlöffel in einem großen Topf. Für einen Wok hatte sie in ihrer kleinen Küche keinen Platz. Gemüsestreifen nahmen eine schöne bräunliche Farbe an, nur die Zwiebeln fehlten noch. Jetzt die Wohnung verlassen konnte sie nun auch nicht mehr. Sie schaute kurz auf die Uhr. Bald zwölf Uhr. In einer halben Stunde erwartete sie Besuch. Vater Michael wollte sie besuchen.

Nach der Fehlgeburt war er ihr die einzige Stütze gewesen in der schweren Zeit. Nun wollte sie sich bei ihm mit einem chinesischen Gericht bedanken.

„Aua!“, schrie sie auf und hielt sich das linke Ohrläppchen. Sie hatte sich am heißen Rand die Finger verbrannt. Das kalte Ohrläppchen verschaffte eine leichte Linderung. Katrin freute sich auf den Besuch.

Etwas Knoblauch, Ingwer, wie auch frische Tomaten mit etwas Fleisch landeten nacheinander in dem großen Topf. Alles brutzelte fröhlich vor sich hin. Erst jetzt fiel ihr auf, dass sie viel zu früh angefangen hatte. Das Essen war eigentlich fast schon fertig.

„Mist“, sagte sie. Lachte in sich hinein, stellte den Topf beiseite und eilte ins Schlafzimmer. Sie wollte sich nicht unbedingt herausputzen. Zu Vater Michael empfand sie nichts als Sympathie, auch wenn er in ihrem Alter war und eigentlich ganz nett aussah, war er ein Mann Gottes, was bedeutete, dass er schon anderweitig vergeben war. Auch wenn es nur eine göttliche, eine spirituelle Bindung war, wie Vater Gabriel seine Liebe zu Gott umschrieb, war dieser Bereich für sie tabu.

Sie schmunzelte bei dem Wortspiel, zwängte sich in eine Jeans, die ihr immer noch passte, sie musste dabei nur leicht den Bauch einziehen. Eine schlichte Bluse, schon war sie fertig. Leichtfüßig lief sie ins Bad. Aus Christophs Zimmer drang dumpfe Musik und schallendes Gelächter. Sein Lachen war so mitreißend wie immer. Katrin grinste sich selbst im Spiegel an, als sie ein wenig Mascara und Puder auftrug.

Jetzt nur noch die Teller, dann wäre sie so weit.

Oh Gott, schon zwanzig nach. Sie band sich eine lustige Schürze um, drehte den Herd auf, lief zu Christoph, bat ihn, die Musik leiser zu machen. Sie musste ihn förmlich anschreien, so laut war die Mucke aufgedreht.

Ihr Sohn schaute sie leicht verwirrt an.

„Mach deine Muckie leiser“, schrie sie ihren Sohn erneut an.

„Das heißt Mucke, Mutter, kannst aber auch einfach Musik sagen“, schrie er zurück.

Katrin sah sich in dem Durcheinander kurz um, dabei erhaschte sie auf dem großen Monitor ein hübsches Gesicht.

„Mama, sei nicht immer so neugierig“, schimpfte ihr Sohn mit gespieltem Zorn. „Nicht einmal in Ruhe skypen kann man hier“, brummte er, vorsichtig schob er seine Mutter mit beiden Händen aus dem Zimmer und verschloss die Tür von innen. Die Musik wurde auch leiser gestellt. Katrin legte interessiert ein Ohr gegen die Tür. Außer der Musik konnte sie jedoch nichts hören.

Gut gelaunt lief sie in die Küche.

Oh nein, sie hatte den Topf vergessen. In der Küche roch es leicht nach Verbranntem.

Sie ärgerte sich sehr darüber, wo hatte sie bloß ihren Kopf?

Als sie sich daran machte, die nicht angebrannten Stückchen herauszuschöpfen, klingelte jemand an der Tür.

Schnell stellte sie den großen Topf auf den Balkon, strich sich die Hände an der Schürze sauber, die zusammengeknüllt gleich darauf dem Topf auf den Balkon folgte. Die Klamotten leicht zurecht gerückt, ein kurzer Blick in die verspiegelte Mikrowelle, die Frisur war so weit okay, schon flüchtete Katrin in den Flur. Ein kurzer Blick durch den Spion genügte, um sich zu vergewissern - tatsächlich stand Vater Michael, pünktlich wie es sich für einen verantwortungsvollen Menschen gehörte, vor ihrer Tür.

Wie hatte sie diese Eigenschaft an ihrem Mann vermisst. Nun war das Problem aus der Welt geschafft, samt ihrer Beziehung.

„Kommen Sie doch rein“, begrüßte sie ihn mit einem Lächeln. Er strahlt so viel positive Energie aus, dachte sie mit einem Hauch von Vorfreude.

„Heute ist ein schöner Tag, damit meine ich aber nicht das Wetter“, sagte er nicht minder freundlich.

Katrin nahm ihm seinen Krempelhut, der ihm außerordentlich gut stand, ab, hängte ihn auf einen Haken neben der Tür und geleitete ihn ins Wohnzimmer. Das Durcheinander in der Küche wollte sie ihm nicht zeigen.

„Darf ich Ihnen etwas zu trinken anbieten?“

„Ein Glas Wasser, danke. Ich kann heute nicht lange bleiben. Oh, was bin ich heute aufdringlich, jetzt habe ich mich so ausgedrückt, als hätten Sie mich eingeladen, dabei habe ich mich gerade selbst ...“

„Eigentlich hatte ich vor, Sie mit einem leckeren Mittagessen zu überraschen, und mich für Ihre Fürsorge endlich zu bedanken.“

„Frau Wede...“

„Katrin, bitte sagen Sie Katrin zu mir.“ Sie spürte, wie sie errötete. Hoffentlich habe ich genug Puder benutzt, sprang ihr der Gedanke durch den Kopf. Mein Gesicht muss so rot wie die Herdplatte sein, bangte sie, hoffentlich wirft meine Gesichtscreme keine Blasen.

„Ich mag meinen Nachnamen nicht mehr sonderlich. Wir bleiben bei meinem Vornamen, wenn es für Sie okay ist.“

„Gerne. Ich wollte nur mal Hallo sagen und Sie um eine Kleinigkeit bitten. Ich wollte Sie zu mir nach Hause einladen.“

Katrin setze sich neben ihn auf das Sofa, ihre Beine wurden nämlich auf einmal butterweich.

„Verstehen Sie mich bitte nicht falsch, Katrin. Ich will Ihnen keine Avancen oder dergleichen machen, es soll auch kein Stelldichein werden“, lachte er, was mehr nach einem leichten Husten klang. Geniert schaute er zu Boden. „Ich brauche Hilfe im Haus. Es wäre auch von Vorteil, wenn Christoph mitkommen könnte. Ich werde noch ein Paar kräftige Hände gut gebrauchen können.“

„Aber natürlich. Soll ich mich nach weiteren Helferlein erkundigen?“ Katrin schimpfte sich eine Idiotin, was hatte sie sich da schon wieder zusammengereimt? Er war schließlich ein Priester. Sie klemmte ihre Hände zwischen die Knie, dabei schaukelte sie leicht hin und her.

„Bevor ich es vergesse, dies hier steckte in Ihrem Briefkasten. Nicht, dass Sie denken, ich hätte den Brief herausgezogen. So etwas würde ich mir niemals erlauben, nur hing der Umschlag mehr draußen als drinnen, darum habe ich gedacht, ich kann die Post ja auch gleich mitnehmen, bevor sie auf dem Boden landet.“

Katrin schnappte nach dem braunen Briefumschlag, seit Tagen wartete sie auf eine Antwort von ihrer neuen Arbeitsstelle. Sie hatte sich vor kurzem um einen neuen Arbeitsplatz beworben. Ihre Augenbrauen fuhren zu zwei gleichmäßigen Bögen nach oben. Keine Adresse und kein Absender. Sie zog eine Schnute. Ein mulmiges Gefühl machte sich in ihr breit.

Der Umschlag war nicht zugeklebt. Weiße DIN-A 4 Blätter lagen dort in einer Klarsichtfolie, ansonsten war das Kuvert leer. Katrin zog die Blätter heraus, sie verbargen etwas. Mit zittrigen Fingern und unguter Vorahnung deckte sie die Blätter auf. Sie enthielten mehrere Fotos und dienten als eine Art Sichtschutz. Ihr Atem stockte, das, was sie sah, raubte ihr die Luft. Ihre Augen füllten sich mit Tränen. Die nackte Frau auf dem ersten Bild war ihr unbekannt, den Mann kannte sie umso mehr.

Wie konntest du mir das antun, Mike?

„Ist etwas nicht in Ordnung? Frau Wedekind? Geht's Ihnen nicht gut?"

„Doch, doch - ist schon okay." Sie strich sich die Tränen aus den Augen, gleichzeitig versuchte sie die Traurigkeit mit einem Lächeln zu kaschieren.

„Was meinen Sie, können wir dabei verbleiben?"

Katrin hob irritiert den Blick. Sie wollte sich die anderen Fotos nicht ansehen. Hat Vater Michael wirklich nichts gesehen?, dachte sie leicht bestürzt.

„Wegen meiner Bitte. Sie sagten, Sie würden ..."

„Ach ja, natürlich, gerne. Christoph wird auch kommen." Sie fächerte sich mit beiden Händen etwas frische Luft ins Gesicht.

„Da freue ich mich aber. Ich denke, diesen Donnerstag oder Freitag."

„Warum stinkt's hier nach verbranntem Essen?", hörte sie die empörte Stimme ihres Sohnes. Na klar, das hatte ihr noch gefehlt. Christoph stand in der Tür.

„Wann gibt's Mittagessen? Ich habe Hunger."

Vater Michael stand hastig auf und begab sich zur Tür.

„Wollen Sie vielleicht doch noch mit uns zu Mittag essen?", versuchte sie ihn ohne viel Elan zum Bleiben zu überreden.

Er winkte hastig ab. Schon stand er in der Tür. „Ich möchte Sie nicht weiter stören. Ich melde mich dann die Tage."

Katrin lugte durch die Tür, dabei winkte sie dem gutaussehenden Mann eine Weile hinterher, auch dann noch, als er schon aus ihrem Blickfeld verschwunden war.

„Was ist das für ein Porno?"

Ihr Sohn musste die Fotos entdeckt haben, der Gedanke jagte wie ein heißer Draht durch ihre Brust. Ihr Herz zog sich schmerzhaft zusammen. Darüber empört, dass er in ihren Sachen schnüffelte, stürmte sie wie eine Furie ins Wohnzimmer. Christoph saß auf der Couch, vor ihm lagen vier große Bilder von schlechter Qualität, trotzdem konnte sie darauf alles erkennen, wie auch ihr Sohn. Sie schlug ihm mit der flachen Hand auf die Schulter. Er zuckte nicht einmal zusammen.

„Ist das da Vater?", wollte er nur wissen.

Sie sah, wie seine Kaumuskeln sich spannten.

„Wer hat dir eigentlich erlaubt, die hier anzuschauen? Wer gibt dir das Recht, sich in meine Angelegenheiten einzumischen? Wer hat dir überhaupt erlaubt, meine Sachen ohne meine Zustimmung anzuschauen?“

„Als ob du dich daran hältst, deine Nase nicht in mein Leben zu stecken. Ich kenne die Frau, und ich kann Vater sehr gut verstehen, warum er ...“ Christoph brach ab. Ohne ein weiteres Wort stampfte er aus dem Wohnzimmer.

Kurz darauf flog die Tür zu. Zuerst dachte Katrin, ihr Sohn hätte sich wie so oft nach einem Streit in seinem Zimmer eingesperrt, erst später wurde ihr klar, dass sie sich getäuscht hatte.

Kapitel 21

Mike fühlte sich wie gerädert. Er verfluchte Gott und die Welt. Wie so oft suchte er die Schuld bei den anderen und nicht bei sich selbst. Alle hatten ihn verraten. Selbst sein Sohn zog wieder zu seiner Mutter. Dabei hatte er hier alle Freiheiten, die er nur brauchte. Vielleicht war das der Grund, warum sich alle von ihm abgewandt hatten? Seine Hand tastete nach dem Handy. Nichts ging. Kein Wunder, seit zwei Tagen hatte er nichts außer Bier und Schnaps zu sich genommen. Alles, was er wollte, war sterben. Er wankte aus dem Wohnzimmer ins Bad. Die Uhr zeigte zwölf Uhr Mittag. Scheißegal. Die Leuchtziffern auf dem Anrufbeantworter zeigten zehn verpasste Anrufe an. Auch das kümmerte ihn nicht die Bohne. Im Spiegel sah er das Antlitz eines alten, verlebten Mannes. Er sah sich in die Augen, die von zwei dunklen Tränensäcken verunstaltet waren. Nichts als Leere und Verzweiflung spiegelte sich darin. Mike riss den Schrank von der Wand, voller Hass warf er ihn zu Boden. Feine Glasscherben verteilten sich auf dem Boden.

Er scherte sich nicht um die Unordnung. Immer noch betrunken stieg Mike in die Badewanne. Er drehte an dem Wasserhahn. Ein perlender Strahl plätscherte über seine Beine. Das Wasser war kalt, genauso wie die Wanne. Er achtete nicht darauf, senkte den Kopf, lag einfach nur da. Wie lange braucht ein Mensch, um zu ertrinken? Geht das überhaupt? Seine linke Hand tastete nach dem Regler. Wenn schon sterben, dann im warmen Wasser, dachte er ironisch.

Der Rausch verflog langsam, irgendwie wollte er auch nicht mehr sterben. Sein Leben war zwar immer noch beschissen, aber sterben - nein, das wollte er definitiv nicht mehr.

Als er sich rasiert und die Zähne geputzt hatte, nachdem er eine gute Stunde in der Wanne verbracht hatte, schien die Welt wieder einigermaßen in Ordnung zu sein. Zwar immer noch krumm und schief, dennoch einigermaßen erträglich.

Sie haben zehn verpasste Anrufe, meldete sich das Telefon, nachdem Mike auf die Playtaste gedrückt hatte. Die ersten vier waren von Jürgen. Keiner war besorgniserregend. Der fünfte war von seinem Vermieter, es ging um die Feuermelder und die Ablesung, er solle bitte am Montag zwischen neun und vierzehn Uhr zu Hause sein. Der sechste Anruf brauchte ihn zum Grübeln. Der zwar immer noch von Jürgen war, nur die Nachricht war eine ganz andere: „Du bist zwangsbeurlaubt worden. Stuck ist stinksauer auf dich. Das bin ich auch.“ Die Stimme seines Partners klang leicht melancholisch. Er war enttäuscht, Mike gestand sich, dass er sich an seiner Stelle genauso hintergangen fühlen würde.

Zumindest musste er sich jetzt keine Entschuldigung für sein Fehlen auf dem Revier ausdenken. Die siebte Nachricht war nichts als ein Rauschen. Die Nummer war auch nicht bekannt. Die achte auch. Die neunte riss ihn fast von den Füßen.

„Wede, du bist ein Arschloch. Ich habe deine Fotos gesehen, die haben mir meinen Verdacht bestätigt.“ Katrin, ja, Katrin hatte ihn gestern angerufen. „Ich hoffe, du bist jetzt glücklich.“ Mehr hatte sie nicht gesagt.

Mike stieß einen leisen Fluch aus, lief ins Wohnzimmer, er wollte sein Handy aufladen.

„Hallo, Mikie.“ Die zehnte Nachricht, ihm blieb das Herz stehen. Mike verharrte, blieb zu einer Salzsäule erstarrt stehen und lauschte. „Ich habe dein Leben zerstört, so wie du meins zerstört hast. Alles, was ich noch mit dir vorhabe, ist …“ Die kratzige Stimme schwieg. „Ich werde dir dein Leben nicht nur zerstören, ich reiße dir dein Herz heraus, und du wirst mir dabei zusehen. Du bist so ein beschissener Polizist, nach allen Hinweisen, die ich dir hinterlassen habe, hast du nichts Besseres vor, als mich für einen dummen, vor Sabber triefenden Idioten zu halten?“ Die Stimme lachte, was mehr nach einem Knacken in der Leitung klang, wenn die Verbindung schlecht war. „Wasen, jetzt verstehe ich. Du bist echt ein Idiot. Du hast noch eine allerletzte Chance, die ich dir geben kann. Was weißt du von deiner Frau nicht? Welches Geheimnis trägt sie in sich, ohne dir davon erzählt zu haben? Suche danach und du wirst mich finden ...“ Ein Rauschen, danach blieb die Stimme aus. Die mechanische Stimme vom Anrufbeantworter informierte ihn darüber, dass er keine Nachrichten mehr habe, auch darüber, wie viele freie Minuten noch für die Aufnahme übrig geblieben waren.

Im Wohnzimmer sah er erst jetzt die Spuren von den letzten zwei Tagen, die er in einem alles betäubenden Rausch verbracht hatte. Leere Flaschen, Essensreste, zerwühlte Decken und Kissen waren stumme Zeugen seines Exzesses. Auch ein Fotoalbum lag aufgeschlagen in dem ganzen Durcheinander. Mike setzte sich auf die Lehne vom Sofa, griff nach der Mappe mit den klappbaren Klarsichttaschen. Er blätterte stumm darin. Schaute sich die Momente - aufgenommen für die Ewigkeit - aus der Vergangenheit seines gemeinsamen Lebens mit Katrin noch einmal an.

Hier ist sie schon im neunten Monat schwanger. Er blätterte weiter um. Ein flüchtiges Lächeln huschte über seine Lippen, als er das Foto mit Christoph und Katrin in Augenschein nahm. Sie sah völlig kaputt, dennoch sehr glücklich und stolz aus. Auf dem nächsten Foto stand er mit seinem neugeborenen

Sohn und sah dabei nicht weniger stolz aus als seine Frau.

Sein Blick wurde auf einmal trüb. Die Fotos verschwammen zu einem verregneten Bild. Mike strich sich über die Augen, atmete tief durch. Als er das Album zur Seite legen wollte, rutschte eins der Fotos aus der Hülle heraus. Er schob das kleine, etwas verwackelte Foto zurück. Katrin lag immer noch im Krankenhaus, sie fütterte Christoph mit der von Muttermilch prallen Brust. Hinter ihr schmückte ein riesiger Blumenstrauß die Fensterbank.

Dann wurde ihm siedend heiß, als habe man ihm einen Eimer heißes Wasser über den Körper gekippt. Der Grund dafür war - eine Vase. Mike zerrte mit zittrigen Fingern das Foto erneut aus der dünnen Schutzhülle heraus. Hob das Foto näher an seine Augen. Dort auf dem Bild war fast die gleiche Vase wie bei den letzten Tatorten, wie die aus dem Krankenhaus. Er schnappte nach dem Handy, drückte verzweifelt auf die Powertaste. Tatsächlich war das Handy nur aus gewesen. Er wartete, bis das Teil endlich hochgefahren war, seine Finger huschten über die Zahlen. Nachdem der PIN- Code eingegeben worden war, begann das Telefon zu vibrieren. Unzählige Nachrichten und Anrufe, die er verpasst hatte, erschienen auf dem Display. Mike suchte nach einem bestimmten Namen, er schaute in das Postfach. Drückte auf das blaue Icon mit dem Briefumschlag drauf.

E-Mail von Katrin.

Er drückte auf die E-Mail. Im Anhang befanden sich vier Dateien. Für einen Augenblick hielt er inne. Er wählte die größte von den vier. Allesamt

JPEG, sie hatte ihm also Fotos geschickt. Mike schluckte. Das Bild brauchte eine Weile. Die Qualität war miserabel. Katrin musste es mit ihrem Handy abfotografiert haben, um ihm die Fotos zusenden zu können. Mike sah sich und Anita, beide nackt. Sie standen in der Küche. Das Foto musste von der Decke gemacht worden sein, mutmaßte er. Die Feuermelder fielen ihm erneut ein. Er wählte das nächste Foto. Wieder war er mit Anita in inniger Umarmung zu sehen. Die anderen zwei schaute er sich gar nicht mehr an, denn er wusste, was er darauf sehen würde.

Stattdessen schnappte er erneut nach dem Foto. Schaute sich die Vase genauer an. Das ist nur eine Metapher, sagte die Stimme bei einem der wenigen Telefonate.

Was hatte das Ganze für eine Bedeutung? Mike drehte die Zeit zurück, bis zu dem Tag, an dem sein Sohn auf die Welt gekommen war.

„Das findest du schön? Ich finde es etwas unpassend für einen Jungen." Wie eine leise Stimme aus der Vergangenheit hörte er seine Frau in seinem Kopf. Er schloss die Augen. Sah sie jetzt vor sich. Ihr müder Blick, zerknautschtes Gesicht, Augen voller Freude. Sie lachte. „Die Blumen sind sehr schön. Ich liebe dich, und deine Vase auch. Stell sie einfach auf die Fensterbank." Sie kicherte. „Warum hast du die schöne Vase überhaupt gekauft?"

„Damit die Blumen nicht verwelken", entgegnete er schulterzuckend.

„Aber in der Waschküche stehen doch welche."

„Das konnte ich ja nicht wissen", entgegnete er.

Mike hörte wieder, wie seine Frau lachte. Völlig losgelöst und glücklich. Die Erinnerung bescherte ihm eine Gänsehaut.

Was hatte der Mörder damit sagen wollen? Mike fasste alles zusammen. Nichts schien logisch. Er wählte die Nummer von Jürgen. Sie war besetzt. Ohne lange zu überlegen, schnappte er nach den Schlüsseln und rannte nach draußen. Vor Anitas Tür blieb er noch stehen. Er klingelte Sturm, auch das Schlagen mit den Fäusten gegen die Tür brachte nichts. Mike hatte die Schnauze voll. Er trat einen Schritt zurück, mit seinem rechten Fuß stieß er mit seiner ganzen Kraft, die von Ärger verstärkt wurde, gegen das Holz. Die Tür ächzte. Als er noch weitere zwei Mal dagegen getreten hatte, rammte er die Tür mit der Schulter. Danach gab das Schloss endlich nach.

Die Wohnung war leer. Alles sah hier so aus, als habe hier jemand gewütet. Mike schaute nach oben. Die Rauchmelder waren alle abgerissen worden. Er schaute in jedes Zimmer. Nichts außer Chaos. Doch dann fiel sein Blick auf einen Gegenstand ...

Kapitel 22

Sie sah einen Schatten auf sich zukommen. Sie lag schon in ihrem Bett.

„Mike, bist du das? Mikie, du machst mir Angst“, wisperte sie. Die Decke bis an die Augen gezogen, starrte Anita in die Dunkelheit. Nur eine Silhouette und eine leichte Luftbewegung verrieten ihr, dass sie nicht allein in ihrer Wohnung war. Sie tastete nach dem Lichtschalter ihrer Nachtlampe.

Klick ... Klick ...

Kein Licht. Sie schluckte. Sie wollte schreien, nur ein leises Keuchen schaffte es aus ihrer Kehle nach draußen. Der Schatten kam näher.

Sie spürte, wie etwas Kaltes auf ihren Mund und die Nase gedrückt wurde. Der Lappen roch streng nach ... Sie hatte das Bewusstsein so schnell verloren, dass sie nicht sagen konnte, wonach der nasse Lappen gestunken hatte.

Als sie wieder zu sich gekommen war, befand sie sich in einem Keller oder einem Verließ. Der dunkle Raum wies eine hohe und runde Decke auf. Ein Gewölbekeller, oder war sie in einer Folterkammer? Sie war an den Beinen und Händen gefesselt. Der Boden glänzte leicht. Anita kniff die Augen zusammen. Das, was so funkelte, waren Glasscherben. Tatsächlich ragten die Spitzen aus dem Boden heraus, als hätte sie jemand mit Absicht so platziert.

Anita kauerte in einer Ecke. Das Licht fiel durch eine Öffnung über ihr. Sie hob ihren Kopf so weit, bis sie das kleine Fenster sehen konnte. Sie sah Bretter. Jemand hatte sie von der anderen Seite befestigt. Sie wollte aufstehen und um Hilfe rufen. Als sie einen Versuch wagte, auf die Beine zu kommen, sah sie, wie eine kurze Kette sie am Boden hielt. Auch ihr Mund war von dem Peiniger mit einem Klebeband zugeklebt worden. Sie zerrte und kämpfte gegen die Fesseln an. Ihre Haut war rot und brannte dort, wo die Handschellen sie festhielten. Es waren Fesseln wie aus dem letzten Jahrhundert, stellte sie mit Entsetzen fest. Ein leises Poltern hinter der Tür ließ sie aufhorchen.

Sie blinzelte, in einer dunklen Ecke ihr gegenüber erkannte sie eine Tür. Ein metallisches Kratzen im Schloss wurde durch dumpfe Schreie übertüncht.

Ein durchdringendes Quietschen von verrosteten Scharnieren verpasste ihr eine Gänsehaut. Sie schauderte. Ihr Blick war auf das dunkle Loch in der Wand fixiert.

Ein dunkler Schatten trat herein, derselbe wie von gestern. Sie schluckte. Was hatte er vor?

Erst jetzt bemerkte sie eine weitere Gestalt. Sie sah eine Frau, sie schien wie tot. Sie ist nur bewusstlos, redete sich Anita Mut ein, er trug den schlaffen Körper auf seinen muskulösen Armen. Anita sah, wie er über dem Boden schwebte. Wie war das möglich? Unter seinem langen Umhang konnte sie nur mit Mühe ausmachen, was der Grund für dieses Phänomen war - der Schatten lief auf kurzen Stelzen, damit er sich an den Scherben nicht verletzte, stellte sie fest, trotz der Kopfschmerzen funktionierte ihr Gehirn noch einigermaßen gut. Sie verfolgte die scheinbar schwebende Gestalt. Einmal knirschte das Glas unter seinem Gewicht.

Sie hörte, wie er schwer atmete. Die zweite Geisel trug einen Sack über dem Kopf. Er legte den schlaffen Körper neben Anita. Sie hatte etwa einen Meter Platz, der frei von Scherben war. Die Glassplitter waren eine Art Barriere, die sie an der Flucht hindern sollte.

„Warum hast du dein Kind behalten?“

Die Frage kam plötzlich. Anita begriff nicht sofort, zu wem er sprach. Auch der Klang der Stimme versetze ihr einen Stoß. Sie klang ganz und gar nicht menschlich.

„Dein Leben hängt nur davon ab, wie gut dein Liebhaber seine Exfrau kennt."

Die Frage galt also nicht ihr, nicht direkt, er sprach mehr mit sich selbst. Oder doch nicht? Sie verstand auf einmal nichts mehr.

Der Schatten beugte sich nach vorne. Das leise Rasseln verriet ihr, was er mit der neuen Geisel tat. Auch sie wurde angekettet.

„Heute Nacht wird euer Leben am seidenen Faden hängen." Er deutete mit seiner rechten Hand zur Decke. Anita folgte seiner Geste. Das, was sie sah, versetzte sie in eine Totenstarre. Sie sah drei Haken an der Decke.

Was hatte der Verrückte nur mit ihnen vor?

Kapitel 23

Mike lief die Treppe hoch in die dritte Etage zu der Entbindungsstation.

Die schlecht gelaunte Stationsschwester empfing ihn erneut mit ernster Miene.

„Sie schon wieder? Haben Sie die Vase dabei?“

„Ja, nein. Wie lange sind Sie hier schon beschäftigt?“ Er hielt sich an die Seite, holte Luft, der kurze Trip über die Treppen forderte seinen Tribut.

Ich darf nicht mehr so viel saufen. „Wie lange sind Sie hier schon beschäftigt?“, wiederholte er mit Nachdruck. Seine Miene war immer noch leicht verzerrt.

„Was geht Sie das an?“

„Ich bin von der Polizei, hier geht es um Leben und Tod.“

Die Frau tat einen Schritt nach hinten. Ihr Doppelkinn zuckte leicht. „Was habe ich mit der ganzen Sache zu tun?“

Mike ergriff genervt die Initiative, schob die rechte Hand in seine Hosentasche und zog ein Foto heraus, welches er der Frau vor die Nase hielt.

Sie nestelte an ihrem Kopf, als sie ihre Brille endlich gefunden hatte, und sie sich dann mit einer Langsamkeit, die Mike schier an den Rand des

Wahnsinns trieb, auf die Nase setzte, griff sie nach dem Foto.

Sie musterte das Bild. Ihre Stirn bekam viele dünne Furchen.

„Wie alt ist das Foto denn?“

„Sechzehn Jahre.“

„Die Frau kenne ich. Sieh sieht hier aber viel jünger aus ...“

Mike stockte der Atem. Eigentlich wollte er sie über diese verfluchte Vase ausfragen.

„Woher kennen Sie sie denn?“

„Vor nicht allzu langer Zeit war sie hier stationär aufgenommen worden. Komplikationen bei der Schwangerschaft hatte sie, glaube ich.“ Die korpulente Frau setzte sich die Brille wieder auf den Kopf, wie einen Haarreif.

„Sind Sie sich da ganz sicher?“

„Ja, es war vor einem halben Jahr, circa.“

„Wissen Sie auch, wie sie hieß?“

„Der Vorname war ein ganz normaler, also kein außergewöhnlicher, nur der Nachname. Wendel- oder Weisenkind oder so in etwa. Ich kann mich nur deswegen so gut an sie erinnern, weil sie ein ähnliches Foto bei sich hatte, und, weil sie ständig von einem Pfarrer besucht worden war. Ich weiß nicht, warum so gut aussehende Männer ins Zölibat gehen müssen.“ Sie grinste leicht verschmitzt.

„Können Sie ihn vielleicht beschreiben?“

„Er war groß, so wie Sie ungefähr, vielleicht einen Tick größer. Vielleicht lag es auch an seiner schwarzen Robe.“

„Talar?“

„Wie bitte?“ Sie sah ihn verdutzt an.

„Nicht so wichtig. Bitte, fahren Sie fort."

„Dunkle, fast schon schwarze Augen. Das Haar war dunkelbraun. Er hat eine moderne Frisur, was nicht unbedingt zu einem Priester passend erscheinen mag. Ihm stand die Frisur jedoch ..."

„Genug der Schwärmerei, hatte er irgendwelche Merkmale, die ihn von anderen Menschen sehr unterscheidet?"

„Sie meinen …?"

„Ja, eine Schramme oder eine schlecht verheilte Narbe. Gespaltene Lippen, so etwas, was einem sofort ins Auge sticht?"

„Er hatte ein Tattoo auf dem Hals."

„Was war das für eins? Welches Motiv? Doch nicht etwa ein Kruzifix?"

„Ich konnte nur einen Teil davon sehen. Wissen Sie, das machte mich auch stutzig, denn welcher Mann Gottes lässt sich schon tätowieren ..."

„Was haben Sie denn genau gesehen?"

„Nicht viel, nur einen Bogen. Oder einen Flügel von einem ..."

„Schmetterling?" Mike flüsterte nur.

Sie legte nachdenklich den Kopf in den Nacken, als wollte sie sich das Bild in Erinnerung rufen.

„Ja, ich glaube, das könnte es gewesen sein. Ich sah das Tattoo aber nur einmal. Vielleicht hatte er sich das Ding wieder entfernen lassen oder er benutzt eine Creme."

„Wie oft war er bei ihr und wieso ...? Ich kann Ihnen irgendwie nicht ganz folgen." Mikes Stirn glänzte leicht. Er unterdrückte das Verlangen, laut aufzuschreien, damit diese Frau endlich Klartext redete. Stattdessen atmete er tief durch. Die

Schwester schwelgte immer noch in ihrer Erinnerung. „Wenn sie doch schwanger war, und wie Sie es geschildert haben, so war sie hier etwa vor einem halben Jahr stationär aufgenommen worden, folglich müsste sie ja schon ..."

„Sie konnte das Kind nicht behalten", unterbrach sie ihn.

Tränen schossen ihm in die Augen. Er hatte ein Kind verloren, ohne davon etwas gewusst zu haben? Oder war das Kind gar nicht von ihm? Zornesröte stieg in sein Gesicht. Dann fiel ihm ein, was die Stimme gesagt hatte: finde heraus, was deine Frau vor dir verheimlicht. So lautete seine Botschaft.

War das der Grund, warum er den Frauen die Leiber aufgeschnitten hatte?

„Waren es Zwillinge?"

„Nein", sagte sie. Auch ihre Stimme bebte jetzt leicht.

„Mädchen oder Junge?"

„Das weiß ich nicht, ich darf so etwas Ihnen auch nicht einfach so sagen."

Mike strich sich eine Träne aus dem Auge.

„In welchem Monat war sie da ...?"

„Ich müsste in den Akten nachschauen ... Aber ohne richterliche ..."

„Ist schon gut. Ist auch nicht mehr nötig", krächzte Mike kaum hörbar.

Ungefähr vor neun Monaten hatten sie es noch einmal versucht. Das wusste er noch. Nach einem schönen Abend landeten sie beide in einem Bett. Danach trafen sie sich in demselben Hotelzimmer, jeden Tag, so ging es eine Woche lang. Nach einem Anruf, sehr spät in der Nacht, musste er zu einem

Tatort. Als er zurückkam, fand er nur einen Zettel, darauf stand: „Wir sind ein Ehepaar und kein Liebespaar."

„War's das?", krächzte die korpulente Frau zornig.

„Was?"

Die Schwester schaute ihn gereizt an. Ihre Hände waren in den Taschen ihres blauen Kittels versteckt.

„Eine Frage noch ..."

„Dann ist aber Schluss."

Mike nickte.

„Waren diese Vasen schon da, als meine Frau hier lag?"

„Ja, ganz sicher, denn ich habe sie sagen hören - sie sagte so etwas wie, die gleiche hässliche Vase hat mir mein Mann geschenkt, als ich mit meinem ersten Kind hier lag. Ich dachte noch, was für ein ..." Die letzten Worte waren nur ein peinliches Husten. Sie räusperte sich vernehmlich, mit leicht belegter Stimme sagte sie: „Sie haben alles gehört, was ich weiß." Ohne ein weiteres Wort ging sie an ihm vorbei und verschwand in der Waschküche. Mike hörte Gläser klirren, dann das leise Plätschern vom Wasser.

Mikes Kopf schwirrte wie ein Bienenstock. Irgendwo im Hinterkopf versteckte sich ein Hinweis, nur konnte er nicht danach greifen. In Gedanken versunken ging er eine Etage tiefer, er musste noch einmal mit dem Jungen reden.

Als er an dem Teeraum vorbeiging, sah er einen Mann. Er tat nichts verdächtiges, er nahm sich nur einen Kaffee. Klick machte es in Mikes Kopf. Seine Schritte wurden schneller. Raum 64, da war Pascal noch gestern gewesen. Er riss an der Tür, das

Zimmer war leer. Er würde noch einmal vorbei kommen müssen.

Mike lief in die Kantine.

„Eine Tasse Kaffee“, sagte er zu der Frau hinter der Theke.

„Milch? Zucker?“, wollte sie wissen. Ihre gestellte Freundlichkeit war nicht zu übersehen.

„Schwarz bitte“, sagte Mike trocken, „und groß bitte.“

Die Frau drückte auf blinkende Knöpfe an der Kaffeemaschine und verschwand für einen Augenblick, um einen weiteren Kunden mit derselben aufgesetzten Miene zu bedienen.

Mit der Tasse in der Hand sondierte Mike die Kantine nach einem geeigneten Platz. Am Fenster sah er einem Tisch, an dem ein Junge vor einem Notebook saß und immer wieder seinen Kopf nach rechts bewegte. Wie diese Erdmännchen, die ständig auf der Lauer waren, dachte Mike, als er den Jungen erneut aufschauen sah.

„Was spielst du?“, wandte sich Mike ohne Begrüßung an den Jungen.

„Nix. Ich surfe nur“, entgegnete er mit erschrockener Miene.

„Hast du hier Internet?“

„Aber nur hier“, sagte der blonde Junge. Er war nicht älter als zehn, schätzte Mike seinen Gesprächspartner ein.

„Darf ich mal reinschauen?“

Der Junge umklammerte die Bildschirmklappe mit beiden Händen und wollte schon den Deckel zuklappen, als Mike laut sagte: „Ich bin ein Detektiv und suche nach einem Bösewicht.“

„Ich darf mit keinem Fremden sprechen", flüsterte der kleine Mann indigniert.

„Ich heiße Mike, hier ist meine Polizeimarke. Ich habe sogar eine Pistole dabei." Mike lüftete kurz sein T-Shirt. Die Augen des Jungen wurden tellergroß, als er die Sig Sauer erblickte. „Und wie heißt du?"

„Danny."

„Ein schöner Name." Mike streckte seine Hand aus. Danny streckte seine ebenfalls aus. Nun war die Freundschaft besiegelt.

„Wie wär's denn damit, du suchst dir ein Comic-Buch aus und ich darf ein bisschen in deinem Laptop surfen?"

Danny nickte grinsend, schnappte sich die fünf Euro von Mike und huschte davon.

Mike loggte sich in das nationale Register der Bundesbehörde ein. Er wollte mit Schlagwörtern eine Querverbindung zu dem gesuchten Mörder herstellen. Vielleicht würde ihm die Suche ein wenig weiterhelfen. Er versuchte es mit Mäusen, Vasen, Schwangerschaft, Priester und Fehlgeburt.

Nach einer guten Stunde und fast durchgelesenem Comic-Buch hatte er nichts in der Hand. Er gab ganz andere Wörter ein. Polizist, Mord, er überlegte - was hatte Jürgen nochmal gesagt? Zwillinge? Ja er sprach von Zwillingen. Er tippte das Wort Zwillinge ein, als er die Suche starten wollte, fügte er noch Junge, Ehefrau und Überfall ein.

„Ich muss zurück in mein Zimmer, gleich kommen die Ärzte vorbei", meldete sich Danny. Er sah Mike wie ein kleiner Welpe an. Sein Blick war freundlich und unsicher zu gleich.

Die Suche ergab nichts, was ihm weiterhelfen konnte.

Schweres Herzens schlug er den Deckel zu und lief wieder nach oben. Bevor er ging, gab er Danny einen weiteren Fünf-Euro-Schein, damit er sich was Süßes kaufen konnte. Der Junge bedankte sich höflich und meinte, er sei morgen auch wieder hier.

Pascal schreckte auf, als Mike die Tür aufstieß und ins Zimmer trat. Er musste ihn aufgeschreckt haben. Der Junge musste geschlafen haben. Pascal schaute schlaftrunken Richtung Tür. Mike wurde von einem Polizisten angehalten. Er saß neben der Tür in dem kleinen Zimmer, der vierschrötige Mann musste eingenickt sein. Er packte Mike an der Schulter, riss ihn grob zu sich, stoppte aber sofort, als er Mike erkannte.

„Du darfst hier nicht rein, Mike. Du bist ...“

„Ist schon gut Peter, ich will ihn nur etwas fragen.“

„Aber ...“

„Nur ein Satz.“

Leon nahm seine Hand von der Schulter, blieb jedoch in seiner Nähe.

„Die Kollegen waren schon mehrmals hier bei dem Jungen. Er hatte sich geweigert mit ihnen zu reden“, sagte Leon leise.

„War noch jemand hier?“

„Ein Seelsorger vom Krankenhaus, ein Mann Gottes.“

„Was hat er von dem Jungen gewollt?“

Leon zuckte die Achsel. „Psychokrams. Er hatte sehr leise geredet.“

„Wurde der Besucher gemeldet?“

Leon schwieg.
Mike ging an das Bett von dem Jungen.
„Pascal, kannst du dich an das Haus erinnern?"
Der Junge nickte zaghaft.
„Wo hat dich der böse Mann versteckt?"
„Es ist das verlassene Haus. Wir haben uns immer Gruselgeschichten erzählt. Ich weiß nicht, ob das stimmt, aber die großen Jungs haben immer gesagt, dort hat sich eine Frau erhängt, im Keller." Er schluckte. Seine Augen begannen zu leuchten. „Sie kommt immer in der Nacht durch das Fenster und jagt kleine Kinder, weil sie denkt, es wären ihre. Diese Frau war verrückt." Unbewusst griffen seine Hände nach dem Kuscheltier. Er drückte den Bären fest an sich.
„Von wem hast du den Bären?"
„Von Vater ..."
„Michael", beendete Mike heiser.
„Er hat den Krankenwagen gerufen", meinte Pascal. „Er sagte, ich soll Mikie grüßen, aber ich weiß nicht, wer Mikie ist. Und ich darf nur mit Mikie reden, sonst wird meine Mama mich hier lassen. Wird Mama mich hier lassen? Jetzt habe ich mich doch verplappert. Darf ich nach Hause?" Der Junge schaute Mike fragend an.
„Du solltest langsam gehen, Mike", mischte sich Leon ein. Mike schüttelte seine Hand mit einem heftigen Ruck von sich ab.
„Ich bin Mikie, Pascal, was hat Vater Michael noch gesagt? Mir darfst du alles erzählen."
„Mikie soll heute dorthin kommen, wo er mich vermutet."
„Wann hat er das gesagt?"

„Er war gestern hier. „."
„Wann?"
„Vor dem Mittagessen. Er hatte Schokolade dabei."
„Und Edgar? Ist er der Böse?", wollte er noch von dem eingeschüchterten Jungen wissen.
„Nein, Vater Michael hat gesagt, dass Mikie den Falschen gefangen hat. Das Spiel geht weiter, Sie sind immer noch mit dem Suchen dran", flüsterte Pascal.

Mike lief nach unten zu seinem Wagen. Fetzen seiner Erinnerung blitzen wie Flashbacks in seinem Kopf - einem Feuerwerk gleich. Eine Frau, zwei Polizisten. Die Frau wird von einem der Beamten schwer verletzt. Suizid ... Selbstmordversuch mit einem Kind auf den Armen. Plötzlich wusste Mike, wohin er fahren musste. Zurück in die Vergangenheit, er war der fehlende Puzzlestein in dem ganzen skurrilen Gebilde.

Kapitel 24

Anita bekam langsam keine Luft mehr. Ihre Arme hingen jetzt in einer Schlaufe hoch über ihrem Kopf. Sie hing an einem dicken Seil. Ihre Fußspitzen berührten leicht den Boden. Einer ihrer Zehe blutete, weil sie sich an einer scharfen Glasscherbe verletzt haben musste, die unter ihrem Fuß emporragte. Was ihr jedoch mehr Sorgen bereitete, war die Schlinge, die ihr der Mann in Schwarz über den Kopf gezogen hatte. Jedes Mal, wenn sie schluckte, spürte sie die Enge des Seils. Am anderen Ende, links von ihr, baumelte eine zweite Frau, die um ihr Gleichgewicht zu kämpfen schien. Zwischen ihnen schwebte jemand in der Luft. Er war komplett in Schwarz gehüllt, er stand nur auf einem Stab. Wenn man das Licht ausknipste, wurde der Eindruck erweckt, der Mann oder die Frau hinge tot in der Schlinge.

„So, meine Lieben, die Show kann beginnen. Mein Arrangement gefällt mir sehr gut, mal sehen, was mein Gast dazu sagen wird. Am besten, ich rufe ihn mal an.“ Plötzlich gingen alle Lichter aus. Die Stimme kam von überall her. Sie klang verzerrt, metallisch, ohne jegliche Emotion.

Anita hörte ein leises Winseln. Jemand weinte stumm, auch die andere Frau war geknebelt. Nur der in der Mitte blieb stumm, gab keinen Laut von sich. Wer war er, oder war es doch eine Sie?

Kapitel 25

Mike fuhr wie ein Gestörter durch die Stadt. Die JVA Moabit flog rechts an ihm vorbei, die Stromstraße durchquerte er, ohne nach links oder rechts zu schauen. Sein alter Fiat grölte, der Motor war kurz vorm Explodieren, ungeachtet dessen drückte Mike die ganze Zeit aufs Gas.

Sein Handy klingelte, nicht jetzt dachte er. Fingerte mit der rechten Hand in seiner Hose, endlich hielt er sich das Ding ans Ohr.

„Ja?!“, brüllte er, ohne sich vorzustellen.

„Hallo, Mikie“, erklang die mechanische Stimme. Für einen kurzen Augenblick nahm Mike den Fuß vom Gaspedal. Der Wagen hustete und wurde langsamer. „Du solltest dich beeilen. Hast du dieses Mal besser aufgepasst, hast du deine Hausaufgaben gemacht? Du weißt, was ich meine?“

„Ja, Vater Michael“, entgegnete Mike knapp.

„Was will ich von dir wissen?“, fragte die Stimme lakonisch.

„Meine Frau war schwanger“, schrie Mike in den Hörer. Er war kurz davor, das Telefon gegen das Armaturenbrett zu donnern. Als er scharf nach rechts abbog, konnte er sich nur mit Mühe am Lenkrad festhalten.

„Richtig.“ Die Stimme lachte. „Schade, dass sie ihren Bastard aus ihrem Körper auskratzen lassen musste. Wie gern hätte ich dir dabei zugeschaut, wenn ich ihr dein Kind aus dem Bauch herausgeschnitten hätte, wie du einst meines aus meiner Frau rausgeschnitten hast“, brüllte die Stimme.

Mike lief es kalt über den Nacken.

„Wer bist du, verdammt?“, keuchte er außer Atem. Ein LKW kam von rechts, Mike streifte ihn leicht an der Stoßstange, etwas krachte, Funken flogen. Mike biss die Zähne zusammen, als er den Müllwagen nur in letzter Sekunde überholen konnte.

„Ich bin dein Verderben. Ich habe lange nach dir gesucht, bis ich dich gefunden habe, sind zehn Jahre vergangen. Du hast mir damals meine Frau und meine zwei Kinder genommen, eines lebte noch. Sie waren nicht größer als eine Maus, hatte mir der Arzt berichtet. Das zweite Kind starb nicht sofort, verstehst du die Metapher JETZT? All diese Frauen mussten sterben, weil sie das getötet haben, wofür ich zu sterben bereit gewesen war. Wofür meine Frau in den Tod gesprungen ist, ist das, warum ich hier bin. Ich werde dich genau an der gleichen Stelle töten ...“

Mike musste bremsen, er war fast da. Er kannte dieses Haus, er wusste von den Geschichten über die verrückte Frau. Urplötzlich kam ihm ein Radfahrer entgegen. Mike drückte auf die Bremse, zog nach links, dabei krachte er gegen ein parkendes Fahrzeug. Metall knirschte, jemand schrie, als Mike aus dem zerbeulten Wagen nur mit leichten Quetschungen heraus gekrochen kam.

„Sind Sie verletzt?“, fragte jemand, und eine ältere Frau eilte zur Hilfe.

Mike schaute enttäuscht auf das Display. Die Leitung war unterbrochen.

„Nein, ich bin von der Polizei“, sagte Mike kurz angebunden und deutete auf den Radfahrer. „Das hier ist konfisziert.“ Er griff nach dem Fahrrad und fuhr einfach davon.

Sein Telefon klingelte erneut. Er drückte auf die grüne Taste.

„Ja?“

„Mike, hier ist Jürgen, wir haben eine weiterer Leiche, wieder eine Frau, es handelt sich um denselben Täter. Dieselben Spuren dieselbe Vorgehensweise. Ich darf dir das gar nicht erzählen, du bist aber mein ...“

„Wenn du mein Freund bist, sag mir eins, waren all diese Frauen schwanger? Hatte sie irgendwelche Spuren einer Schwangerschaft?“

Jürgen war überrumpelt, das konnte Mike an seinem Atem hören. Er keuchte irritiert. Dann sagte er: „Bei der letzten Frau hatte man in der Gebärmutter Perforationen ...“

„Sie war schwanger gewesenen, wie auch die anderen. Denk an das eine Foto. Unser gesuchter Mörder ...“ Mike wurde durch ein Signal unterbrochen. „Komm bitte zum verlassenen Geisterhaus“, fügte er schnell hinzu. Nur mit einer Hand drückte er auf die grüne Taste.

„Wenn du mich noch einmal wegdrückst, sind deine Frauen tot. Beide.“ Die Stimme klang gereizt, doch gleichzeitig auch leicht irritiert, fast schon ängstlich. „Hör mir jetzt genau zu, du bist in zehn Minuten hier.“

„Wo ist hier?“, keuchte Mike und trat noch fester in die Pedale.

„Da, wo du meine Frau erschossen hast ...“

Mikes Oberschenkel brannten wie Feuer. Es war tatsächlich vor zehn Jahren passiert, damals fuhr er noch Streife.

„...genau vor zehn Jahren“, fuhr die Stimme fort. Mike begriff erst jetzt, was an der Stimme nun so anders war, sie klang menschlich. Die melodische Stimme eines Mannes sprach jetzt zu ihm. „Du warst als erster vor Ort.“

„Ja, aber sie hielt ein Kind in ihren Händen, sie stand auf dem Dach.“

„Aber du hättest nicht schießen dürfen, verdammt!“, brüllte die Stimme ihn an.

„Ich habe nicht auf sie geschossen, das war mein Partner.“

„Er lebt aber nicht mehr, und jemand anderer muss heute für seinen Fehler büßen. Du hast damals nichts unternommen, um den Unfall zu verhindern, verdammt, du hast nur zugeschaut.“

Er sprang vom Rad, denn er war jetzt dort, wo er hin musste. Das Haus stand immer noch verlassen da. Das alte Gebäude sollte schon vor einem Jahr abgerissen werden, den Gerüchten zufolge, hatte sich ein Verrückter gefunden, der das Haus für ein Jahr gemietet haben musste. Ohne dass jemand drin zu wohnen schien, erzählte man sich, auch dass man dort stets jemanden gesehen zu haben glaubte. Laute Schreie und Stimmen meinten welche dort gehört zu haben, vor allem in der Nacht. Das Haus war gefürchtet und wurde immer gemieden, nicht einmal die Obdachlosen oder sonst so mutige Jugendliche trauten sich in letzter Zeit dort hin.

Mike näherte sich langsam dem Haus, seine Nackenhaare stellten sich auf, auch ein leichter Hauch von Kälte kroch über seinen Rücken.

„Warum ich, warum ausgerechnet ich, verdammte Scheiße?“, schrie Mike.

„Weil du gesagt hast, ich soll mich nicht so an sie fest klammern. Ich wollte sie aber nicht loslassen. Das Kind, das sie damals in den Armen hielt, war schon tot, sie wollte mit ihm vom Dach springen. Sie wollte nicht mehr leben.“

„Das wussten wir aber nicht.“ Mike sah die Szene wieder vor seinem inneren Auge.

„Sie war im dritten Monat schwanger, so wie deine Frau mit deinem letzten Kind.“

Mike stand vor der Eingangstür. Kletterpflanzen hielten das Haus wie gierige Hände eines Monsters fest umschlungen. Schienen es zu zerdrücken. Mike duckte sich, als einige Fledermäuse, von ihm aufgeschreckt, dicht an seinem Kopf vorbei flogen. Seine Finger zitterten leicht, er drückte gegen die alte Tür. Sie war verschlossen, die alte braune Farbe hing in großen Fetzen wie alte Haut an vielen Stellen herunter. Mike rüttelte an der Türklinke.

"Rot ist die Liebe - Grün die Hoffnung", sagte die Stimme.

Mike begriff sofort und griff nach dem Schlüssel. Tatsächlich ging die Tür auf.

Mike hörte die Stimme aus dem Inneren des verlassenen Hauses. Wie ein Wesen schien es von innen zu verfaulen. Ein fauliger, warmer Geruch schlug ihm ins Gesicht. Der dunkle, schmale Flur schien ihn zu erdrücken. Mike schluckte schwer. Die Stimme schwieg. Die Dielen knarrten leise unter seinen Füssen. Alle Fenster waren zugenagelt, sodass eine absolute Schwärze das Innere des Hauses verschluckt hatte.

„Ich habe meine Frau im Krankenhaus besucht. Jeden Tag. Wir haben zusammen geweint. Sie hatte mir ihren Bauch gezeigt. Fette Klammern hielten ihre Wunde zusammen, wie ein Reißverschluss, der eine Jacke zusammenhält. Sie erzählte mir, dass sie nicht mehr leben will. Zuerst haben wir unseren Sohn verloren, weil er sich an einem Schmetterling verschluckt hatte. Es war eine Mutprobe. Die Jungs aus der Nachbarschaft haben einem Schmetterling die Flügel abgebrannt, mit einem Feuerzeug, derjenige, der sich das Insekt in den Mund steckte, war kein Feigling. Mein Sohn war als erster dran. Das Vieh kroch ihm in die Luftröhre. Er wollte das Biest ausspucken, doch einer der Bengel presste ihm die Hand auf den Mund. Er starb in den Armen meiner Frau. Als sie dann auch die Zwillinge verloren hatte, war sie nicht mehr dieselbe. Bevor sie starb, habe ich ihr schwören müssen, dass ich dich finden werde. Ich habe ihr mein Wort gegeben, dich genauso zu quälen, dir das Gleiche anzutun, was du uns angetan hast. Verstehst du: Auge um Auge, Kind um Kind ...“

Mike näherte sich einer Tür, die höchstwahrscheinlich in den Keller führte. Ein morscher Luftzug kroch die steile Treppe empor, die sich hinter der Tür zu verbergen schien. Mike benutzte sein Handy als Taschenlampe. Die Stimme aus dem Lautsprecher vibrierte.

„Bleib stehen“, herrschte ihn die Stimme an.

„Wie bist du auf mich gestoßen, warum erst nach so einer langen Zeit?“, wollte Mike wissen. Damit wollte er nur Zeit schinden.

„Das ist eine lange Geschichte. Ich war in der geschlossenen Psychiatrie, drei Jahre lang. Meine Frau hatte sich in diesem Haus erhängt. Hier lebten wir und waren sehr glücklich gewesen, wie ich dachte. Bis zu ihrem schrecklichen Entschluss, sich das Leben zu nehmen. Ich habe sie erst nach einer Woche gefunden, ich war damals oft weg. Ich dachte, wir könnten unser Leben vom Neuen beginnen ...“ Die Stimme bebte, dann brach sie wie ein trockener Zweig ab.

„Wie hast du mich denn gefunden?“

„Wie der Zufall es so wollte, der lieben Fortuna sei Dank“, sagte der Fremde. Er klang traurig.

Mike schritt die Treppe herunter. Er sah kurz zur Decke, für eine Sekunde fühlte er sich beobachtet. Seine Intuition hatte ihn nicht getäuscht, tatsächlich erkannte er einen ihm wohl bekannten Feuermelder. Der Mann hatte sich gut vorbereitet, ging ihm der Gedanke durch den Kopf. Er hatte es also nicht mit einem Amateur zu tun, sondern mit einem klar denkenden Killer, der auf alles gefasst war.

„Du darfst kein Licht einschalten, ich höre deine Schritte, du bist auf dem richtigen Weg, nur deine Schuhe musst du oben lassen. Die Schuhe, habe ich gesagt!“, ermahnte ihn die Stimme schroff. „Wirf sie gegen die Tür - nacheinander!“

Mike tat, wie ihm geheißen, zuerst den rechten, dann den linken. Die Schuhe prallten dumpf gegen die Tür.

„So ist es brav. Die Feuermelder waren der Auslöser. Im Krankenhaus habe ich Überwachungskameras einbauen müssen, damit die Patienten sich nicht beobachtet fühlten, hatten die Kameras die Form eines Rauchmelders. Verstehst du? Als ich einen der Teile im Wartezimmer eingebaut hatte, hörte ich eine mechanische Stimme aus dem Lautsprecher. Sie sagte: „Frau Wedekind, sie dürfen ins Zimmer Drei. Der Doktor kommt gleich zu Ihnen.“ Ich hatte zu diesem Zeitpunkt auf einer Leiter gestanden, nur mit Mühe konnte ich mich an dem wackeligen Teil festhalten. Ich hatte deinen Namen eigentlich schon vergessen, dank des Arztes, der mir eine Gehirnwäsche verpasst hatte, fühlte ich mich geheilt. Ich hatte ein neues Leben begonnen, die Vergangenheit war aus meiner Erinnerung verbannt worden. Nur das eine Wort holte alles zurück, brach durch Mauern und Wände, die mich davor schützen sollten, nicht durchzudrehen. Ich sah alles wieder vor mir. Verstehst du, ALLES!“

Der Geruch nach altem Keller wurde mit jedem Schritt intensiver. Mike erinnerte sich an die Nacht, in der er und sein damaliger Kollege gerufen wurden. „Eine Frau steht auf dem Dach eines zweistöckigen Hauses, sie will herunterspringen“, lautete der Funkspruch. „In ihren Armen hält sie ein Kind, das sich nicht regt“, sagte die Frau durch die

Funkanlage. Sein Kollege war schneller als Mike, er war älter und erfahrener, dachte Mike damals. Was er nicht wusste, war, dass genau dieser Mann, der für ihn eine Art Vorbild gewesen war, auch ein Trinker war. Seine Hand zuckte im falschen Moment. Die Kugel traf die Frau in den Bauch. Sie war schwanger. Die Ärzte konnten sie retten. Für ihren Sohn und die zwei ungeborenen Zwillinge kam allerdings jede Hilfe zu spät. Sein Kollege wurde vom Dienst suspendiert, woraufhin er sich kurz danach das Leben nahm. Tod durch Ertrinken war die Ursache gewesen, Mike glaubte jedoch, er habe sich zu Tode gesoffen.

„Ich habe damals dem Mann etwas in ein Glas getan. Er trank ja alles, was brannte. Nach zwei Flaschen Korn machte ich ihm die Badewanne voll." Die Stimme hustete. „Alle dachten, es war Selbstmord."

Mike spielte nach diesem tragischen Unfall mit dem Gedanken, seinen Job an den Nagel zu hängen. Seine Frau hielt ihn davon ab. Jetzt schwebte sie selbst in Lebensgefahr.

„Lebt meine Frau noch?", unterbrach er die Stimme.

„Nicht mehr lange."

„Bitte lassen Sie sie frei. Ich werde alles tun, was Sie verlangen."

„Da bin ich mir sicher. Als allererstes entsicherst du deine Waffe, die wirst du nämlich brauchen. Halte sie für einen Schuss bereit."

Mike stand jetzt ganz unten. Die eiserne Tür schien ihn zu verhöhnen. Rote Blutstropfen verkündeten den baldigen Tod und machten ihm klar, wie gefährlich die Situation war, auch die Ernsthaftigkeit des Ganzen war ihm mehr als bewusst. Seine Finger zitterten leicht. Die Waffe lag schwer in seiner Hand. Die Schwärze griff nach dem schwachen Licht und verschluckte es. Die Furcht war fast schon greifbar. Mike hörte ein leises Rasseln, das vom dumpfen Stöhnen mehrerer Menschen fast übertüncht wurde.

„Wenn du deine verdammte Lampe nicht ausknipst, wird eine der Frauen schon jetzt sterben müssen." Mike drückte auf das Icon, der bläuliche Lichtstrahl erlosch. „Öffne die Tür", wies ihn die Stimme an. Sie schien von überall her zu kommen.

Mike tastete mit den Fingern der Linken nach dem Türknauf. Wie ein Blinder ertastete er sich jetzt den Weg, nur der Stimme folgend, die wieder blechern klang. Als er den groben Türgriff nach unten gedrückt hatte, quietschte das Schloss, knarrend ließ sich die Tür von ihm wegschieben. Die Dielen unter seinen Füssen wichen kaltem Beton. Zum letzten Mal ächzte das Holz unter seinem Gewicht, dann stand er im Keller.

Mike tat einen tiefen Atemzug. Die Luft in seiner Lunge brannte wie Säure.

„Herzlich willkommen bei mir zu Hause. Genauso habe ich mir deinen Abgang vorgestellt." Ein höhnisches, lautes Lachen prallte von den Wänden ab. Von allen Seiten schlug das laute Gelächter auf ihn ein wie eine Kaskade. Der Fremde schien sich auf eine böse, fast schon subtile Art darüber zu freuen, ihn hier zu töten. Er war seinem Ziel nahe, das spürte Mike. Er spürte auch, wie das Unbehagen in ihm aufstieg. Seine Nackenhaare standen zu

Berge. Er schwitzte, und trotzdem fröstelte Mike. Der Schweiß benetzte ihn wie kalter Nebel.

„Was soll das hier ...“, Mike schluckte schwer, „Ihnen noch bringen? Ihre Frau hätte das hier bestimmt nicht gewollt“, sagte er mit gespielter Gelassenheit.

„Und ob. Sie hinterließ mir einen Zettel. Ich fand ihn unter ihren Füßen. Sie hing genau hier an dieser Decke. Ihre Halswirbelsäule war gebrochen, sie musste nicht so viel leiden, versicherte mir die Polizei, auch die Ärzte meinten, dass ihr Tod schnell war. Was mir ein Trostpflaster sein sollte. Diese Psychotherapie ist schon was Feines, könnte ich dir wärmstens empfehlen, wenn du das hier überleben solltest.“

„Hast du deinen Opfern deswegen den Hals umgedreht?“

„Duzt du mich etwa? Schön. Möglich. Ich würde sogar sagen, das war der eigentliche Grund, ja“, entgegnete die Stimme.

Mikes Augen huschten durch die Finsternis. Erst jetzt erkannte er zwei Gestalten. Sie hingen in der Luft. Eine hatte einen Jutesack über dem Kopf, in der anderen erkannte er Anita. Sein Atmen geriet ins Stocken. Sie stierte ihn mit dem Blick einer Wahnsinnigen an.

„Wir spielen ein Spiel. Ich hatte damals keine Wahl. Weil ich aber ein Mensch bin, und du für die Misere nur zum Teil schuld hast, darfst du aussuchen, wen du retten willst. Du wirst dich jetzt ans Herz fassen müssen, folge deiner inneren Stimme. Entweder entscheidest du dich für die Frau, die dich hasst, die du jedoch abgöttisch liebst, oder du wählst die, die dich hasst, jedoch ein Kind in sich trägt, das von dir ist. Katrin: deine Frau, oder Anita, deine Geliebte. Du hast eine Minute Zeit. Oh, fast hatte ich es vergessen: Schau geradeaus, was erkennst du? Sieh genau hin."

Mike sah geradeaus, dann langsam reckte er den Kopf zur Decke, er vermutete eine Gestalt zu erkennen, die mehr einem Schatten glich. Die dritte Person hing viel weiter oben als die anderen zwei. Wie ein Geist schwebte der Körper über ihm. Er war von einem schwarzen Mantel umhüllt, anstatt eines menschlichen Gesichts trug das Wesen eine Maske. Mike trat einen Schritt nach vorne. Ein durchringender Schmerz durchfuhr ihn. Er keuchte auf. Vor Schreck biss er sich auf die Unterlippe.

„Hier ist alles voller Glasscherben, ich habe mich auf das Wiedersehen mit DIR vorbereitet. Nichts sollte dem Zufall überlassen werden."

Mike hielt in der einen Hand die Pistole, in der anderen das Telefon.

„Das Handy brauchst du jetzt nicht mehr. Wirf es zu Boden."

Mike fuhr schnell mit dem Finger über das Display. Er wählte eine Kurzwahl, dann ließ er sein Handy mit dem Bildschirm zu Boden gerichtet fallen.

„Was soll ich tun?"

„Dich entscheiden. Entweder schießt du deiner Frau in den Bauch oder deiner Hure von Freundin."

„Und wenn ich mich für die dritte Möglichkeit entscheide?"

„Du meinst, wenn du auf mich schießt?"

Mike blieb stumm.

Die Gestalt vor ihm begann zu kippen. Das fahle Licht, das durch die Ritzen der Bretter kam, ließ nicht viel erkennen.

Er musste an den kleinen Pascal denken. Er war hier vor wenigen Tagen und konnte flüchten. Er erwähnte ein Fenster, das mit Brettern zugenagelt gewesen war.

„Ich bin mit den beiden mit einem Seil verbunden. Wir alle hängen an einem Strick. Wie du vielleicht sehen kannst, stehe ich sehr wackelig auf einem Stab, der nur leicht im Boden fixiert ist. Ein leichter Schubs würde reichen um mich zu Fall zu bringen. Wenn ich zu Boden stürze ...“, er prustete fast lautlos, dann schwieg er eine Sekunde lang, schließlich sagte er: „Ich werde beide in den Tod mitnehmen. Mein Gewicht reicht aus, um die beiden zu erdrosseln. Die Schlingen um ihren Hals werden die beiden Frauen, die du immer noch liebst, langsam erwürgen. Du wirst über die Glasscherben laufen müssen, um eine von ihnen zu retten. So oder so wird eine von den beiden sterben müssen. Um mich brauchst du dir keine Sorgen machen, ich sterbe so oder so.“

Mike hielt seinen Blick nach vorne gerichtet, etwas in ihm wurde wachgerüttelt, eine Erinnerung.

„Die rote Lampe von dem Anrufbeantworter verschwand vor meinen Augen, dann kam er“, erklangen die Worte von Pascal wie aus einem lang vergessenen Traum. „Er kam aus der Dunkelheit, wie ein Schatten“, hallten die Worte des Jungen in seinem Kopf nach.

Mike kniff die Augen zu zwei schmalen Schlitzen zusammen. Drei schmale Lichtstreifen schimmerten durch die Wand. Draußen neigte sich der Tag dem Abend zu, trotzdem schien die Sonne immer noch hell.

„Wer hat Pascal bei seiner Flucht geholfen?“ Er erschrak über sich selbst. Mike hatte seinen Gedanken laut ausgesprochen.

„Ich war das, ein Kleid und eine dünnere Stimme haben gereicht, um den Jungen zu besänftigen. Er sollte dich schließlich zu mir bringen. Leider hatte er sich zu sehr verletzt. Ich habe ihn danach sedieren müssen. Fast wäre mein ganzer Plan …“

„Warum lag er vor meiner Wohnung?“ Mike wollte etwas Zeit gewinnen.

„Genau dort lag mein Sohn, keinen schien es zu kümmern, dass er um sein Leben kämpfte, bis meine Frau ihn dort gefunden hat. Er starb in ihren Armen. Weißt du, wie es ist, seinem eigenen Kind beim Sterben zuschauen zu müssen?“

Mike schwieg. Zum ersten Mal hörte er so etwas wie ein Weinen in der Stimme.

„Die Ärzte haben eine dicke Motte aus seinem Rachen gezogen ...“

„Kennst du Edgar?“

„Ihn kennt fast jeder hier. Ist mir nachspioniert, als ich den Jungen vor deinem Haus ablegen musste, ich war aber als eine Frau verkleidet, ich sagte zu ihm, ich wäre die Hexe aus dem Haus und würde ihn Nachts umbringen, wenn er jemandem über mich erzählte. Er ist zwar verrückt, aber dumm ist er nicht, im Gegensatz zu manchen hier.“ Die Stimme hatte sich wieder gefangen und lachte jetzt wieder ihr abgehacktes Lachen.

„Das Kuscheltier ist auch ...“

„Ja, der Bär gehörte Patrick, meinem Sohn."
„Der Kaffeeautomat war auch nicht kaputt?"
Die Stimme prustete laut auf. Die Lautsprecher brummten, so laut lachte der Schatten. Hohn und Schadenfreude vermischten sich zu einem eigenartigen Ton.

„Ich habe auf dich gewartet, ein Pfleger verdient auch nicht viel. Ein bisschen Taschengeld, schon hatte er dir den ersten richtigen Hinweis gegeben. Du bist zwar ein guter Bulle, aber dein Gedächtnis …"

„Warum hast du meine Frau im Krankenhaus besucht? Du hättest sie genausogut dort töten können?"

„Es ging mir nicht um sie. Ich wollte, dass deine Frau dein Kind behalten kann, nur damit ich es ihr aus dem Bauch schneiden konnte. In deiner Anwesenheit oder auch nicht, das wäre mir egal gewesen …"

„Wie oft denn noch, nicht ich habe deine Frau angeschossen."

„Du hast es aber auch nicht verhindert, du hast da gestanden ..."

„Warum all diese Opfer, was haben dir diese Frauen angetan?"

„In ihnen sah ich Katrin, deine Frau. Immer wieder habe ich mir vorgestellt, wie es sich anfühlen würde, wenn ich deine Frau töte. Ich stach auf die Frauen ein, ich sah nur deine Katrin vor meinen Augen, wie sie winselte, wie sie mich anflehte, sie versprach mir aufs Neue, alles für mich zu tun. Doch keine konnte mir meine liebe Nancy ersetzen. Ich musste mein Versprechen einhalten. Aber wie? Sie hatte ihr Kind verloren. Alles schien vergebens, all die Monate des Wartens. Dann habe ich einen Entschluss gefasst ... Anita, sie war meine Freundin. Ich besorgte ihr die Wohnung in deinem Haus. Sie ist eine gute Schauspielerin. Auch die Liebe zu dir schien für dich echt zu sein. Alles lief nach Plan ...“

In Mike brach etwas, wie eine Stahlfeder, die den Mechanismus am Laufen hält. Seine Augen füllten sich mit Tränen.

„Sie wollte ihr Kind nicht, auch das gehörte zum Spiel. Sie war beim Doktor, wie die anderen toten Frauen vor ihr ... Sie traf sich mit ihnen, besorgte mir die Adresse, auch die Rechnung für die Abtreibung.“ Seine Stimme brach. „Ich habe sie alle reinspazieren sehen. Durch die Kameras. Sie haben die unschuldigen Kinder einfach wie ein Stück Dreck aus ihren Bäuchen absaugen lassen. Danach haben sie weiter rumgehurt, als wäre nichts gewesen. Meine Frau lag ein Jahr in der Psychiatrie, nach drei Jahren nahm sie sich das Leben.“

„Ist Anita gar nicht schwanger?“, keuchte Mike.

„Das ist es ja. Finde das selbst heraus. Vielleicht hat sie die Liebe, die sie für dich zu empfinden schien, gar nicht vorgetäuscht, wer weiß, ob dein Kind noch in ihr steckt ...

Da war es wieder. Mike hob die Waffe erneut, jetzt etwas nach links. Er sah nur einen Schatten. Das Blut in seinen Ohren toste wie ein Wasserfall.

„Ich habe lange gebraucht, um mein Leben in den Griff zu bekommen, dann, eines Tages, hörte ich deinen Namen. Deine Zeit ist abgelaufen, Mike. Ich zähle bis drei. Dann musst du schießen oder ich springe.“

Er starrte die ganze Zeit auf die Maske. Sein Atem ging stoßweise. Seine Hand zitterte. Er fror noch heftiger. Erst jetzt wurde ihm klar, woher er die Maske kannte. Als habe ihn jemand aus einem Albtraum wachgerüttelt, bebte er am ganzen Körper.

„Warum hast du mich damals nicht abgeknallt?" Mike schnappte laut nach Luft. Sein Atem ging schwer. Der Traum, den er immer wieder aufs Neue erlebte, wurde zur Realität.

Die Stimme verstummte.

„Warum hast du mich damals nicht ABGEKNALLT?", schrie Mike. Seine Kehle brannte. „Du warst damals bei mir zuhause, du standest hinter mir, ich habe dich gesehen …"

„Unmöglich."

„Ich habe diese verfluchte Maske im Spiegel gesehen, das warst doch du, nicht wahr?"

„Ja, das war ich. Du warst aber zu besoffen, um es zu begreifen. Außerdem wollte ich dich leiden sehen. Der Tod ist zu human. Klick, und schon wärst du erlöst. Deine Frau machte mir mit der Fehlgeburt einen dicken, fetten Strich durch die Rechnung. Mit Anita habe ich alle Register gezogen, bin aufs Ganze gegangen, Top oder Flop, verstehst du? Sie ist ein gutes Mädchen, loyal, hat alles gemacht, was ich von ihr verlangt habe. Wäre echt schade um sie." Der Sarkasmus war nicht zu überhören. Er hüstelte, sagte dann etwas lauter: „Ich habe nichts zu verlieren, so oder so werde ich heute, hier und jetzt, DICH dem Erdboden gleich machen. Du wirst alle anflehen, dich von den Qualen zu erlösen. Die Zeit heilt alle Wunden - einen Scheißdreck wird sie tun!"

Die Stimme brüllte so laut, dass etwas sich von der Wand löste und dumpf zu Boden fiel.

Mikes Hand zuckte nach rechts, von wo aus er das Geräusch vernahm.

„Du wirst das Gleiche durchmachen, was ich all die Jahre durchleben musste. Nur diesmal bist du derjenige, der seine eigene Frau erschießt. Es sei denn, du tötest mich. Ach ja, so ein Pech aber auch, das darfst du gar nicht, sonst müssen alle sterben."

Mike hob die Waffe langsam an seinen Kopf.

„Wehe, du wagst es, ich springe gleich von diesem scheiß Tisch."

„Nein!" Mike hielt inne und streckte die Waffe wieder nach vorne. Seine Augen schmerzten vor Anstrengung. Immer wieder suchte er den kleinen Raum nach Hinweisen ab. Er war sich nicht sicher, aber er spürte die Anwesenheit einer fünften Person, direkt vor sich.

„Eins."

Mike stabilisierte seine Rechte mit der linken Hand.

„Zwei."

„Warte", unterbrach Mike den Schatten. Seine Stimme verriet seine Unentschlossenheit. Der Fremde verstummte.

„Eins muss ich noch wissen, ich kann es immer noch nicht begreifen ..." Mike schluckte. Seine Augen taxierten die Dunkelheit hinter der Gestalt, die vor ihm schwebte. „Wieso hast du all die Frauen umgebracht, ich meine, warum auf so eine Art, meine Frau jedoch nicht?“

Die Stimme schien zu lachen.

„Du gehörst wohl zu den Menschen, die etwas begriffsstutzig sind. Wie sagt man dazu, resistent gegen Evolution und jeglichen Fortschritt. Ich habe sie alle die ganze Zeit im Auge gehabt, auch deine Frau. Nur bekam ich durch den Tod der Frauen keine Befriedigung. Ich fühlte mich von meiner Aufgabe nicht erfüllt. Ich dachte, sie könnten mir deine Katrin ersetzen. Eigentlich war ich nah daran, mit dem Ganzen aufzuhören, unter den Rachefeldzug einen Schlussstrich zu ziehen. Bis ich dich mit Anita zusammengebracht habe. Sie brauchte Geld und ich ein Kind. Ich liebte sie nicht einmal. Sie war für mich nur eine Bettfreundin.“

Mikes Kehle schnürte sich zu. Er rang nach Atem.

„Du hast sie bezahlt?“

Die Stimme brach in ein schallendes Gelächter aus.

„Du hast dich tatsächlich in sie verliebt?“

Mike blinzelte.

„Ja, ich denke schon.“

„Dann erschieße deine Frau, verdammt!“

Die Stimmungsschwankungen des Wahnsinnigen versetzten Mike immer einen heftigen Stoß gegen die Rippen, denn sein Herz machte jedes Mal einen heftigen Sprung.

Anita keuchte, sie versuchte etwas zu sagen. Die Ketten klirrten leise. Mike schaute zu ihr rüber. Ihre schemenhafte Gestalt begann zu schaukeln. Nur einige Zentimeter. Das reichte, um Mikes

Aufmerksamkeit auf sich zu ziehen. Etwas in ihm erwachte, ein Geistesblitz, erlosch jedoch sofort. Skurrilerweise musste er jetzt an eine Schaukel denken und an den Spielplatz, auch an den kleinen Pascal, wie er mit dem geistesgestörten Edgar Wasen auf der Bank saß.

„Du hast den Jungen dort gesehen, nicht wahr? Mit dem schwachsinnigen Edgar. An dem Tag, als du seine Mutter getötet hast. Der Junge wartete, bis ihn seine Mama abholen kam, aber du, du ...“ Mike brach ab. Er wollte ihn sprechen lassen, nur so konnte er noch ein bisschen Zeit gewinnen.

„Ich hatte alles unter Kontrolle. Ich habe alles durchgeplant. Nur nicht …“ Die Stimme verstummte. Dann fuhr er mit einem etwas ruhigerem Ton fort: „Ja, ich konnte seine Mutter und die Frauen vor ihr durch die Feuermelder beobachten. Die Frauen sind ja so vertrauensvoll, wenn es um eine Angelegenheit geht, die mit ihrer Sicherheit zu tun hat. Einige Klicks genügten mir, schon war ich durch den Router mit ihnen verbunden. Nur kam er etwas zu früh, der Bengel ... Haben dir die Fotos eigentlich gefallen? Nicht einmal Anita wusste davon …“ Er kicherte vergnügt.

Mike spitzte die Ohren, hatte er da etwa ein leises Bersten von Glas gehört? Er konnte sich aber auch getäuscht haben. Nur war ihm so, als habe er ein kaum wahrnehmbares Knacken von einem Stein oder Glassplitter vernommen.

Er hielt den Atem an und strengte seine Ohren noch einen Augenblick lang an. Das Rauschen der Lautsprecher und des Blutes in seinem Kopf waren betäubend.

„Warum hast du mir die Tipps gegeben? Warum ausgerechnet dieses Haus? Das schon seit Jahren verlassen steht, unweit von dem Spielplatz entfernt?“ Die Worte galten jetzt nicht dem Fremden, sondern seinem Partner Jürgen. „Wieso hast du mich angerufen und keine SMS geschickt?“ Das war ein Schlüsselwort. Er hoffte nur, eigentlich war er sich sehr sicher, Jürgen hatte seinen Befehl richtig verstanden.

Oft war das Handy auf stumm geschaltet, Mike benutze den Blitz auf seiner Kamera als ein Signal. Es blitzte stets drei Mal auf, falls er eine SMS bekam. Alle Muskeln in seinem Körper spannten sich.

„Die Stimme konnte dich trotz des Verzerrers verraten, auch das Signal konnte durch eine Triangulation genau bestimmt werden.“

„Schweig! Wovon redest du?!“, schrie ihn der Fremde an, weil er Lunte gerochen zu haben schien.

„Drei!“, brüllte er dann.

Mike hoffte nur, dass sein Telefon richtig herum lag. Tatsächlich hörte er zuerst das leise Brummen, dann sah er das grelle Aufblitzen. Er sah den Schatten dicht hinter der Gestalt mit der Maske. Mike drückte ab, drei Mal. Er hörte, wie der Mann vor Schmerz und Überraschung aufschrie. Er sah, wie er nach vorne stürmte. Ein dumpfer Schrei. Der

Schatten fiel zu Boden. Ein weiterer Blitz erhellte den Raum. Mike drückte nochmal auf den Abzug. Die Schüsse rissen seine Trommelfelle fast in Fetzen. Die Ketten rasselten, die beiden Geiseln, die links und rechts an der Decke hingen, fuhren ein Stück nach oben. Der Mann vor ihm zog sie an dem dicken Seil mit seinem Gewicht zu Boden, sodass die Schlingen zu einer tödlichen Waffe wurden und den beiden die Luft abdrückte. Mike hörte, wie sie keuchten, wie sie um ihr Leben rangen, indem sie mit den Beinen um sich schlugen. Ein letztes Aufblitzen, Mike drückte so lange auf den Abzug, bis das Magazin leer war. Erst dann ließ er die Waffe fallen. Der beißende Rauch brannte in der Nase und den Augen. Er dachte nur noch an seine Frau. Ohne auf die höllischen Schmerzen zu achten, lief Mike nach vorne. Er hob den schweren Körper, der an einem dicken Seil baumelte, nach oben. Irgendwie brachte er es fertig, sich die schwere Last auf die Schulter zu hieven. Etwas schnappte nach seinen Beinen. Zwei Hände zerrten an seiner Hose. Die Splitter fuhren tief in sein Fleisch.

„Lass ihn los“, keuchte die Stimme durch die Lautsprecher. „Ich habe es nicht so gewollt. Meine Frau muss gerächt werden. Auch meine drei Kinder. Du hast mir alles genommen.“

„Nicht ich, nicht ich“, schrie Mike lautlos. Er kämpfte mit all seiner Kraft dagegen an, nicht hinzufallen. Der schwere Körper, die Glasscherben und der verzweifelte Kampf des sterbenden Mannes, dessen Hände krampfhaft an ihm zogen, raubten ihm mit jeder Sekunde die nötige Kraft, um sich dem Ganzen zu widersetzen. Nur der schiere Trotz und der Gedanke an seine Frau gaben ihm die Kraft, der Qual Widerstand zu leisten. Alles um ihn herum schmolz zu einem einzigen Schwarz. Der Körper auf seiner Schulter zuckte. Wer war der Fremde, den er in die Höhe drückte, musste auch er sterben? Seine Gedanken wurden zu einem einzigen Klumpen aus Fragen. Irgendwann vernahm er Schritte. Ein Gewirr von Stimmen drang durch den schmalen Korridor von oben in den Keller. Mike hörte nicht mehr, wie der Schatten hinter ihm keuchte und hustete. Seine Kräfte schwanden mit jedem Atemzug. Sein zermartertes Gehirn nahm nur Bruchstücke des Geschehens wahr.

„Mike wo bist du?“, hörte er die Stimme von Jürgen.

„Hier, ich bin hier“, murmelte Mike. Seine Füße brannten wie Feuer. Das warme Blut breitete sich zu einer dunklen Pfütze unter ihm aus.

Auf einmal wurde es grell. Jemand musste das Licht angeknipst haben. Mike blinzelte, dann sackte er unter dem Gewicht zusammen.

Epilog

Mike nahm ein leises Piepen wahr. Hatte ich den Wecker nicht an die Wand geschmettert? Er blinzelte sich vorsichtig den Schlaf aus den Augen.

Das, was er sah, war nicht sein Zimmer. Ein dümmliches Gesicht schaute ihn erleichtert an. Sein Partner und Freund Jürgen sah ihn mit einem knappen Lächeln an.

„Da bist du ja, alter Freund."

Mike verzog vor Schmerz sein Gesicht zu einer Fratze. Seine Kehle fühlte sich sandig an.

„Was ist passiert?", krächzte er wie ein alter Rabe.

„Du hast den Klammermörder zur Strecke gebracht. Er stand die ganze Zeit vor dir. Kopf, Brust Rücken und eine Handfläche wiesen kleine und große Löcher auf. Er starb jedoch an den Verletzungen, die er sich mehr oder weniger selbst zugefügt hatte", entgegnete Jürgen immer noch lächelnd.

„Glasscherben?"

Jürgen nickte nur. „Trotzdem gute Leistung, wenn man bedenkt, dass du blind geschossen hast." Er tätschelte seinem Freund die Schulter. „Hast du es eigentlich auf den Maskierten abgesehen?"

„Nein. Ich habe daneben geschossen, alles, was ich dort sah, war nur ein Schatten, mehr konnte ich in der Dunkelheit nicht ausmachen", sagte Mike mit kratziger Stimme. „Das Aufblitzen war so grell, dass ich dabei fast erblindet bin."

Jürgen lächelte lautlos. Er biss sich auf die Lippe, dann schaute er seinem Partner in die Augen. „Du hast genau richtig gehandelt. Ich weiß nicht, was ich getan hätte. Der Mann, den du auf deinen Schultern nach oben gedrückt hast, war nicht der Mörder, sondern dein Sohn, und es geht ihm gut“, sagte Jürgen Welsch schnell. „Er hatte alles so arrangiert“, Jürgen schluckte „egal, für wen du dich entschieden hättest, du hättest mit einem Schuss all die Menschen getötet, die dir wichtig sind, und er hätte dir dabei zugesehen.“

„Wie geht es meiner Frau und meinem Sohn?“

„So weit, ganz gut. Wenn man das so sagen kann. Beide werden noch psychologisch betreut. Aber ansonsten fehlt ihnen nichts. Bis auf wenige Schürfwunden haben sie sonst keine schlimmen Verletzungen davon getragen.“

„Wie war das möglich?“ Mike stemmte sich auf die Ellenbogen, um seinen Freund besser sehen zu können, ließ es aber dann, weil seine Füße erneut zu pochen begannen.

„Er hatte alle drei an ein und denselben Strick festgebunden. Dein Sohn stand auf einem wackeligen Bartisch oder so etwas ähnlichem. Ein leichter Schubs hätte genügt, um ihn von dem Teil zu stoßen. Die beiden Frauen hingen mit ihren Köpfen in den Schlingen. Sobald Christoph zu Boden fiel, zogen sich die Schlaufen bei Katrin und dem anderen Mädchen zu. Die Scherben waren eine unüberwindbare Barriere, nur nicht für dich.“

Wie zur Bestätigung sog Mike laut die Luft zwischen den Zähnen ein.

„Er hatte alles durchgeplant. Selbst die Wände waren mit schwarzer Farbe gestrichen. Wie gesagt, er war ein cleverer Bursche. Der Klammermörder hatte alles berechnet, auch dich hatte er studiert …“

Mike hob fragend die Augenbrauen. „Anita?“

Jürgen nickte. „Sie wird gerade vernommen.“

„Ist sie schwanger?“ Mikes Stirn bekam viele Falten.

Auch Jürgen kräuselte jetzt die Stirn, seine linke Braue wurde zu einem Bogen. „Das weiß ich nicht.“

Ein leichtes Stechen durchfuhr Mikes Brust.

„Wie gesagt, er hatte alles unter Kontrolle, hatte überall seine elektronischen Augen drauf. Nur nicht auf meine SMS.“ Jürgens Miene hellte sich auf.

Auch Mike musste grinsen.

„Was stand drin?“

„Keine Ahnung, warte.“ Jürgen nestelte in seiner Jeanshosentasche, schließlich holte er sein Handy heraus. Die Mundwinkel fuhren nach oben, die Finger huschten über das Display. „Mein Schatz auch“, las er vor, sein Grinsen wurde dabei breiter.

Beide lachten.

„Wie war sein Name?“, wollte Mike wissen und wurde ernster.

„Peter …“

Bussard, jetzt fiel es ihm wieder ein. „Nancy und Peter Bussard“, sagte er wie zu sich selbst.

„Stimmt“, bestätigte Jürgen. „Woher hast du gewusst, dass der Mörder direkt hinter Christoph stand?“ Jürgen schaute kurz auf die Uhr. Er hatte keine Zeit, dachte Mike. Er fragte ihn nur für den Abschluss des Falls aus. Aber das war ihm nur recht.

„Pascal hatte mir einen Tipp gegeben. Ich sah ein Licht, dann war es von dem Schatten verdeckt worden. Ich sah eine Bewegung, so wie mir der Junge die Situation in der Wohnung beschrieben hatte. Ich habe einfach abgedrückt ...“ Mikes Atem ging schwer.

„Wie geht es Katrin und Anita?“, fragte er erneut.

„Das wirst du schön selbst klären müssen. Du hast jetzt zwei Frauen, die dir an die Gurgel wollen. Jetzt muss ich aber los, Chef wartet auf mich.“

„Was meinst du, wäre es vielleicht doch besser gewesen, wenn mich Peter im Keller umgebracht hätte?“ Mike hustete ein Lachen, Jürgen tätschelte seine Hand und grinste.

„Vielleicht wäre es für dich wirklich besser“, entgegnete Welsch amüsiert.

Mikes Augen fielen wieder zu. „Ich hoffe, sie werden mir verzeihen.“

„Das wirst du sie bald selbst fragen.“

Mike nickte. „Das werde ich müssen.“

Jürgen blieb kurz in der Tür stehen. „Dein Urlaub ist in drei Wochen vorbei“, sagte er nur und ging.

Ende

Dieses Buch ist reine Fiktion. Die Personen und Orte sind nicht real, jedoch realitätsnah.

Jede Übereinstimmung ist purer Zufall und nicht beabsichtigt.